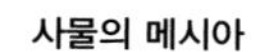
사물의 메시아

윤대주 장편소설

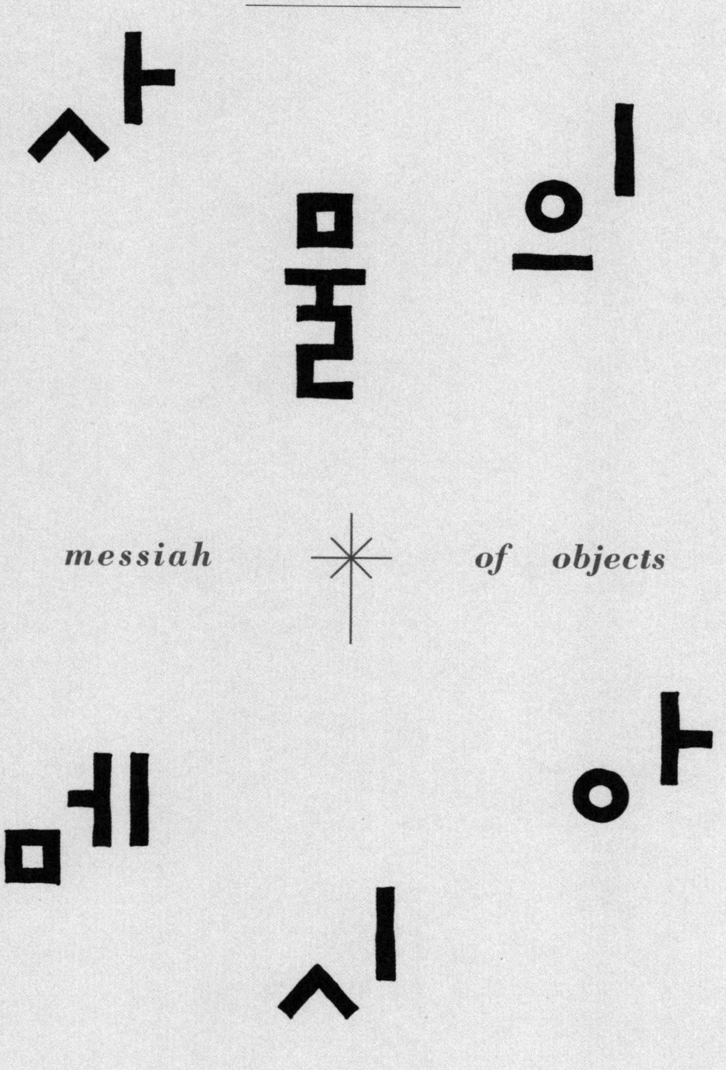

문학수첩

1.
사물의 율법

아이가 생명을 빼앗기던 날, 그들은 그곳에 함께 있었지만 아무것도 할 수 없었다. 그저 스스로 한계를 탄식할 뿐이었다. 10년이 지난 후, 그들 앞에 살인자가 돌아왔을 때, 그들은 각자 할 수 있는 걸 했고, 그렇게 금기가 깨졌다.

1

그것이 눈을 뜬 것은 그때로부터 3년이라는 시간이 지나간 후였다. 그것은 스스로 무엇인지도 몰랐다. 그냥 먼지가 많고 넓은 창고 바닥 한 무더기 목재 속에 섞여 길게 누워 있는 저를 발견했다. 굳은살이 가득 박인 손바닥으로 저를 툭툭 내려치는 늙은 목재상의 목소리만 뚜렷하게 남는다.

“내가 말했던 게 이거요. 화재에서 살아남았다고 말했던 마룻대. 상량 그거.”

그것은 순간 긴장해서 호흡을 멈춘다.

‘사람이다!’

이렇게 가까이서 말소리를 듣는 게 얼마 만인지 떠올려 보지만 그것은 기억이 없다. ‘내가’라고 말했으니, 사람이 분명했다. 사람과 사물은 자기를 지칭하는 말이 다르다. 사람은 자신을 지칭할 때 보통 '나'를 쓰고, 사물은 '저'를 쓴다. 왜 그런지는 모른다. 수천 년 동안 사물들은 스스로 낮춰 써 왔다.

늙은 목재상은 나무에 크게 숫자가 적혀 있는데도 주머니에서 줄자를 꺼내 크기를 다시 쟀고, 줄자의 숫자를 낯빛 어두운 중년 사내에게 들이댄다.

"길이가 3미터 20. 저택 화재 때 절반 이상 타 버렸지만, 이렇게 살아남았지. 불에 탄 거 깎아 내고도 살아남은 게 이 정도야."

늙은 목재상은 유독 '살아남았다'라고 강조했다. 대화의 상대방인 중년 사내도 원의 반지름이 사라진 나이테를 하나하나 손가락으로 따라가며 대답한다.

"두께가 30 곱하기 30. 불에 타고 남은 게 이 정도면 수령이 상당했겠네요. 마룻대로 쓸 때는 정말 컸겠어요."

중년 사내가 이제는 목재의 중간쯤을 쓰다듬는다. 목재가 마음에 드는 눈치다. 늙은 목재상의 눈주름이 짙어진다. 기분이 좋아지면 나오는 버릇이다. 그런데 중년 사내가 뜻밖의 말을 꺼낸다.

"이 나무가 큰 사고를 겪은 건 알겠는데, 이렇게 불타고 남은 목재를 새집에 쓰나요? 보통 없는 일 같은데."

늙은 목재상의 눈매가 살짝 구겨지면서 짜증과 함께 불안감이 엄습한다. 그래서인지 침을 꿀꺽 삼킨다. 다행인 건, 중년 사내는 거래 상대의 표정을 읽는 데는 관심이 없다. 중년 사내는 나무만 쳐다보고 있다. 늙은 목재상은 유독 어두운 낯빛으로 심각하게 나무를 쳐다보는 중년 사내를 확인하고 화를 가라앉힌다. 흥정하자는 눈치는 아니다. 이런 질문을 받은 게 처음도 아니다. 모두 사정이 있고, 조급하지만, 반드시 효험 있는 게 필요한 사람들이 있다. 이 남자는 느낌이 나쁘지 않다. 당연히 거래에서 이때쯤이면 궁금할 것이고, 말 한마디일지라도 확신을 주는 보증이 필요하다. 효과가 있다는 그 말 한마디.

늙은 목재상은 지난번 마산에서 새벽에 올라온 동년배 남자와 멱살까지 잡았었다. 뭔가 잘못 확신을 줬다가는 크게 물린다는 감이 왔다. 그래서 끝내 효과를 보증해 주지 않았다. 그 결과 늙은 목재상은 자신의 감이 아직 죽지 않았다는 걸 확인했다. 마산 남자에 대해 전해 듣기로, 지난주 남자의 자식 하나가 죽었고, 그 사람에게 물건을 보증했던 파주 박 사장이 경찰에 사기죄로 입건되어 앞으로 긴 송사에 시달리게 됐다는 것이다.

누구나 금기를 다루는 것에는 예민할 수밖에 없고, 전문가의 확인을 요구한다. 따라서 판매자는 강력한 근거와 확신을 구매자에게 심어 줘야 할 때가 있다. 그렇지만, 이때까지 늙은 목재상의 경험상 판매자는 구매자보다 마음이 조급해서는 안 된다. 물건을 파는 데 급급해 내뱉은 한마디 보증이 반드시 사고를 불렀다.

늙은 목재상은 마음을 가다듬는다. 강매보다는 필요에 의한 구매를 유도해야 한다. 그리고 지금 여기, 전문가는 목재상 자신뿐이다. 강하고 깊은 확신을 쐐기처럼 박아 주되 구매자의 필요한 사정에 맞게 사고 싶어 안달 나게 해야 한다. 대신 송사에 휩쓸리지 않을 만큼 적당하게 말이다.

"살아남았잖아, 뜨거운 불길 속에서도 이렇게 살아남았잖아. 그건 생명력이 강한 거거든, 의지가 있는 거지. 살겠다는 의지가! 그 의지가 주변에 영향도 주고."

왠지 호소하는 투가 되어 버렸다. 전문가 같지 않았다. 하지만 말씽의 소지는 없다고 늙은 목재상이 자평할 때, 중년 사내는 늙은 목재상의 말이 억지스럽다고 생각했다. 하지만 목재의 의지 어쩌고 하는 흰소리가 왠지 마음에 들었다. 자신은 불타고 남은 목재를 새집에 쓰는 경우를 본 적이 없다. 그래서 망설여지지만, 늙은 목재상의 말이 진실이었으면 좋겠다는 기대감이 생겨 버렸다. 사내는 주머니 속의 지갑을 만지작대며, 이제 결단할 때라는 생각으로 입을 다물었다. 어두운 안색, 짧은 침묵, 중년 사내는 결정했다. 지갑을 꽉 쥔다.

순간, 바지 주머니에 손을 넣은 늙은 목재상도 한 장의 종이를 꽉 쥔다. 그게 뭔지 생각이 나자 늙은 목재상은 마음이 조급해진다. 잠시 잊고 있었는데, 사실 오늘 막아야 할 어음이 있다. 주머니 속의 어음을 쥐고, 중년 사내의 표정을 보니 "다른 데 둘러보고 다시 올게요"라고 말할 것 같다. 늙은 목재상은 다시 목소리를 높인다.

"보통 새집에 불타고 남은 목재를 쓰는 경우가 없어! 왜? 다른 나무들은 다 타 버렸으니까. 타 버린 나무는 숯덩이고, 이건 불길 속에서도 당당하게 살아 나온 나무잖아. 웬만해선 죽지 않는 거지. 이런 목재가 집 안에 기둥으로 떡하니 서 있으면 그 뭐야, 수호신! 집 지키는 수호신이 되는 거요."

너무 멀리 갔나? 이 정도면 목재판 용비어천가다. 늙은 목재상은 침을 삼키며 중년 사내를 살핀다. 말이 너무 거창했다고 느낀 늙은 목재상이지만 어쩔 수 없다. 지난 3년간 자리만 차지한 목재를 오늘은 팔아서 어음을 막아야 한다. 그러기 위해서는 이 중년 사내에게 반드시 팔아야 한다. 불에 타고도 살아남았으면 정말 영물이지 않을까? 돈 욕심에 불경한 일을 부추긴 걸 수도 있지만, 생각을 긍정적으로 바꾸면 좋은 일이 알아서 굴러온다고 하지 않던가. 긍정적으로, 늙은 목재상은 분명 좋은 물건을 파는 거라고 자신에게 최면을 건다.

중년 사내가 지갑을 꺼내 수표를 건넨다. 한 장 한 장 늙은 목재상이 수표를 셀 때마다 거친 지문에 쓸리는 사락사락 소리가 들린다.

그것은 그들이 하는 모든 말을 듣고 있었다. 늙은 목재상이 저를 건드리며 하는 얘기니, 제 얘기일 게 분명하다. 그렇지만 마룻대였느니, 화재에서 살아남았느니 하는 말은 제 기억 밖의 이야기다. 지금 저는 어떠한 다른 기억도 기록도 없는 상태다. 지난 시간을 더듬어 보지만 그럴수록 아득해진다. 늙은 목재상과 중년 사내가 저를 사이에 두고 하는 말이 점차 멀어진다. 그것의 의식도 멀어진다. 그것이 마지막에 들은 건 수표를 세는 사락사락 소리다.

다시 얼마간의 시간이 지난 뒤였다. 그것의 의식이 다시 돌아왔을 때, 그것은 낯선 한옥의 기둥이 되어 서 있었다. 넓은 거실의 조금 어중간한 곳에 자리를 잡은 기둥. 거실의 끝부분인데 한쪽 벽과는 일정한 거리를 두고 있다. 앞쪽으로는 거실의 큰 창 쪽에 가깝지만, 뒤쪽으로는 거실 뒤끝이 꽤 먼 거리다. 거실 창을 마주하고 서서 왼쪽으로는 넓은 거실을, 반대쪽으론 대칭을 거부하는 듯 좁은 거리를 차지하고 있다. 처음 의식이 돌아왔을 때, 스스로가 뭔지보다 왜 이런 이상한 위치에 서 있는지 궁금할 정도였다. 그리고 궁금증은 그날 바로 해소되었다.

"이 기둥을 경계로 필요에 따라 방을 만들 수 있어요. 그래서 기둥을 여기 세운 거죠. 나중에 방이 필요하면 벽체만 두 군데 세우면 되고 또는 가변식으로 미닫이문을 달아 공간 분리만 해도 돼요. 특별히 거실에서 이 부분만 구들방과 연결되어 있어서 아궁이에 불을 때면 여기까지 따뜻해지죠. 바닥 돌도 두꺼운 걸 깔아서 온기가 오래간다고 하네요."

새집의 장점을 수없이 늘어놓은 부동산 중개인이 그것, 이제는 기둥이라고 불러야 할 것 앞에 서서, 기둥의 역할을 설명했다. 집을 구경하러 온 사람은 중개인의 말을 이해했는지 고개를 끄덕이며, 발걸음으로 기둥에서 오른쪽 벽까지 거리를 재 본다. 말을 들으니, 기둥도 제 용도가 이해됐다. 대신 기둥은 저가 거실이 될 수도 있고 방도 될 수 있는 것이, 스스로 어디에도 속하지 못하는 이방인 같다고 생각한다.

집 보는 시간이 끝나고, 집 안의 모든 전등불이 꺼진다. 어둑해진 거실에 툭 던져 놓듯 넓은 공간에 홀로 뻘쭘하게 서 있게 된 기둥은 주변을 살핀다. 모든 게 새것뿐이다. 제 위를 가로지르는 들보며, 날개처럼 펼쳐진 서까래며, 깔끔한 벽체들, 반짝이는 조명기들… 먼지도 주름도 곰팡이도 한 개 없는 새것들이다. 어느 하나 저가 지금 뭔지, 스스로 뭐라 소개할지 낯선, 이제 막 모양이 만들어지고 바로 포장지에서 나와 설치된 풋내기들 같다. 생각해 보니 기둥은 저도 별반 다르지 않다고 느낀다. 그렇지만 저는 새것이 될 수는 없다고 되새긴다. 전생에는 큰 나무였고, 그 후에 저택의 마룻대였다는 과거가 있다지만, 말소처리된 것처럼 확인이 안 된다. 지금 누군가 스스로 소개하라고 한다면 더듬댈 수밖에 없고, 전신마비라도 올 것같이 암담하다.

낮이 가고 어두운 밤이 짙어졌다. 커다란 통창을 두고 안과 밖의 경계는 확실한데, 안과 밖 모두 어둠에 움츠러든 것은 다르지 않은 시간이었다. 어둠 때문인지, 아니면 뭔가 보이지 않는 다른 것이 있는 건지, 기둥은 알 수 없는 소름 돋는 기운이 다가오는 것을 느끼고 부르르 떤다. 기둥의 떨림은 예상 밖으로 컸고, 집 안 전체에 울린다. 그 때문인지 순간, 소름 돋는 기운이 놀란 듯이 달아나고, 여기저기서 보이지 않게 쭈그러져 있던 사물들이 크게 숨을 들이쉰다.

다음 날에도 그다음 날에도 중개인은 집 구하는 사람을 데리고 왔다. 집 소개는 늘 같다. 집 소개 내용 중에는 어중간한 위치에 뺄쭘하게 서 있는 기둥의 역할에 대한 설명도 빠지지 않는다. 그런가 하면, 집 소개 때 늘 언급된 사물들은 점차 뭐라 표현할 수 없는 우월감을 즐긴다.

흠이 생기지 않은 코팅 바닥재며, 개방감과 채광 효과가 뛰어나면서 방음 효과도 좋은 시스템 통창, 전기료는 절약되면서 더 밝은 엘이디 전등, 높이가 조절되는 수전과 미국의 표준이라는 상표를 가진 변기가 특히 그랬다. 또 눈에는 보이지 않지만, 구들을 놓느라 바닥에 깐 큰 반석은 옥 성분이 함유되어 있어, 불을 지피면 온기가 다른 집보다 오래가고 원적외선 효과까지 있다는 설명이 이어질 때면, 반석들이 스스로 벅차올라서 일부러 부대끼는 게 바닥 밑으로부터 느껴질 정도다. 그러나 그중에서도 기둥은 특별한 주인공이다.

집 보는 사람들이 가고 나면, 모든 시선은 기둥을 향한다. 미국의 표준인 변기는 열린 화장실 문틈 사이로 기둥을 몰래 훔쳐 본 지 오래고, 마주 볼 용기 없는 다른 것들도, 통창에 반사된 모습으로 기둥을 흘끔댄다.

티는 안 내지만 고조된 기분에 기둥은 훤칠한 자신을 통창에 비춰 보는데, 그럴 때마다 마룻대였던 과거를 상상해 보기도 한다. 분명 지금보다 더 크고 대단했다는데 그 대단하다는 크기가 어느 정도인지 가늠이 안 돼 답답하다. 그럴 때는 과거의 저와 아무것도 기억나지 않는 현실이 충돌하면서 뭔지 모를 불안감이 앞선다.

사람들로 인해 분주했던 시간은 며칠로 끝나고, 집 보는 사람들의 발길도 조금씩 뜸해진다. 어느 밤, 몇 가닥 긴 가지를 가진 번개가 밤하늘을 여러 갈래로 조각낸다. 하늘이 터지고, 찢어지다 저 멀리 어디선가 감전된 자연의 비명에 놀란 기둥은 불타던 지난날과 마주한다.

모두가 흥분 상태였다. 연신 헐떡거리며, 구석구석 벌어진 틈마다 크게 벌려 숨통을 가득 부풀리고 뱉어 내기를 반복했다. 그 흥분된 숨이 열이 됐는지, 화가 됐는지 모르게 불이 됐다. 속을 삭이지 못한 피아노가 연기를 뿜더니 불티가 날렸고, 연기가 피어오르자마자 나무판들이 터졌다. 폭발이 일었고 사방으로 펼쳐진 피아노 줄들을 따라 불꽃이 사물들을 덮쳤다. 순식간이었다. 바닥에 펼쳐진 책이며, 책장으로 불꽃이 번졌고, 장식장 과 괘종시계를 차례로 태운 화염이 책상 위로 올라가 레이스 커튼을 한순간에 잡아먹었다. 창문이 깨지고, 미친 듯이 덜컹거리던 방문을 밀고 나간 불길이 거실 지붕까지 치솟아 올랐다. 뜨거운 기운이 먼저 대들보에 옮겨붙자, 불길이 뒤따라 달라붙었다. 들보며 도리며 순서 없이 불이 붙고, 작은 것들은 빠르게 사라졌다. 나무인지 벽돌인지 대가 굵은 무언가 부러지는 소리가 점차 커지고, 처음 발화가 시작된 방에서 서까래가 내려앉고 지붕이 무너졌다. 집의 무게를 나누어 지탱하던 나머지 벽과 기둥들도 버티지 못하고 연쇄적으로 허물어졌다. 마룻대도 불기둥이 되어 무너진 바닥으로 가라앉았다.

꿈인가? 기둥은 꿈이란 건 꿔 본 기억이 없지만, 방금 본 게 꿈 같다고 생각한다. 아니면, 기억이 돌아온 것일지도 모른다. 그런데 여전히 생소하다. 하늘 찢어지는 소리, 창밖에선 여전히 번개가 공격적으로 밤하늘을 조각내고 있다.

마지막 번개가 칠 때, 무언가 아주 작은 눈빛 하나가 거실을 가로지르며 기둥을 향해 날아간다. 하지만 빛보다 빠른 어둠에 갇힌 작은 눈빛은 기둥에 닿지 못한 채 길을 잃고, 후드득 빗소리에도 묻힌다. 창밖으로부터 짙은 흙냄새가 창을 두드릴 때쯤 장대한 빗소리가 들린다. 아침까지 이어진 빗소리가 그치고, 지난밤의 상처를 보듬은 햇빛이 마당을 거쳐 거실까지 밀려 들어온다.

- 잘 지냈어요? 많이 변하셨네요.

지난밤 못 닿은 눈짓이 햇빛을 받아 다시 기둥을 향해 날아왔다. 하는 인사말이 기둥을 이전부터 아는 투다.

- 어디?

기둥은 주변을 살핀다. 가장 눈에 띄는 건 바닥재다. 이놈들은 같은 불가마 구멍에서 같은 크기, 같은 얼굴로 태어난 놈들이라 구별이 안 된다. 뭔가 아는 척할 때는 모이 달라고 목 빼고 조잘대는 새끼 새들처럼 합창한다. 이놈들이 기둥에 대해 조금이라도 아는 게 있었다면 소란을 넘어 혼란스럽기까지 했을 것이다. 통창도 아닐 것이다. 죽 늘어선 네 개의 통창은 제사장 같은 근엄하고 차가운 얼굴로 안과 밖 두 세계를 모두 바라보고 있어, 막상 어디를 보는지도 알 수 없다. 미국의 표준이라는 변기는 외국 출신이라 말이 안 통하고, 조울증을 앓는 엘이디 전등은 불을 켜면 "파티 타임!"을 외치며 미친 듯이 발광하지만, 불이 꺼지면 우울증에 시달리는 녀석이다. 지금은 불이 꺼져 있어 조용하다.

여기저기 둘러보던 기둥은 새로운 걸 찾아낸다. 관심 밖이었던 곳이다. 그것은 가장 멀리 있는 벽 한데에 벽체와 하나가 되어 박혀 있었다. 볕이 잘 들지 않는 곳, 그쪽 벽은 한지로 된 작은 창이 있는데, 창이 닫혀 있으면 낮에도 어둑하다. 볕이 강한 날이 아니었다면 찾는 데 시간이 들었을 것이다.

비교적 원에 가까운 모습, 둥근 모습 안에는 움푹 파인 작은 동그라미가 또 하나 있다. 그 안에 환하게 웃는, 사람 미소 같은 구멍을 가진 맷돌의 윗돌이다. 강한 햇볕의 도움으로 시선이 마주치자, 윗돌이 아는 체를 한다.

- 안녕하세요. 저를 기억하세요?

기둥은 소스라치듯 놀란다. 새로 칠을 발라 번들대는 표면을 파르르 떨며 기둥이 외친다. 처음에는 사람 얼굴이 말하는 줄 알고 놀라고, 다음은 아는 체하는 인사말에 놀랐다.

- 저를 알아요?

윗돌은 몸에 박힌 모래알처럼 작은 반짝이들을 통해 눈짓한다. 빛이 약해 알아보기가 쉽지 않다. 이럴 때는 상대가 주의 깊게 봐 줘야 한다.

- 저택에서 몇 번 뵈었지요. 지금보다 높은 곳에 계셨지만.

- 화재 때도 저택에 있었나요? 그때 기억이 있나요? 그때 살아남은 건가요?

과거를 아는 사물이 있다는 것이 반가운 기둥이 질문을 쏟아낸다. 그러는 사이 해가 구름 속으로 사라지고, 윗돌이 있는 거실 구석은 어둑해진다. 쏟아지는 질문이 많아 일시적으로 사고가 마비됐던 윗돌은, 해가 구름을 벗어나 거실 구석까지 햇빛을 다시 비출 때까지 가만히 멈춰 있다. 이윽고 별이 다가오자, 몸이 풀린 윗돌이 반짝거린다.

– 저는 불이 나기 전부터 마당에 있었지요. 집 안에서 밖으로 버려진 거죠. 그렇게 마당에서 몇 계절 노숙 생활을 하고 있었어요.

– 힘든 일을 겪었군요. 그런데 저는 이전 기억이 없어요. 화재 이후 모습도 달라졌다고 하고… 지금 모습이 변했는데 어떻게 저를 알아본 거죠?

윗돌은 할 얘기는 많은데 어떻게 그 모든 걸 전할지 몰라 일단 사람 입처럼 벌어진 구멍으로 크게 한숨을 내쉰다.

– 집을 지을 때 인부들이 하는 얘기를 들었지요. 저택에 대해서, 저택에서 있었던 사건과 화재에 대해서 잘 아는 인부가 있더군요. 말이 많은 사람은 늘 있잖아요. 그때 저택에 있던 마룻대가 이 집 기둥이 됐다는 말도 들었지요. 기둥 님은 이 집이 완성될 때까지 계속 의식이 없었지만, 그때의 이야기는 여전히 살아서 공사판을 떠돌아다니고 있더군요.

기둥은 너무도 반가웠다. 자신이 잃어버린 시간을 어쩌면 되찾게 될지도 모른다. 마음이 급해진다.

– 화재 때 있었던 얘기, 해 줄 수 있나요?

윗돌이 환하게 웃었다. 아니, 입처럼 만들어진 그 구멍에 한줄기 빛이 밝게 비춰 웃는 얼굴로 보였을 뿐, 사실 윗돌의 기분은 벌써 가라앉는다. 그날을 기억한다는 건 윗돌의 정리된 마음도 헤집는 일이다.

- 그날은 이상한 날이었지요.

윗돌의 얘기는 다음과 같았다.

마당 담벼락 부근에 아랫돌과 분리되어 나란히 버려져 있던 저는, 매해 조금씩 땅속에 파묻혀 가고 있었지요. 당시 제 유일한 즐거움은 2층 큰 방 창문 안에서 밖을 향해 춤을 추는 레이스 커튼을 보는 거였죠. 그날도 바람이 숨어들었는지 레이스 커튼이 살랑살랑 춤을 추고 있었어요. 그날은 확실히 이상했어요. 오래전 사라졌던 남자 집주인 아비와 여자 친구가 집에 돌아왔는데, 아비의 상태는 안 좋았어요. 아비와 저희는 소소한 추억이 있었지요. 한때 커피 원두를 직접 갈아서 내려 마시던 아비는, 어느 날 뭔가 고장이 났다고 하면서 저와 아랫돌을 창고에서 꺼냈지요. 아비가 저희 앞에 앉아서 생전 처음 보는 열매를 갈았어요. 그게 커피 원두였어요. 저희도 그때 커피 맛을 알게 됐지요. 지금도 기억나요. 저는 듣고 나서 알 수 있었지만, 아랫돌은 원두를 갈면서 과일 향이 난다고 하더라고요. 아랫돌은 절대미각이었죠. 한 번 갈았던 건 뭐든 정확하게 이름을 맞췄어요. 그때 그 원두가 이름이 정확한지 모르겠지만… 예가체프인가? 아비가 비싼 원두를 구했다고 신이 나서, 봉지에 든 원두를 그 자리에서 몽땅 갈았어요. 그 일로 아비는 여자 집주인에게 혼이 났죠.

저택의 여자 집주인 기억나세요? 아비가 늘 "시우야!" 하고 불렀던… 아! 역시 기억이 없으시구나. 원래는 저희 맷돌은 여자 집주인의 어머니가 즐겨 쓰셨었죠. 녹두나 고추, 콩, 때때로 말린 나물도 갈았어요. 일이 끝나면 잘 갈았다고, 수고했다고 제 둥근 모습 그대로 어루만져 주시곤 했었던 분이었지요. 가족이 함께 사고가 나서 돌아가시고, 혼자 남은 아비가 어느 날 주방 구석에 있던 저희 앞에 섰어요. 철없이 '오늘은 뭘 갈게 될까?' 하고 들떠서 기다리고 있는데, 아비는 여자 집주인의 어머니처럼 저희를 둥글게, 둥글게 계속 만지기만 하더니, 저희를 들고 창고로 옮겨 놓았지요. 그리고 다시는 저희를 창고에서 꺼내지 않았어요. 그러니까 저희는 그때 이후 무엇도 갈지 못했지요.

얘기가 다른 길로 샜네요. 아! 원두 얘기하다가. 원두는 사실 마실 만큼만 바로 갈아야 맛과 향이 유지된다고, 여자 집주인이 아비를 혼냈어요. 아비는 그걸 몰랐을까요? 아비가 원두를 갈고 저희를 부엌으로 옮기면서 한마디 했었어요. 일부러 혼나 주는 거라고, 그래야 마누라가 기가 산다고. 조금 엉뚱한 사람이었죠. 가족이 살아 있던 때 아비는, 기운이 건강했어요. 그런데 아이가 죽고, 10년 만에 여자 친구와 저택에 돌아온 모습은, 살아 있는 사람처럼 보이지 않았지요. 두 사람이 집으로 들어가고 얼마의 시간이 지난 후, 희미했지만 2층에서 다투는 소리가 들렸고, 2층 방이 놀랍게도 풍선처럼 밖으로 한껏 부풀어 올랐어요. 방이 터지거나 아니면, 뭔가 일이 터지거나 할 것 같았죠. 그런데 부풀던 방이 풍선에서 바람 빠지듯 원래대로 돌아갔고 잠시 후, 한 손으로 목을 붙잡고 도망치듯 뛰어나온 여자 친구가 허둥대며 대문을 나갔어요. 그때 바로 문밖에서 남자 둘이 들어왔어요. 담배 연기를 뿜어내던, 흰색의 긴 옷을 똑같이 입은 건장한 남자들이었죠. 둘이 저택 현관으로 들어가더니, 얼마 뒤 아비의 겨드랑이에 팔을 끼고는 저택을 나왔고, 들다시피 해서 마당을 지나 대문 밖으로 데리고 나갔어요. 그때였어요. 아니 조금 시간이 지났나? 시간 가늠은 못 하겠네요. 어쨌거나 어디선가 두툼한 나무판 갈라지는 소리가 들렸고 2층을 보니, 유리창 안쪽에서 레이스 커튼이 마당의 꽃들에 작별 인사를 하고 있었어요. 레이스 커튼은 참 아름다운 분이었죠. 평소에도 레이스 커튼은 창밖을 향해 인사를 잊지 않았는데… 하지만 작별 인사는 밤에 하는 거잖아요? 그래서 벽에 기대어 있던 깨진 화장대 거울이 무슨 일인지 크게 물었어요. 레이스 커튼은 피아노가 불타고 있다고 했어요. 그리고 이제 모두가 함께 불에 타 버릴 거라고 하는 거예요.

그때, 누구도 레이스 커튼을 향해 피하란 소리를 하지 못했어요. 창문에 묶여 있던 레이스 커튼은 혼자 힘으론 어디도 갈 수 없었으니까요. 그래서 모두 안타까운 시선으로 지켜만 보고 있었지요. 요란한 소리가 다시 들렸고, 검은 연기와 함께 불꽃이 창밖에서도 보였죠. 다시 레이스 커튼을 보려고 찾았을 때, 한순간에 벌건 불이 레이스 커튼을 삼켰어요. 창이 깨졌고, 불길이 창밖으로도 빠져나와 창틀이며 벽이며 순식간에 불태웠어요. 불길은 벽과 지붕보다 더 높은 곳까지 솟아 올라갔어요. 담벼락 밖에서 지나가던 사람이 불타는 모습을 목격했는지, "불이야!" 하는 소리가 들렸고, 누군가 "119 번호 아는 사람 전화 좀 해요, 소방차 불러요"라는 목소리도 들렸죠. 그때 저택 2층 오른쪽 부분이 무너졌어요. 방이 있던 곳이요. 불과 먼지와 재 속에서 2층 나머지 부분도 무너졌어요. 너무도 순식간이어서 현실 같지 않았어요. 제가 뭘 갈기 시작한 이후 불난 집을 본 건 처음이지만, 불은 무섭게 거대해지고, 빠르게 주변을 삼키며, 사물이 쌓은 각각의 시간을 한순간에 재로 만든다는 걸 그때 알게 됐지요. 나중에 불이 꺼지고 소방관들은 누전이라고 말했지만, 전 그건 아닌 것 같아요. 누전이면 레이스 커튼이 피아노가 먼저 불탄다고 말하지는 않았을 거잖아요. 뭔가 제가 모르는 사실이 있다고 생각했지요. 아랫돌도 제 의견에 동의했어요. 한 계절이 지났고, 한동안 저택은 불탄 채 방치되어 있었어요. 저와 아랫돌은 여전히 땅에 파묻혀 가고 있었지요. 그러다 그날 뛰어나갔던 여자가 다시 나타났어요. 돌아온 그 여자의 손짓을 따라 새벽부터 몰려온 사람들이 검게 타고 남은 벽체며, 숯덩이가 된 기둥들을 다 부숴 버렸고, 파쇄한 콘크리트 더미와 함께 차에 실어 내갔어요. 오후에는 거대한 기중기가 전에 마룻대라고 불렸던 기둥 님을 잿더미 속에서 건져 올렸어요. 기둥 님이 모두의 머리 위에 떠올랐을 때 사물들은 "와!" 하고 감탄했어요. 해도 가릴 만큼 길고 큰 나무가 하늘을 붕붕 떠다니니까 신기할 수밖에요. 그러다 알게 됐지요. 마룻대는 이제 없다는 것을요. 거대한 숯덩이가 있었죠. 기둥 님께는 죄송하지만… 그때는 그랬어요. 그 숯덩이가 마룻대라는 걸 알게 되자 모두 시선을 피했어요. 너무 참담했거든요. 집을 하나로 지탱하던 길고 두꺼운 마룻대가 숯덩이가 됐으니…. 그때였죠. 하늘에서 커다란 무언가가 부러지는 소리가 들렸지요. 사람들이 모두 하늘을 쳐다볼 정도로 울리는 소리였죠. 처음엔 소리는 들렸는데 아무 일도 일어나지 않았어요. 그래서 신기하다 싶은 순간, 숯덩이가 두 개로 분리되면서 한쪽이 떨어졌어요. 바닥에 떨어진 숯덩이는 굉음과 함께 재를 사방으로 날렸고, 그걸 피하려는 사람들 때문에 난리가 났어요. 잿빛 세상이 가라앉은 뒤에, 재를 털고 하늘을 보니 공중에 매달린 숯덩이 속에 타지 않은, 살아남은 부분이 보였어요. 솔직히 저는 그때 처음 사물을 보고 울컥했었지요. 지금 생각해 보면, 그때 기둥 님은 숯덩이가 된 일부분을 하늘 위에서 스스로 부러트린 게 아닐까요? 만약 그런 선택을 하지 않았다면, 기둥 님은 지금 여기 없을지도 몰라요. 이미 숯이 되어서 돼지갈비를 굽거나 아니면 다른 걸 굽고 있을지도….

죄송합니다. 스스로 부러트린 게 아닐 수도 있지만, 그런 생각이 갑자기 들었네요. 마룻대가 실려 가는 광경을 보러 왔는지, 오전 내내 보이지 않던 여자가 마당 끝에 나타나 전화기에 대고 소리를 지르며 마룻대 속이 어쩌고저쩌고 하더군요. 그러고는 거대한 기중기의 소음에 파묻혀 잘 들리지는 않았지만, "폐기물이 너무 많아", "쇠는 돈이 되니까. 철근은 모아서 떨이로 팔고" 그런 말소리도 들렸지요. 저는 그때 기가 차서 주변을 둘러봤는데 마당에 버려져 있던 것들이 모두 들었는지 원통해 떨었답니다. 마지막 철근을 모아 실은 트럭이 한차례 부르르 떨다가 떠나가는 것으로 그날의 작업은 끝이 났지만, 낮은 여전히 남겨져 있었지요. 마당에 남겨진 것들은, 길게 늘어진 옆집 그림자를 덮어쓴 채, 제각각 마룻대가 실려 갈 때 무엇이 원통했는지, 어떻게 부르르 떨 수 있었는지, 무엇이 그런 분노를 가져왔는지 서로에게 묻고 대답했지요. 의견이 분분했는데 일시적으로 이 집 부근에만 지진이 있었다, 기계 차가 많아서 그 진동에 떨었다는 둥 대부분 원인을 외부로 돌렸어요. 가장 황당한 주장을 한 건 깨진 전구를 단 키 작은 조명기였어요. 마당 구석에 30도 기울어진 조명기는 순간 한파가 저택 부근을 스쳐 지나갔고, 추위에 일순간 부르르 떨었다는 거예요. 조용히 듣던 이 빠진 도자기 화분의 주장만은 방향이 달랐는데, “한 집의 마룻대가 무너졌는데 당연히 원통한 일 아닌가? 마룻대면 상량신이라고. 신이 불에 타서 죽은 거야!”라고요. 그러자 저만 알아볼 수 있게 아랫돌이 눈짓했어요. 아랫돌은 마룻대가 실려 가는 모습을 보니까, 그제야 저택의 몰락이 실감 났데요. 아랫돌은 그게 화가 났고, 분해서 울컥했는데, 그래서 떨었다고 했어요. 그런데 저는 그런 생각도 들었거든요. ‘그 돌아온 여자 때문이 아닐까?’ 하고요. 높이 떠 있던 마룻대를 보느라 모두 정신이 팔렸지만 무의식중에 듣지 않았을까요? “폐기물이 많다”, “떨이로 판다”라는 말소리요. 저는 그게 사물들을 분노에 떨게 했다고 지금도 생각해요. 사물들은 웬만해선 사람 탓을 하지 않으려니까 다른 데서 원인을 찾잖아요. 사실 저는 불타기 전에 집 안에서 무슨 일이 있었는지 보지 못했지만, 지나가는 바람이 흘리는 소문은 들었거든요. 그 돌아온 여자에 대한 나쁜 추문. 아이가 죽고, 아비가 잡혀가고… 다 그 돌아온 여자 때문이라는 얘기들요. 결국 제가 사람 탓을 하네요. 이후, 저와 아랫돌은 다른 것들과 섞여서 이름 모를 고물상으로 실려 갔지요. 또 여기저기 바쁘게 어딘지 모를 곳을 옮겨 다녔고, 또 그러다 어느새, 아랫돌과도 언제인지도 모른 채 이별하게 되었답니다.

그렇게 윗돌의 이야기는 끝났다. 이야기를 끝낸 윗돌은 빛에 가려진 그림자 때문인지 둥근 모습이 반쯤 가려진 쓸쓸한 얼굴을 하고 있었다. 얼마 뒤, 어둠이 거실을 삼켰고 모두는 침묵을 삼켰다.

2

낮다. 무거운 기운이 방 안 가득 낮게 가라앉는다.

해가 높이 뜬 한낮인데 기운은 오히려 처지고 모든 게 숨을 낮춘다. 한 줄 바람이 여기저기 휘젓고 참견하다 문득 잊은 일이 생각났는지 서둘러 주택가로 달려간다. 막다른 길, 저택 앞에 다다른 바람은 뒤돌아 주변을 살핀 후 몸을 능숙하게 길고 가늘게 늘린다. 한옥을 바탕으로 서양식 목조주택의 장점이 섞인 저택의 2층 유리창에는 손가락 세 마디 정도 깨진 틈이 있다. 날카롭게 벌어진 유리 틈새를 능숙하게 뚫고 들어간 한 줄 바람이, 먼지로 찌든 레이스 커튼 묶음을 승전 깃발처럼 자랑스레 흔든다. 이렇게 커튼을 흔드는 일은 요즘 바람이 한참 빠진 놀이로 이런 객쩍은 바람의 행동에도 선잠에 빠졌던 방이 반응해 온다.

"삐걱"

소리가

- 들려 버렸다.

여기저기서.

- 누구야! 조심 좀 하자고.

탄식하는 눈짓들이 빠르게 나타났다 사라진다. 비난의 눈짓이 사라지자, 방 한가운데 덜렁 남겨진 정적이 객쩍어 더더욱 깊어진다. 지붕일 수도 있고, 창틀일 수도 있다. 납작 엎드린 마룻바닥도 용의선상에서 벗어나지 못한다. 소리를 내려는 의도는 없다. 다만 너무 오랫동안 굳어 있었던 탓이다. 그게 어디든 뻐근한 몸을 살짝 틀다가 들려 버린 소리다.

"덜컹."

또다시 정적을 깨운 건 최근 틱 증상이 생긴 방문이다. 방문은 사람이 다가오거나, 남의 주목을 받는 상황이면 여지없이 증상이 나타난다. 특히 한 줄 바람이 창문을 두들기고, 레이스 커튼이 괴롭힘을 당할 때는 어김없다. 원래도 소심했던 방문은, 긴장하면 목이 갈근거리고 큰 기침이 튀어나오는 증세에 시달렸다. 만성이 된 후에는 작은 정적도 이겨 내지 못하고 컥컥댔다.

반면에 연신 덜컹대는 소심한 방문의 소리는 모두에게 해방구였다. 방문의 소리에 힘입은, 이때다 싶어 숨죽이던 것들이 낮은 호흡을 뱉어 낸다. 오랫동안 참다 내뱉는 날숨. 두툼한 천에 대고 뱉어지는 숨처럼, 벽과 바닥의 섬유질 사이사이까지 채우며 넓게 퍼지는 호흡들이 길게 이어진다. 결국 방의 기둥도 들보도 기지개를 켠다.

방이 깨어나는 모습이 재미난 한 줄 바람이 연신 흔들던 레이스 커튼은 휘둘림에 거의 울상인데, 커튼을 들춘 바람이 유리창의 투명한 속살을 강제로 드러낼 때쯤엔, 그나마 굳건하게 견디던 지붕이며 벽이며 거실과 연결된 마룻대며 방에서 제법 호흡이 큰 것들도 틈을 크게 벌리고 담고 있던 숨을 짙게 내쉰다. 방 안 전체가 숨통을 크게 부풀리며, 그렇게 방 안의 사물들이 여름 오후의 햇살을 즐기던 그때….

"까르륵."

방구석 어딘가, 아이의 웃음소리가 연기처럼 피어올랐다가 볕 속으로 녹아들며 사라진다. 정작 소리 낸 아이는 어디에도 없는데 방 안 구석구석 웃는 소리가 가득 찼었다. 형체 없는 소리였지만, 두 눈을 비벼 대면 뚜렷하게 보일 것만 같은 선명한 소리다. 일순 긴장한 방 안의 가구며 집기들이 꼼짝하지 않고 눈짓만으로 방 안을 두리번댄다. 먼지를 두건처럼 덮어쓴 괘종시계가 맞은편에 서 있는 유리 장식장을 향해 빛을 흔든다. 장식장도 마주 보며 반짝인다.

- 들었어?

- 들었지. 언제였지?

- 10년이 훌쩍 넘지 않았을까?

장식장은 유리를 가늘게 흔들며 시간을 헤아린다.

- 벌써 그쯤 되었나? 늘 소란을 피우곤 했지. 이것저것, 모두를 멋대로 지은 별명으로 부르며 말을 걸던 녀석. 나한테도 소음만 증폭되는 장난감 마이크를 들이대며 안부를 묻는 특이한 녀석이었는데.

괘종시계와 장식장은 내리쬐는 햇빛을 서로 주고받으며 기억을 나눈다. 그러다 해가 구름에 잠기면 언제 그랬냐는 듯 무거운 얼굴로 대치하기를 반복한다.

- 시간이 되었다!

괘종시계가 경고의 눈짓을 한다. 하나둘 시선을 돌린다. 침울하게 가라앉는 정적 그리고 다가오는 긴장.

'지금인가?'

숨죽인 시선들이 조심스레 마룻바닥을 훔쳐본다. 기다림이 길어지고 기대하는 마음이 늘어진다.

'오늘은 없는 건가?'

저도 모르게 벌써 끝났는지도 모른다. 어쩌면 이미, 섣부른 기대도 잠시, 햇살이 눈치 없게 썰물처럼 물러나자, 바닥 한복판에 쌓인 먼지들이 또다시 젖어 들어간다. 바닥에 검붉은 선혈이 흥건히 고이고, 그 색이 너무 짙어 비위 약한 것들은 노랗게 현기증이 인다. 핏물이 뭉치고 풍선처럼 부푼다. 부푼 핏물 풍선이 끈끈한 바닥으로부터 중력을 거스르며 떠오른다. 떠오르는 풍선은 더욱 부풀어 가고, 위태롭다고 할 만큼 커졌다 싶을 때, 풍선은 천장에 닿고, 닿자마자 폭발하듯 터져 버린다. 터지면서 흩어진 파편들이 뿌연 붉은 안개가 되어 시야를 흐리다 한순간 물기가 사라지고 버석한 상태로 바닥에 먼지가 되어 내려앉는다. 한눈팔면 놓칠 만큼 짧지만, 뇌리에 박힐 만큼 강렬하다. 여기저기서 한숨을 몰아쉰 시선들이 동시에 낡은 피아노를 향한다. 반복되는 일상. 괴로운 건지 무서운 건지, 피아노의 끊어진 높은 소리 줄들이 귀 기울이면 들릴 만큼 부르르 떨고 있다.

아이는 폭행당한 후에도 몇 시간 정도는 숨이 붙어 있었다. 그때 머리에서 흘러나온 붉은 액체가 바닥에 고였었다.

그날, 시선들은 공포를 보았다. 방 안의 작은 것 어느 하나 몸부림치지 않은 게 없었지만, 헛된 들썩임과 누구도 듣지 못하는 비명들이었다. 소리를 낼 수 있는 피아노만 온 힘을 다해 외쳤다. 도와 달라고, 아이를 살려 달라고 부르짖었다. 절규 같던 높은 소리는 끝내 몇 개의 줄이 끊어질 만큼 폭풍 같은 울부짖음이 되었고, 소란이 이어진 지 몇 시간이 지나서야 아비가 집에 돌아왔다. 아이는 아비의 품에 안기자, 그나마 안심됐는지 숨을 놓았다. 다음 날, 경찰은 아이의 아비를 범인으로 지목했다. 중년의 형사가 젊은 동료에게 한 수 가르치는 말투로 말했다.

"피아노 소리가 결정적 증거야. 피아노 소리를 듣고 항의하러 나온 이웃이 집으로 들어가는 아이 아버지에게 따졌고, 아비가 집으로 들어가고 나서 피아노 소리도 끊겼어. 아이는 그때까지 피아노를 치고 있었던 거지. 살인범은 아버지야."

홀로 영정 속에 담긴 아이는 연신 웃고 있었고, 경찰에 끌려가는 아비의 눈은 반쯤 정신을 놓은 모습이었다.

그날 밤, 또 다른 참사가 있었다. 피아노는 끊어진 높은 소리 줄들로 제 속을 채찍질하며 벌을 가했다. 모진 매에 장사 없었다. 피아노를 지탱하던 바퀴 중 두 개가 차례로 튕겨 날아가고 균형을 잃은 피아노는 삐딱해졌다. 기울어진 피아노는 다시는 사물들 앞에서 고개를 들지 않았다.

금지된 일. 생명의 세상에 사물은 어떤 의지도 전해서는 안 된다. 시선들은 이것이 피아노가 금기를 어긴 벌이라고 생각한다.

- 아이를 살려야 했으니까… 구해야 했으니까.

달빛에 드러난 한 구석에서 누군가 읊조렸다. 동정도 있었지만, 냉정한 이야기도 이어진다.

- 잡혀간 아비는! 피아노가 소리를 냈기 때문이다. 그 소리가 아비를 범인으로 만든 거잖아.

질타가 이어지고, 고개를 들지 못하는 피아노의 끊어진 높은 소리 줄들이 처량하게 며칠을 떨었다. 곡소리 같던 그 소리에 시선들이 정신을 잃어 갈 때쯤, 피아노 소리가 일순 멈춘다. 스스로 소리통을 닫은 것이다.

현장검증의 날.

이른 아침부터 온갖 소음으로 골목길이 비좁았다. 경찰의 승합차가 골목 어귀에 멈춰 섰고, 아비가 차에서 끌려 나왔다. 생기 없고 경직된 아비는 살아 있는 미라 같았다. 포승줄로 묶인 아비의 겨드랑이에 손을 넣어 들다시피 한 경찰들이 힘들게 골목을 통과했지만, 거기서 대문 안으로 들어가기까지, 아비는 울돌목에 갇힌 난파선처럼 거대한 사람의 파도에 휩쓸리며 앞뒤로 끌려가다 좌우로 밀려갔다. 그러다 한순간 바람 없는 대양 속에 혼자처럼 적막해지면, 다시 파도가 밀려와 물거품처럼 무리 속의 점이 되고, 용솟음쳐 떠올려져 전진하는 경찰 무리에 밀려 떠다니다 바닥에 떨어졌다. 어느새 대문 안쪽이었다.

어렵게 들어온 집 안에서 아비의 시간은 더욱 참혹했다. 아비는 "이것 해 봐라!", "저것 해 봐라!", "어디서 폭행했나?", "이렇게 때렸어?", "저기에 쓰러졌지?" 같은 경찰이 요구하는 그림에 맞추기 위해 서고, 앉고, 엎드리기를 여러 차례 반복했다. 뭐가 신이 났는지 집 안과 밖을 휘젓고 다니는 중년 형사의 크고 요란한 목소리가 담장을 넘을 때면, 담장 위로 카메라들이 뛰어올라 초점도 못 맞춘 셔터 소리를 쏘아 댔고, 누군가 주도했는지 모를 찬송가 소리, 생소한 단체들의 규탄 소리, 기자들의 질문 소리, 지나가다 아비를 욕하는 사람들의 고함과 유족인지 누구인지 울부짖는 통곡이 가득했다.

그날 아침의 아비는 경찰에 이끌려 다니는 넋 나간 텅 빈 껍데기였다. 숨진 아이를 끌어안고 가슴을 치며 늑대처럼 울부짖던 모습과는 전혀 다른 모습이었다. 이날 아비의 모습을 지켜본 괘종시계는 세상을 떠난 영혼은 어쩌면 아이만이 아닌 것 같다고 생각했다. 괘종시계는 그런 제 생각을 장식장에 눈짓했지만, 장식장은 한 면을 차지하고 있는 유리 속 아득히 아비를 담고, 아비의 발길을 따라다니고 있었다.

- 어쩌면 이게 아비의 마지막 모습일지 몰라.

장식장이 파르르 떨며 자기 생각을 전한다. 순간 모두는 아비를 향해 모든 빛을 모아 작별 인사를 한다. 경찰에 의해 끌려 나가는 아비의 등판에 밝고 따스한 빛이 그득 고였다.

방문이 닫힌다. 현관문이 닫힌다. 그리고 대문도 닫힌다. 사람들이 만든 온갖 소리가 집에서, 담장 밖에서, 골목 끝에서 사라진다.

침묵. 모두에게 남겨진 건 길고 긴 시간이었지만, 방문에는 일련의 사건으로 인한 외상후스트레스장애도 남긴다. 방문의 틱 증상이 발현된 것도 외상후스트레스장애 때문이다. 아무리

참으려고 해도 참을 수 없는 두려움과 어딘가 깊은 곳으로부터 올라오는 간질거림이 목젖 근처 어딘가에 가득 쌓였다가 일시에 쏟아지는 기침처럼 방문은 덜컹댄다. 증상이 나타날 때마다 모두의 눈치를 살피던 방문의 증세는 날로 심해지고, 이제는 수시로 덜컹덜컹한다. 하지만 방문의 우려와는 달리 시선들은 눈치를 주다가도 덜컹댈 수 있는 방문만의 행동이 부럽고, 그 어떤 표현도 못 하는 스스로가 부끄럽다.

마치 그것은 '방문은 덜컹댄다. 고로 존재한다' 같은 느낌이다. 저들도 방문처럼 특정한 소리를 만들어 내던가, 한바탕 울거나 목젖이 찢어지게 욕지거리를 뱉어 내고 털고 싶지만 시선들은 우는 법도, 소리치는 법도 모른다. 아이가 당하는 폭력 앞에서 아무것도 할 수 없었다는 자괴감, 목격한 일을 증언할 수 없는 무력감에 시선들은 서로가 민망해서 서로를 점차 외면한다.

그러는 동안에도 명품 딱지가 붙어 있던 것들은 사람들 손에 들려 나갔다. 골프채 세트며, 오디오 세트며, 조각상들, 벽에 걸려 있던 그림들, 구하기 힘든 위스키들이 허락도 없이 들려 나갔다. 집 전체가 초토화된 상황이었다. 며칠 걸리지도 않았다. 돈 되는 것들의 정리가 그렇게 끝나 버렸다. 아비의 먼 친척 남자가 공표한, "이 집에는 더 이상 돈 될 게 없다"라는 선언이 있고 난 뒤, 이번에는 집 안 곳곳에 방치되고, 흩어졌던 낡은 사물들이 방으로 옮겨졌다.

그 일이 시작된 건 아이를 보내고 대략 여섯 달쯤 뒤였다. 그날도 아비의 침실에 있던 몇 가지 물건들이 방으로 옮겨졌다. 그중에는 휴대용 오디오도 있었다. 그 오디오는 낡았고 부서진 상태였다. 라디오 전파를 받는 안테나도 절반쯤 떨어져 나갔고, 나머지 절반도 위태롭게 매달려 있었다. 뚜껑이 달아난 배터리 상자에는 젖었다 마른 건전지 하나가 부푼 채 눌어붙어 있었다.

특별하지 않은 밤이 왔고, 아주 먼 곳 어디선가 크지는 않은데 모두가 느꼈을 만큼 거대한 쿵 소리가 대지에 울린다. 저 멀리 세상 끝에서 땅과 하늘이 만나 힘 겨룰 때 나는 소리, 시선들은 오래전부터 그렇게 알고 있는 큰 울림이다. 그게 신호였는지 방 안에서도 작은 부대낌들이 호응한다. 과거 아이의 장난감 마이크를 통해 소리쳐진 후 조각나서 공기 중에 묻히고 방 안 어딘가 유물처럼 남아 있던 것들, 허공의 틈 사이에 접혀 있다 펼쳐진 소리의 파편들, 큰 울림에 이끌려 떠돌다 먼지와 잇따른 충돌에 구겨진 파편들이 펼쳐지며 하나의 소리가 된다. 앞뒤가 끊긴 채 들리거나, 비명, 때로는 웃음소리의 한 조각이었지만 때때로 온전한 단어도 있다. 그렇게 경쟁적으로 튀어나왔던 소리가 일순 사라진다. 잠잠해진 방 안에서 갑작스러운 소리에 당황한 시선들이 일제히 쏘아본 것은 부러진 안테나 오디오다. 시선들의 합리적 의심, 오디오가 방 안으로 들여지기 전엔 그런 일이 없었다. 그러나 오디오는 묵비권을 행사한다. 몇몇 사물들이 궁금해 죽어 껍데기만 남았지만, 오디오는 끝내 잡음 소리 한 번 내지 않는 지독한 확신범을 자초한다.

더욱 곤란한 일은 아이가 세상을 떠난 1년 뒤에 시작된다. 마룻바닥에서 붉은 핏물이 배어 나온 것이다. 핏물은 먼지를 적시며 부풀다 재가 되어 사라진다. 처음엔 혼자만 환각을 본 것 같아 사물들은 부러 모르는 척 시치미를 뗐다. 하지만 같은 일이 다음 날에도 반복되자 소리를 잃었던 피아노가 기괴한 소리를 내기 시작한다. 1년 만에 돌아온 소리는 끊어진 줄들로 빈속을 채찍질하고, 사람의 손톱 같은 것으로 나무판을 긁는, 괴로움에 자학하는 소리를 낸다. 붉은 핏물의 시각적 공포만으로도 기절할 것만 같던 사물들은 피아노가 만든 소리에 증폭된 공포를 느끼며 두려움에 떤다. 언제나 의심받기 좋아하고 시선을 즐기던 오디오도 이때는 질렸는지 긴 세월 부러진 채 매달려 있던 나머지 안테나를 끝내 놓치고 만다. 이날 이후, 괘종시계의 한발 빠른 경고는 새로운 일상이 된다.

그러한 일상이 10년이 되었다. 세상은 방을 방에 가두고 잊어버렸다. 세상과 벽을 두고 살았던 시간이었다. 그날 이후 굳게 닫힌 문 안에서 모두는 같은 날 얻은 상처를 나름의 방식으로 견디는 세월을 보냈다.

자랑거리였던 각종 고가의 장식품을 빼앗긴 장식장은 여러 해

동안 텅 비어 있는 속을 훤히 드러내 놓고 산다. 근래 들어서 제법 속마음도 감추고 지낼 수 있게 된 건 세월의 이력인 먼지 덕이다.

사람이 강제로 덮은 흰 천을 뒤집어써야만 했던 책상은 강제 구도의 시간을 가진다. 면벽 7년쯤, 그만큼의 시간이 지난 어느 봄, 동네 꼬마 녀석들이 던진 돌멩이가 유리창을 깨는 사고가 있었다. 그것은 몇 해 동안 창문을 두드리며 방 안을 훔쳐보던 바람에는 콧노래가 절로 나는 기회였다. 바람은 깨진 틈을 수시로 드나들며 방 안을 제 놀이터로 만든다. 책상이 구도의 길을 포기한 것도 바람 때문이다. 살랑대는 바람의 치명적인 유혹. 춘심을 이기지 못한 파계. 변색한 잿빛 천을 바람에 실려 훌렁 벗어 던지자, 오랜만에 직사광선을 받은 책상머리가 파르르 떨었다.

가장 비참한 상황을 맞은 건 책장이다. 훤칠하게 키 크고 허우대가 멀쩡했던 책장을 한순간 퇴락의 길로 이끈 건 깨진 유리창으로 스며든 빗방울이다. 가을장마가 끝날 무렵, 비에 젖다 마르기를 반복하던 책장의 허리 부근에 검은 곰팡이가 종기처럼 달라붙는다. 해가 갈수록 커져만 가던 종기는 끝내 책장 허리의 골수를 다 파먹는다. 바로 지난해의 일이다. 절간 같던 방 안이 수년만에 호들갑스럽던 사건 뒤에는 반전이 있다. 언제부턴가 서랍장은 책장이 못마땅했다. 한때는 어려운 책 제목도 줄줄 외우던 교양 있던 책장이 갑자기 바깥 물이 든 것이다. 서랍장은 언짢은 마음에 책장을 업신여기며 서로 소 닭 보듯 지낸다.

사고가 있던 날, 하나의 형태가 허물어지는 소리를 누구보다 먼저 들은 건 늘 책장의 옆자리인 서랍장이다. 경시하던 마음은 어디로 갔는지 서랍장은 쓰러지는 책장을 덥석 잡는다. 덕분에 책장은 한쪽 허리가 허물어졌지만, 서랍장에 기댄 채 살아남는다. 더욱 다행인 건 책장에 거주하는 책들도 살아남은 것이다. 기울어진 책장에서 책들은 서로서로 밀착한 채 끈끈하게 달라붙어 중력을 버티고 있다.

괘종시계는 더 이상 움직이지 않는다. 먼지 낀 시계추는 멈추어 버렸고, 시곗바늘은 언제나 6시 30분이라고 주장한다. 괘종시계는 대신 속으로 시간을 잰다. 태엽이 멈춰도 시간을 꿰고 있어야 진정한 시계라고 애써 자위하는 괘종시계다. 부작용은 있다. 속으로 시간을 재면서 괘종시계는 한층 성급해진다. 그래서 뭐든 조금씩 빠르다. 시간보다 앞서 달리다 생긴 버릇이다. 최근 들어 부품들이 하나둘 떨어져 나가면서 조바심도 커진다. 언제부턴가 괘종시계는 최후를 예감한다. 괘종시계는 벌써 며칠째 시간을 놓치는 실수를 했다. 그때마다 똑같은 장면을 떠올린다. 땅을 밟아 본 지 어언 30여 년, 먼저 떨어져 나간 부품들처럼 바닥과 부닥치고 조각조각 부서져 사방에 널브러져 있는 비참한 상황이다. 게다가 아침부터 알 수 없는 떨림 때문에 시간을 자꾸만 뒤쫓게 된다. 괘종시계는 곧 닥칠 것만 같은데 언제 올지 알 수 없는 최후로 인해 조마조마하다.

'자꾸 초조해. 결국 오늘이 그날인 걸까?'

괘종시계가 나지막하게 누구에게랄 것 없는 신호를 보낸다. 장식장은 저에게도 날아오는 괘종시계의 눈짓을 모르는 체한다. 저도 언젠가는 분해되어 구멍 난 담벼락에 덧대어지거나, 겨울날 공사장 땔감이 될지도 모른다. 상관 안 한다. 어차피 고통도 없다. 하지만 저보다 앞서 사라지는 것들을 담담하게 볼 자신이 없다. 장식장은 창밖으로 시선을 돌린다.

- 새야?

방 안을 가로지른 한 줄기 작고 빠른 그림자가 높이 날아간다. 새는 해를 위아래로 갈라도 보고, 중심을 향해 찌르듯 날아도 본다. 해는 가만있는데 저 혼자 분주하다. 장식장이 잠시 한눈을 파는 사이, 새의 모습이 강한 빛 속에서 사라진다.

- 세상을 벗어날 수도 있고, 날개는 좋구나!

장식장의 부러움이 채 끝나기도 전에 괘종시계가 탄식한다.

- 시간도 벗어날 수 있을까? 뭘 위해 시간을 재 왔는지 이제 모르겠다.

장식장이 뭔가 답하려다 멈춘다. 검은 물체가 창문과 충돌한다. 날개를 유리창에 부딪치며 내려앉은 건 빛 속으로 사라졌던 새다. 새는 지쳐 보인다. 좁은 창틀에 배를 깔고 앉은 새는 햇살에 짓눌린 듯 웅크리고 있다. 조각구름이 그늘을 만든 후에야 새는 목을 쳐들고 날개를 파닥인다. 유리창에 비친 자신을 희롱하는 건지, 아니면 열어 달라는 건지 톡, 톡 창을 두들겨 본다. 새가 창문을 두드리는 모습이 모두에게 인사하는 것 같다.

"덜컹."

시선들이 새의 인사를 외면하자 괜스레 민망해진 방문이 덜컹 소리를 낸다. 인사를 받았다고 생각한 건지 새는 이제 부리로 깃털을 다듬는다.

– 있었던 모든 일을 기억하기 위해 사물은 시간을 세는 것이다.

괘종시계의 물음에 대한 답이었을까? 뒤늦게 전해진 책상의 좋은 말씀에 모두가 숙연하다. 비록 파계했어도 책상의 가르침에는 무게가 있다. 책상의 답문에 모두는 하나둘 기억 속을 뒤져 본다. 많은 시간, 큰 기억에는 언제나 아이의 모습이 있다. 무언가 생각난 것이 있는 장식장이 먼저 아이의 추억을 하나 찾아 괘종시계에 비춘다.

아이는 말이 늦었었다. 아비는 당시 학업을 마무리하고 취업 준비에 바쁜 시기였다. 아이 엄마인 시우는 의대 졸업과 출산 그리고 육아를 몰아서 1년을 한 뒤, 대학병원 인턴, 레지던트로 일하느라 아이와 함께할 시간이 부족했다. 항상 시간이 모자란 젊은 부모 대신, 외조부모와 많은 시간을 보내던 아이는 부족한 게 없어서인지, 원래 발달에 문제가 있었던 건지 원인은 모르지만, 말이 늦었다. 아이의 입에서는 30개월이 지나고도 "엄마" 소리 한 번 나오지 않았다. 아이의 말 트임이 늦는다는 것을 인지한 젊은 부모는 그때부터 아이의 말 트임을 위한 행동을 펼쳤다. 주로 엄마인 시우가 주도했지만, 아비도 아이를 볼 때면 시우의 눈치를 볼 수밖에 없었고 동참하지 않을 수가 없었다. 시우는 주로 교육기관을 찾아 면담한다든지, 교육 방법을 주변에서 귀동냥해서 아이에게 실천해 보기도 했지만, 가장 많이 가진 건 마주 보며 "엄마, 엄마, 아빠, 아빠" 하고 말을 나누는 시간이었다.

아비는 아이를 안고 다니며 집 안 사물들의 명칭을 하나씩 말하며 가르쳤다. 특히 자신이 주로 머무는 방에서 그랬다. 아비는 아이에게 책상, 책장, 장식장, 괘종시계, 커튼, 책꽂이, 꽃병, 종이, 달력, 연필 등을 하나씩 보여 주고, 크게 불러 주고, 만지게 하고 돌아다녔다.

그러던 어느 날, 아이가 36개월쯤 됐을 때였다. 저택에 큰 물건이 왔다. 이민 가는 친척의 사정으로 받게 된 피아노였다. 아비는 언젠가 아이가 피아노를 칠 수 있었으면 좋겠다고 생각했다. 하지만 계획 없이 피아노를 집 안으로 들이는 건 쉬운 일이 아니었다. 몸집이 크고 오래된 피아노는 분해해서 옮겨야 했지만, 보내기에 급급한 친척이 보통의 이삿짐센터를 통해 보낸 것이다. 피아노를 2층으로 바로 들이기 위해서 부른 지게차도 말

썽이었다.

먼저, 마당을 가로질러 들어온 지게차의 바퀴가 잔디밭에서 헛돌면서 잔디가 많이 패였다. 후진하다 정원에 있던 조명탑도 깨 버렸다. 2층 거실 바로 앞에 있는 연못 때문에 지게차 진입이 막혀 2층 거실에는 피아노를 들일 수 없었다. 결국 지게차로 피아노를 2층에 들여보낼 수 있는 유일한 창은 서재뿐이었다. 어렵게 들인 피아노는 서재 밖으로는 내갈 수 없었다. 방문이 좁았다. 분해할 때를 기약하며 피아노가 결국 2층 서재 방에 갇혔다. 그날 저녁, 아비는 시우의 잔소리와 장모의 한숨과 장인에게 꿀밤을 한 대 맞았지만, 피아노 소리는 아이의 귀를 사로잡았다.

처음에는 신기해서, 그다음부터 좋아서 아이는 피아노에 붙어 있었다. 그리고 노래를 불렀다. 아비를 따라 한, "아~아~아~"라는 단순한 소리의 반복이었지만, 말보다 노래를 먼저 불렀다. 그러고 3일 뒤, 온 가족이 모여 앉은 자리였다. 아비에게 칭얼대던 아이가 말했다.

"피~아~노!"

"뭐라고?"

시우가 놀라서 물었다. 온 가족, 외할머니, 할아버지, 아비, 시우. 여덟 개의 눈이 아이의 입에 고정되었다. 다시 말이 없다.

"말한 거 맞지?"

장모가 아비의 옷을 당기며 물었다.

"네, 피아노라고 했어요."

아비가 아이의 손을 잡고 흔들며 눈을 마주치고 묻는다.

"피아노라고 말했지! 우리 피아노 치러 갈까?"

모두가 다시 아이의 입에 집중한다. 그때였다. 조그만 입이 열렸다.

"응, 피아노 쳐!"

그 한마디에 온 가족이 소리쳤다. 시우는 울었고, 장모는 손뼉을 쳤다. 장인은 또 아비에게 꿀밤을 먹였다. 아비가 뒤통수를 만지며 돌아본 장인의 눈에는 눈물이 고여 있었다. 고교 은사로 항상 자객 같던 아비의 장인도 어느새 할아버지가 돼 있었다.

그날 이후 아이의 조그만 입은 쉬지를 않았다.

- 참 소란스러운 녀석이었지.

장식장에 뒤질세라 괘종시계도 아이의 기억을 찾아 시간을 거슬러 가 본다. 뛰어다니고 웃고 소리치던 기억 속의 아이는 너무 밝다. 너무 밝은 기억 뒤로 보기 싫은 기억도 고개를 쳐든다. 껑충 솟아 나온 고통스러운 기억이 웃는 아이의 기억을 뒤덮어 간다. 괘종시계는 나쁜 기억을 떨쳐 내려고 애써 더 먼 시간으로 달려간다. 그래도 자꾸만 무서운 기억이 따라붙는다. 더 멀리 더 빨리. 괘종시계는 마음의 여유를 잃는다. 너무 무리한 탓에, 긴 세월 한자리에 정지해 있던 초침마저 움찔거린다. 나사 빠진 구멍으로 굳어 있던 기름도 스르르 지린다.

괘종시계는 한층 불안정해진 생각을 멈추지 못하고 더 깊게 달아나려고만 한다. 바늘이 움직였다. 1초가 움직이고 다음 1초로 옮겨간다. 놀란 장식장이 멈추라고 말려도 괘종시계는 이미 보이는 게 없다. 동력이 없어 생길 수 없는 움직임, 게다가 바늘이 움직였던 방향은 낮은 숫자를 향한 역주행이었다. 바늘은 조금씩 빨라지더니 시선들이 따라가기 힘들 만큼 속도를 낸다. 초침의 원운동은 위험한 폭주가 되고, 나사들이 풀어지고 몇 개는 바닥으로 떨어져 먼지층에 묻힌다. 추락도 전에 공중분해가 될 괘종시계의 위기. 멈추지 않으면 오늘이 최후의 그날일지 모른다던 괘종시계의 예언은 현실이 된다. 장식장이 멈추라고 유리창을 떨며 빛을 뿌려 대고, 다른 시선들 역시 반짝댔지만 이미 정신을 놓아 버린 괘종시계의 폭주는 멈출 줄 모르는데… 그때,

"떴다, 떴다 비행기. 날아라, 날아라!"

노랫소리가 들린다. 괘종시계의 초침이 일순 멈춘다. 14에서 13으로 올라가려던 바늘이 30으로 뚝 떨어진다. 나사도 하나 떨어진다. 괘종시계는 넋이 빠져 있다.

- 살았다, 살았어!

장식장의 격한 시선을 받자, 괘종시계는 한줄기 정신 줄을 부여잡고 부르르 떤다.

3

피아노는 죄책감 속에 살았다. 홀로 속을 긁으며 지낸 10년. 세월이 쌓일수록 한 가지 일에 집중했다. 과거를 외면하는 것. 인간과 달리 사물은 한 번 새겨진 흔적을 지울 수 없다. 다른 사물로 재생산되지 않는 한, 사물의 기억엔 망각이 없고, 잊을 수 없으니까 외면한다. 문제는 하나의 기억은 또 다른 기억과 연결된 고리라는 점이다. 기억 하나를 피하기 위해서는 전체 얼개를 외면해야 하고 그 때문에 인과관계 전부를 무시해야 한다. 사물의 시간은 좋은 것과 나쁜 것, 무료한 것이 빈틈없이 이어진 하나의 띠다. 피아노는 아이에 대해 생각날 때마다 따라붙는 그날의 무서운 기억이 두려웠다. 아이를 잃은 그날이 싫었다. 그래서 모든 기억을 외면하는 데 집중해 왔다. 그때 책상의 늦어진 답문이 들렸다.

- 있었던 모든 일을 기억하기 위해 사물은 시간을 세는 것이다.

평범한 그 한마디는 복음이 된다. 소중한 기억이 있다. 그것을 기억해야 한다. 두려움은 그다음이다. 피아노는 그렇게 받아들인다. 긴 시간의 고민과 두려움이 한순간 잊힌다. 피아노는 곧바로 기억할 것을 찾아냈다. 아이를 기억하는 피아노만의 방법은 하나뿐이다. 기억 속의 소리를 낸다. 피아노는 제 속의 마모된 양털 해머를 들어 올려 늘어선 긴 줄들을 힘껏 때린다. 현이 울린다. 소리가 퍼진다. 거기에 기억을 담는다. 소리가 노래가 되어 방 안에 울린다.

"떴다, 떴다 비행기. 날아라, 날아라! 높이, 높이 날아라! 우리 비행기."

- 이건 다섯 살 때 아이가 처음 한 손가락으로 쳤던 그 소리지?

장식장이 짐짓 아는 척하며 괘종시계에 묻는다.

- 아니지, 아니지. 이건 아비가 아이의 손을 쥐고 하나하나 눌러 주며 불렀던 소리잖아. 아이는 까르륵거리며 연신 웃고.

괘종시계는 장식장의 틀린 기억을 바로잡는다. 더 이상 관 뚜껑 못질 소리에 혼비백산 되살아난 정신머리는 아닌 게 분명하다. 맞다. 지금 들리는 소리는 피아노와 아이가 처음 〈종이비행기〉를 부른 날 연주됐던 그 소리다. 아이는 아비의 품에 안겨 건반을 하나하나 같이 누르며 노래했었다. 장식장은 유리를 흔들며 괘종시계의 기억을 칭찬한다.

"떴다, 떴다 비행기. 날아라, 날아라!"

추억은 피아노만 가진 것이 아니다. 모두의 호흡을 통해, 낮으면 낮은 대로, 높으면 높은 대로, 피아노 소리에 숨소리가 더해져 노래가 된다.

- 높이, 높이 날아라! 우리 아이야!

조각구름이 해를 감싸 안았다가 놓치고, 햇살이 다시 창가를 뒤덮는다. 깃털을 고르던 작은 새가 햇살을 향해 몇 차례 허튼 날갯짓을 해 본다. 준비가 끝난 것인지, 창문 안쪽을 향한 몇 번의 고갯짓을 마친 작은 새는 창틀 끝으로 건너니 발을 박차고 뛰어오른다. 날개를 펼친 게 먼저인지 뛰는 게 먼저인지 누구도 알아채지 못했지만, 곧장 날아오른다. 높이 더 높이, 무슨 목적인지 자꾸만 솟구친다. 그렇게 한계선까지 오른 작은 새가 날갯짓을 멈춘다. 몸통에 날개를 착 붙이고 부리가 창끝이 되어 떨어진다. 극한에 마주 선 한 마리 작은 새의 무모함이 단단한 땅바닥의 저항에 다다르고 있다. 때마침 방에서 배운 노래를 뽐내고 싶어 다른 집을 향해 서둘러 방에서 빠져나오던 바람이 외친다.

- 위험해!

세상도 함께 적막하게 비명을 지른 순간, 작은 새는 날개를 활짝 펴고 활공하며 유리창 앞을 가로지른다. 방 안으로 새의 그림자가 한 획을 긋고 지나간다. 무모했던 도전의 목적이 그뿐이었는지, 다시 하늘로 솟구쳐 오른 새는 방향을 돌려 자신이 남긴 그림자를 찾는다. 의기양양하던 새는 눈을 의심한다. 없다. 빠르게 고갯짓을 반복하며 찾아도 그 어디에도 없다. 빛은 이미 방 안을 메웠고, 그림자는 제 두 눈이 밝았던 기억 속에만 남아 있다. 새는 실망한다.

부리로 태양을 가른다! 이는 새의 오랜 꿈이었다. 새는 오전부터 깃털이 바삭대도록 위에서 아래로, 아래에서 위로 태양을 갈랐다. 그러나 쉬지도 않고 몇 번을 연달아 가르던 새의 비행 속도는 점차 느려진다. 깃털이 뜨겁게 달궈질 만큼 높은 햇볕과 가까운 거리. 새는 지쳐갔다. 도전을 수정한다. 세상에 흔적만이라도 남기자는 계획을 세운다. 창가에 다시 앉아 깃털을 고르며 방법을 생각했고, 자신의 도전을 응원하라고 창을 두드리며 방 안 시선들의 관심을 유도한다. 힘을 비축 후 보란 듯이 날아올라 부리로 빛을 가른다. 일도양단, 마음이 가진 만큼의 절실한 몸짓은 한순간 성공을 느낀다. 힘찬 비상이었고 날카로운 낙하였다. 하지만 헛된 몸부림인가? 그림자의 흔적은 추락하는 속도보다 빠르게 빛 속으로 숨는다.

갈 길 바쁜 바람이 허망해진 새에게 들으라는 듯 혀를 차고 지나가고, 새는 풀 죽어 가까운 나뭇가지에 힘없이 내려앉는다. 그림자는 자신이 밟고 있는 나뭇가지에 다시 맺힌다. 잠시 애처로운 울음에 세상이 쓸쓸해진다. 먼 곳으로 날아갈 새는 짧은 발돋움으로 나뭇가지만 옮겨 탄다. 멀리 나는 게 힘에 겨운 건지, 발밑에 붙어 있는 그림자가 무거운 건지, 작은 새는 자꾸만 가까운 나뭇가지에 내려앉아 지저귄다. 서러운 지저귐이 후다닥 앉았다 작아지고, 후다닥 앉았다 작아지기를 반복하며 조금씩 멀어져 간다.

여름날의 오후는 아직도 갈 길이 먼데, 뜨거운 해는 남쪽 하늘에 눌어붙어 갈 방향을 모른다.

대문의 쇠사슬을 풀어내는 소리가 들린다. 오랜만이다. 모두 설레면서 긴장된다. 부동산 중개업자가 사람을 데려오거나, 관리인이 청소하려고 오는 경우가 방문객의 전부인 저택. 집 안을 여기저기 둘러본 사람들은 고개를 저었다. 기운이 안 좋다고…. 인적은 없어도 1년에 두세 차례 마당 정리도 하고 관리도 받지만, 늘 같은 말을 듣는다. 저택 안도 잘 정리되어 있다. 다만 청소하지 않아 보기 좋지 않은 상태인 곳은 사건이 있었던, 시선들의 방뿐이다. 관리인도 들여다보기 꺼리는 방. 덕분에 방 안 가득 쌓인 먼지가 양탄자처럼 깔렸고, 시공 주체인 거미마저 생명의 시효를 훌쩍 넘겨 거미줄에는 이제 거미 자신의 주검이 엉겨 있다.

현관문이 둔탁한 소리를 내며 열린다. 집 안으로 구둣발 소리가 들어온다. 한 발짝, 현관으로 들어선 뾰족구두 소리가 자기가 찍은 발자국 위에 그대로 멈춘다. 단 한 발짝일 뿐인데 모두를 소름 끼치게 한, 모두가 기억하는 소리.

- 그 사람이다! 그 사람이 왔다.

그날 이후, 그 사람의 발걸음 소리는 집을 찾지 않았다. 그러나 그 발걸음 소리는 모두의 기억에 각인되어 있다. 흉기를 들고 방문을 열고 들어왔던 발걸음 소리. 아이의 머리를 내리치고 서둘러 달아났던 발걸음 소리가 돌아온 것이다.

긴장한 방문은 연신 덜컹거렸고, 괘종시계는 헤아리지 못할 앞일을 두근거리며 재기 시작한다. 아이의 피가 밴 마룻바닥은 흥분해서 으르렁거린다. 모두는 그 얼굴에 욕설 담긴 눈빛을 맘껏 뱉을 수 있기를 고대하며 주의를 기울인다.

멈췄던 발걸음 소리가 다시 걷기 시작하자 또 다른 발걸음 소리가 집 안으로 따라 들어온다. 발걸음 소리라고 하기에는 왠지 거슬리는, 닳아서 뭉툭해진 빗자루로 투박하게 바닥을 쓸어 내는 소리 같다. 발걸음 소리는 한참을 아래층에 머문다. 하나는 여기저기 구둣발 소리를 분주하게 찍고, 또 다른 하나는 아주 드물게 바닥을 쓰는 소리를 낸다. 그리고 드디어 계단을 올라온다.

"관리를 한다고 했는데… 이것 봐, 2층은 더 지독해!"

덜커덩대는 방문을 열고 먼저 방으로 들어온 그에게 욕설을 내뱉기 바빴을 시선들이 어쩐 일인지 발을 끌며 들어오는 두 번째 얼굴에 고정된다. 방문이 열린 순간 바깥 공기를 타고 날아온 정겨운 느낌. 값싼 새 운동화로 먼지를 쓸며 다가오는 발소리. 그 발소리의 주인은 모두가 그리워한 아비다. 순간 놀란 피아노는 끊어진 높은 소리 줄들을 휘젓고, 그 바람에 타다닥 부닥치는 소리를 숨기지 못한다.

그런데 아비는 이상했다. 바닥을 끌며 걷는 느린 걸음걸이, 어디를 보는 건지 모를 눈동자, 일그러진 채 굳어진 표정이 한눈에도 정상이 아니다. 너무 늙고, 혼이 빠진 얼굴… 답답할 만큼 느린 아비는 방 한가운데에 도달해서야 걸음을 멈춰 선다. 그리고 모든 몸의 동작도 멈춘다. 한 번 자리를 잡으면 움직임이 없는, 사물 같은 정지 상태다.

"여긴 청소를 전혀 안 했네!"

신경질적인 목소리. 그제야 그에게 시선들이 돌아간다. 삐걱대며 발끈한 심기를 드러내지만, 분주한 구둣발 소리에 밟힌다. 발걸음 소리가 괘종시계 앞에서 멈춘다. 괘종시계를 훑어보는 얼굴에는 혐오스러운 것과 마주 선 표정이 인다. 그것은 괘종시계의 먼지 묻은 금색 시계추에 비친 아비를 향한다.

"이 쓰레기는 버려야겠어."

괘종시계가 울컥한다. 시계로서 기능을 잃고, 긴 세월을 버텨온 데는 유럽 명문가 출신이라는 자존심이 있었다. 그런데 대놓고 쓰레기라고 불렀다. 때마침 울린 전화기 벨 소리에 놀라지 않았다면, 괘종시계는 간신히 붙어 있는 낡은 태엽들을 돌려 종

소리를 유언으로 남길 뻔했다. 전화 발신자를 확인한 그 사람이 밖으로 나간다. 아비는 여전히 정지해 있다. 시선들은 씁쓸했다. 무엇 하나 기대할 수 없는 모습. 따뜻하고 건강했던 얼굴은 어디에도 없다. 문밖의 통화 내용은 노골적으로 아비를 무시하는 내용들이었지만, 그런 소리에도 아비는 어떤 반응도 보이지 않는다. 아비는 시선들과 같은 사물 같다. 개중 마음이 약한 시선들이 하나둘 견디지 못하고 아비를 외면한다.

"철거업자 만났지, 다음 주에 시작할 거야. 자기도 알잖아! 10년 기다려서 여기까지 온 거. 나는 이젠 더 못 기다려."

목소리가 잽싸게 등딱지 속으로 대가리를 숨긴 자라처럼 작아진다.

"저 인간? 정신과 의사도 움직이는 식물인간이라잖아. 그걸로 감형도 받은 거고."

부르르, 끊어진 높은 소리 현들의 떨리는 소리. 피아노는 화가 치민다. 죄를 짓고도 당당한 그 사람도, 지은 죄 없이 벌을 뒤집어쓰고 모든 걸 포기한 채 사물화돼 버린 아비도 용서되지 않는다. 자연이 허락한 생명의 의지를 가진 존재가 자신을 사물처럼 썩히는 것도 이해가 안 된다. 피아노의 분노는 건반으로 전달된다. 신경질적인 그 사람의 목소리는 계속된다.

"나도 저치랑 같이 다니는 거 지긋지긋하지. 서류에 도장만 찍히면 다 끝이야."

눌어붙은 먼지를 날리며 건반 하나가 내려앉는다. 피아노 소리가 울린다. 그 소리는 전화기를 타고 저 먼 어느 곳까지 날아갔다 돌아온다.

"뭐가 들려? 피아노 소리?"

그 사람이 전화기를 귀에서 떼고 귀를 기울인다. 피아노 소리가 들린다. 건반의 이것저것 대강 치는 소리다. 처음에는 아주 힘들게 한 음 찾아 누르고, 한 음 찾고 누르는 소리다. 그러다 몇 번 반복되자 익숙해졌는지 빨라진다. 그러고는 신경질적으로 뿌리치듯 거칠게 화를 내는 소리다.

그때 피아노는 단순하게 생각하기로 한다. 아비는 이제 생명이 아니다. 아비는 우리와 같은 사물이다. 피아노는 되뇌며 소리를 낸다. 아비는 생명이 아니니까 같은 사물 간의 소통은 금기가 아니다. 들어라. 봐라. 피아노가 화내고, 고함친다. 그러다 덜컹, 문소리에 피아노가 멈춘다. 그가 방으로 돌아왔을 때 아비는 여전히 방 중앙에 있다.

"피아노 새로 하나 사 줄까? 내가 당신 재산을 관리하는데 그 정도는 해 줘야지."

눈치는 보지만, 그 사람의 말투 속에는 아비에 대한 조롱이 섞여 있다. 잠시 방 안 가득 어색했던 정적을 끊고, 아비는 바닥을 쓸며 피아노 쪽으로 걸어간다. 잠시 후 피아노 상단에 한 손을 대고 건반을 본다. 아비의 손길에 피아노의 끊어진 높은 소리 현들이 한차례 부르르 떨리고, 아비의 시선에 맞춰 건반이 다시 한 음, 한 음 소리를 만들어 낸다. 아비의 말라 버린 두 눈은 한 음, 한 음 눌리는 건반에 고정되어 있다. 피아노는 절규한다. 그 소리가 건반을 통해 들린다.

"저 여자가 범인이야! 저 여자가 아이를 해친 범인이야!"

그날, 아이가 방으로 뛰어 들어왔다. 피아노 학원에 다니기 시작한 일곱 살 무렵이었다. 무슨 일인지 들떠 있었다. 아이는 좀처럼 가만있지를 못하고 방문 앞에서 들락날락하며 아비를 재촉했다. 아비가 방으로 오자, 아이는 새로 만든 놀이를 가르쳐 주었다. 아이는 놀이 이름도 그새 만들었다. '비밀말하기.' 손가락으로 건반을 하나씩 누르며 1, 2옥타브의 흰건반 열네 개는 자음, 검은 건반 열 개가 모음이라고 했다. 그러면서 선심 쓰듯 말했다. 짝꿍과 둘만의 비밀말하기를 아비에게만 특별히 알려주는 거라고….

아비가 아이의 놀이에 적응하는 데는 시간이 걸렸다. 절대음감이 없는 아비는 소리만으론 대화가 어려웠다. 대신 아이가 누른 건반을 보며 이야기했다. 아비와 아이의 비밀말하기는 아이가 초등학교에 입학하던 무렵까지 이어졌다. 새로운 친구들과의 놀이에 바빴던 아이도, 연애를 시작한 아비에게도 비밀말하기는 잊혔다. 하지만 피아노는 잊지 않았다. 비밀말하기의 목소리 역할은 피아노에 가장 자랑스러운 기억이었다. 그 비밀말하기의 목소리가 다시 소리친다.

- 저 여자가 범인이야! 저 여자가 범인이야!

눈치 없던 햇살이 조심스레 물러난다. 방 안이 어둑해지고 눈이 부셔 보지 못하던 것들이 오히려 뚜렷해진다. 아비는 들었다. 피아노의 외침, 정말 오랜만에 생각이라는 영역까지 전달된 소리였다. 몸속 어딘가를 바늘로 찌르는 불쾌한 고통 같다. 고통이 지속되자 '이게 뭔데?'라는 반감이 심장을 두들긴다. 온몸의 끄트머리마다 피 맛 나는 갈증이 휘몰아친다. 답답하다. 답답해서 미친 듯이 온몸을 털고 싶고, 기절할 만큼 크게 소리 지르고 싶다. 아비는 입을 벌린다. 비명을 지른다. 악악댔지만, 소리는 나오지 않는다. 대신 깊게 웅크리고 있던 의식이 고개를 쳐든다. 한동안 메말라 있던 물길이 다시 트이고, 뜨거운 피가 새로 돌고 맥을 흔든다. 각막에서 반사되고 흩어져 눈에 맺히지 않던 세상도 다시 맺힌다. 아비의 눈에 건반이 들어온 건 그때다. 피아노는 건반 하나하나로 소리를 쓰고 말을 이어간다. 눈이 봤고, 그러자 귀에 들린다. 머리가 생각을 새긴다.

황량한 들판, 정오의 햇빛 속에 홀로 그늘을 가진 나무 그림자처럼 뚜렷한 형상이 그려진다.

"커-억, 컥."

아비는 컥컥대며 기침한다. "어어-억" 소리를 내며 괴성을 토하듯 기침을 쏟아 낸다. 오랫동안 몸 어딘가에 닫아 두었던 목소리가 삐걱대며 불쾌하게 튀어나온다. 눈앞에 그 사람이 있다. 그 사람에게는 10년을 지나 마주 선 자리지만, 아비에게는 지난 시간이 잘려 나간, 아이가 죽은 바로 그다음 장면이다.

"말했어, 말했다. 피아노가 우리 아이 해친… 범인."

일그러진 표정. 곧바로 바뀐 그의 표정은 싸늘하다. 그날, 발 밑에 쓰러진 아이를 내려다보던 그때의 표정과 같다.

"그래서 누구래?"

아비의 손가락이 천천히 그를 향한다.

"나?"

그가 비웃는다.

"피아노가 말해? 제대로 미쳤네. 그래! 봤겠지. 눈들이 달려 있으면 얘도 보고, 쟤도 보고, 저 시계도 봤겠네. 그러면 이것들이 증인이야? 그래, 증인들 앞에서 말해 주지. 맞아! 나야. 내가 그랬어. 어때? 알고 나니까 속이 시원해?"

아비가 그를 향해 손을 뻗는다. 아비의 손이 뒷걸음치는 그의 얼굴에 닿지 못하고 바닥으로 떨어진다. 발이 꼬인 아비는 중심을 잃고 넘어지고, 바닥에 가해진 충격 때문인지 덩달아 방문이 큰 소리를 내며 닫힌다. 아비를 피해 뒷걸음치던 그가 문에 다다른다. 그의 손이 문고리를 잡는다. 아비가 비틀대며 일어선다. 아비의 걸음으로는 그를 잡기에는 너무 멀고 또 느리다. 그것을 알고 비웃는 얼굴을 보며 아비가 묻는다.

"왜 그랬어?"

아비의 두 손이 허공에서 둔탁하게 떤다. 힘을 주체 못 한 떨림. 아비가 발을 끌며 느리게 다가오자, 그의 얼굴이 사악하게 일그러진다. 한때 아비에게 안기며 사랑한다고 말하던 여자. 아내를 사고로 잃고 3년 만에 위로가 되어 준 사람. 함께 아이를 잘 키우자며 배시시 소녀처럼 웃던 얼굴이 아직도 남아 있는데, 그 얼굴을 기억하던 실내등은 추악한 표정에 놀라 저도 모르게 전구 불을 켰다 끄기를 반복한다.

"사람들에게 알려야겠네. 드디어 그때의 진실을 피아노가 증언했다고. 고마워, 제대로 미쳐 줘서. 덕분에 당신은 평생 병원에서 썩게 될 거야. 나는 당신 덕분에 잘 먹고 잘살 거고."

비정한 말을 내뱉고, 몸을 돌린 여자가 가냘픈 손으로 문고리를 돌린다. 귀가 밝은 것들은 여자가 문고리를 돌리기 전 찰깍, 문이 잠기는 소리를 들었다. 방문은 열리지 않는다. 조금 전 별 이상 없이 드나들던 문이다. 방문이 뭔가를 한 것이다. 여자가 문을 흔들고 주먹으로 친다. 열리지 않는다.

잠시 후 바닥을 끄는 발소리가 문 쪽으로 다가간다. 다급하게 문고리를 돌리는 얼굴에 이제까지 없던 두려움이 빠르게 나타난다. 그리고 모든 소리가 멈춘다. 문을 두들기던 손도 바닥을 끄는 발소리도 멈춘다. 여자는 고개를 돌리기 싫지만 견디지 못할 만큼 두려워 뒤돌아본다. 순간 가늘고 긴 목을 아비의 두 손아귀가 잡는다. 비명처럼 다급한 소리가 손아귀에 막혀 버린다. 입은 움직이지만, 말은 더 이상 새어 나오지 못한다. 몸부림치다 바닥에 쿵 하고 쓰러진 두 개의 몸. 먼지가 방 안 가득 날린다. 미세한 입자부터, 뭉친 솜사탕을 떼어 놓은 덩이처럼 둥실 날린 것까지. 검붉게 변해 가는 그의 얼굴에도 쌓이고, 피가 몰린 두 눈이 흘리는 눈물에도 젖는다. 손과 발이 허공을 차고 헤매는 데로 따라가다가 떨어지고 다시 날리고, 날리는 것도 지쳐, 스스로 구석을 찾아 내려앉는다. 어디에서 그런 힘이 났는지 살려고 밀치고 할퀴고 때려도 아비의 두 손은 굳은 것처럼 꿈쩍하지 않는다. 모든 감각이 두 손에 실려, 마치 처음부터 두 손이 하나인 듯 풀리지 않고 견고하다. 얼마 동안 그런 상태가 계속됐는지 알 수 없다. 괘종시계도 흥분해서 시간을 잊는다. 길었던 것 같기도 하고, 의식하지 못할 만큼 짧은 순간 같기도 하다. 끓어오르는 증기에 달그락거리던 주전자 뚜껑처럼 거센 저항이 스러져 간다. 하나의 생명이 꺼져 간다. 그때,

"아빠!"

다급한 부름이었다. 모두의 시선이 오디오를 향한다. 과거에 장난감 마이크를 들고 다니며 뿌려 댄 아이의 소리가 방 안의 거센 부닥침에 발현된 건지, 아니면 죽은 아이의 애처로운 외침인지 모르겠다. 분명한 사실은 소리가 있었고, 언제 외쳐진

누구의 소리든, 그 부름이 우악스럽게 목을 조였던 아비의 손을 풀어낸다.

일시에 방도 부르르 떨고, 시선들도 몸서리를 친다. 잊었던 호흡들이 일시에 터지고, 아비와 함께 손아귀를 몰아 쥐었던 힘이 풀린다. 기운 빠진 괄약근처럼 잠금장치가 풀리고 스르르 문이 열린다.

쿵, 툭, 툭. 책들이 바닥에 떨어지고 책장 한 줄이 비어 버린다. 이제껏 서로를 붙잡던 힘을 아비의 손아귀에 보태느라 더 이상 서로를 붙잡을 기운이 없는 탓이다. 책들의 추락으로 먼지가 다시 요란스레 떠다닌다. 마지막에 떨어진 책은 가슴을 떡하니 벌리고 거침없이 속을 드러낸다. 책 속이 검은 곰팡이로 새까맣다. 생명을 놓칠 뻔했던 여자는 자기 목을 감싼 채 구토 같은 기침을 해 대고, 바닥에 엎드린 아비의 등도 한참을 들썩인다. 우는데, 서럽게 우는 게 보이는데, 소리가 없다.

방문이 닫혔다. 그 사람도, 아비도 떠났다. 여자는 비틀거리며 혼자 걸어 나갔고, 아비는 밖에서 기다리던 흰 가운 입은 남자 둘이 겨드랑이에 손을 넣어 들다시피 해서 데리고 나갔다.

구름을 벗은 해가 방 안 가득 빛을 쏘아 대며 그새 무슨 일이 있었는지 확인한다. 아직도 숨을 몰아쉬던 시선들이 멀뚱멀뚱 방 한가운데로 몰린다. 주검 대신, 처절했던 몸부림만 먼지를 따라 흔적으로 남은 마룻바닥. 한쪽에서 혀 차는 소리가 들린 것도 같다.

- 아비는 그 사람을 용서한 걸까?

누군가의 물음이 모두의 침묵을 부른다. 씁쓸하게 내쉬는 숨소리. 아득한 시선들. 아직도 흥분이 가라앉지 않은 방문이 몇 번을 덜컹댄다. 모두가 한순간 아비와 하나였다. 아비를 통한 사물들의 복수였다.

- 그것이 아비의 선택이다.

책상이 답한다. 사물은 할 수 없는 것이 있다. 의지를 갖는 것. 사실, 사물은 아무것도 해서는 안 된다. 사물은 타고난 재료만큼 형태를 갖추고, 업이 쌓이면 낡고 썩어 간다. 그것이 자연이 부여한 사물의 율법이다. 그러나 사물이 할 수 없는 것을 아비는 할 수 있다. 아비는 사물과 달리 복수도 용서도 할 수 있다. 잃었던 의지를 다시 찾는 순간 아비는 사물의 길과는 다른 길을 걷게 된다. 내딛는 한 발짝마다 선택하고, 한 번의 숨에 급변할 감정도 갖는다. 앞으로는 아비가 사람의 길을 걷기를 사물들은 바란다.

문제는 사물들이다. 의식이 죽었던 아비를 깨운 피아노의 행위는 금기를 어긴 것이다. 피아노는 진실도 알리고, 복수도 하고 싶었다. 그리고 그것은 모두 하나가 되어 집행한 복수였다. 방문은 문을 잠갔고, 다른 사물들도 아비의 두 손에 힘을 더했었다. 그건 분명하게 사물의 금기를 어긴 일이었다.

동네를 한 바퀴 휘돌고 돌아온 바람이 수상한 공기를 깨닫고 눈치를 살핀다. 바람은 레이스 커튼을 흔들고, 분위기를 바꿔 볼 요량으로 바닥에 펼쳐진 책장을 넘기며 누군가 저만 모르는 이야기를 들려주길 기다린다.

- 진실을 감당하는 건 이제 그들의 몫이다.

책상의 눈짓을 받은 피아노는 속이 뜨거워지는 것을 느낀다. 어디서 발화된 건지 알 수 없는 불이다. 스스로 일으킨 화인지 신이 내린 벌인지 모를 불길이 피아노 속을 휘젓더니 매운 연기와 함께 거세게 타오른다. 피아노는 금기를 어긴 응보를 불로 씻는다고 생각하자, 차라리 시원했다. 다만, 저로 인해서 화를 면치 못하는 사물들에 미안했다. 피아노는 방 안을 둘러본다. 여전히 흥분된 숨을 몰아쉬는 시선들. 그런데 주고받는 눈빛들이 담담하다. 아비의 손아귀에, 사물에는 허락되지 않은 의지를 실을 때부터 각오한 눈치다.

안심한 피아노의 몸체가 쩍 갈라지며 튕겨 날아간 높은 소리 줄들을 타고 사방으로 불똥이 튄다. 곰팡이로 속 썩은 책들 위로 옮겨간 불꽃이 무섭게 타들어 간다. 제 속도 펼치면 책처럼 새까맣게 물들었을 거라며 몇몇 시선들이 뜨거운 눈빛을 주고받는다.

- 한세상 속만 썩다 가는구나!

어느새 불이 옮겨붙은 괘종시계의 헛된 탄식을 뒤로한 채, 바람이 방 안을 휘돌다 빠져나간다.

오늘이 제 마지막 날이라는 괘종시계의 예상은 틀리지 않았다. 또한 모두의 마지막이기도 한 날이었다. 종말의 날에, 방 안 사물들은 불에 타 버렸고, 집은 잿더미가 되었다.

4

아비는 버릇처럼 모든 사물에 말을 걸지만, 특히 벤치에 대해서는 특별한 친밀감을 보였다. 인사를 하고, 안부를 묻고, 오늘 날씨는 '어떻다'라고 말하고는, 그래서 자기는 날씨에 맞는 '무언가' 한 것을 말한다. 예를 들면, 어제는 날씨가 몹시 더운데, 점심 식사 후에 디저트로 아이스크림과 식혜 중 하나를 선택해야 했고, 자신은 식혜를 마셨다는 말을 벤치에 하는 것이다. 벤치는 그때 다행이라고 생각했다. 안타깝게도 벤치는 식혜가 무엇인지 몰라서 그저 아비가 좋아하는 것인가 보다 생각했지만, 스스로는 아이스크림이라면 치유되지 않는 경험이 여러 번이라 흠칫했다.

그 차갑고 끈적거리는 무엇, 물도 아니고 그렇다고 얼음도 아닌 것. 그것을 들고 핥다가, 적게는 한두 방울, 어떨 때는 뭉텅이를 흘리고 가 버리는 아이들이 여럿 있었다. 그 아이들은 아이스크림을 잃었고, 그래서 울고 가면 그뿐이지만, 남겨진 아이스크림 뭉텅이는 시간의 흐름에 따른 기괴한 변태기를 보낸다. 벤치로서는 괴로운 시간이었고 불쾌한 경험이었다. 벤치도 처음에는 가볍게 생각했었다. 작은 고체 덩어리에 별난 성질이 있다고 생각하지 않았다. 하지만 그 안일한 생각에 충격을 안길 만큼 아이스크림은 악랄한 작은 악마였다.

충격의 첫 경험 날, 대여섯 살 정도의 사내아이가 투덜대며 벤치로 왔다. 걸음걸이부터 팔을 좌우 사방으로 흔들면서, '나 심술 났으니까 건들지 말라'는 경고 메시지를 짙게 풍겼다. 아이가 벤치에 앉고 뒤따라온 두세 살 위로 보이는 누나가 아이스크림콘을 쥐여 주려고 내민다. 안 받겠다는 의사를 외면으로 실천하는 동생.

"이거 받아, 벌써 녹잖아."

누나의 목소리에는 이미 짜증이 섞인 상태였다.

"싫어, 내가 좋아하는 맛이 아니야!"

얼굴 가득 화가 난 누나는 아랫입술을 움찔거렸지만, 그래도 목소리를 짐짓 낮추며 차분하게 얘기하려는 듯 한 마디 한 마디 분명하게 잘라 말했다.

"여기엔 이것밖에 없다는 말 너도 들었지? 엄마 만나고, 집에 가면 동네 마트에서 아빠한테 사 달라고 말해 줄게."

동생은 누나의 이 긴 설명적인 말투가 마지막 배려이자 경고인 것을 어렴풋한 경험으로 알고 있다. 그렇지만 공연히 지고 싶지 않다. 그래서 계속해서 외면한다. '난 이미 싫다고 말했고, 이 문제는 누나인 네가 해결해'라는 투다. 누나는 갈등한다. 벌써 한계다. 이제 남겨진 카드는 하나. 확실하고 효과 빠른 마지막 치트 키뿐이다. 그렇지만 그것을 말할 때 늘 가슴 한쪽에 남는 죄책감이 있다. 그래서 마지막 순간까지 치트 키 버튼을 누를지 고민한다. 하지만 누나는 자신이 갈등하는 그사이에도 아이스크림콘은 녹고 있고, 이미 자기 손등을 타고 흐르고 있다는 것에 초조함을 느낀다. 누나는 한숨을 내쉰 뒤 치트 키 버튼을 누른다.

"너 엄마한테 이른다!"

효과는 즉각적이다. 뭔가 반박하고 싶지만, 망설이는 동생의 얼굴. 아이스크림을 한 번 본다. 싫은데 녹아서 더 싫다. 그렇지만 여기까지가 끝이다. 동생은 누나 얼굴을 본다. 밉다. 그래서 더 크게 소리쳤다.

"이르지 마!"

분한 얼굴에 걸쭉한 콧물이 주욱 흐르고, 눈물이 가득 고인 동생은 누나가 내민 녹은 아이스크림콘을 받아 든다. 누나는 동생을 보며 짧게 한숨을 내쉰다. 이럴 때마다 아픈 엄마를 이용한 것 같아 미안하다. 그렇지만 자기도 어린이일 뿐이고, 이런 자신을 어른들이 이해해야 한다고 생각한다. 솔직히 투정 많은 동생을 챙기는 건 너무 힘들다. 그래서 '난 아직 아홉 살인데 내 인생은 왜 이렇게 힘든 걸까?'라고 생각할 정도다.

동생은 원래 투정이 많은 아이였다. 원래 그 투정 상대는 엄마였다. 하지만 엄마가 이곳에 온 이후에는, 아픈 엄마를 자기 때문에 더 힘들게 해서는 안 된다는 생각을 갖게 된 동생이다. 그때부터 동생은 아빠나 누나에게 투정을 심하게 부리다가도 엄마 얘기가 나오면 급감속했다.

싫다는 표정 가득한 동생이 아이스크림콘을 한 입 베어 물 때, 멀리서 엄마 목소리가 아이들을 부른다. 두 아이는 너나없이 병동 입구에서 아빠의 부축을 받으며 서 있는 엄마를 향해 달려갔고, 아이스크림콘만 벤치에 남겨졌다.

남겨진 아이스크림은 이제부터 극적인 변화를 일으킨다. 아이스크림은 주술을 부르는 무녀처럼 둥근 머리를 바닥에 처박고 몸을 녹여 가며 음침하고 끈적한 영역을 늘려 나간다. 이상한 색들로 혼합된, 어느새 아이스크림도 아닌 것이 벤치를 점령한다. 드디어 수분이 증발하면 그대로 숙성의 시간을 갖는데, 이 숙성 시간은 아이스크림에는 매우 중요한 순간이다. 이것이 비슷한 다른 덩어리, 예를 들면 얼음과 다른 점은 바로 아이스크림이 악의를 품고 있기 때문이다. 얼음은 뒤처리도 깔끔하게 증발하지만, 아이스크림은 햇볕에 말라갈수록 끈적해진다. 그

액체라고 해도 될지 모를 것이 벤치에 눌어붙어 펼치는 기만술은 너무도 극적인데 딸기색, 녹차색, 각종 혼합된 색 등이 마녀의 수프처럼 섞여서 숙성되면, 카멜레온같이 자신의 본색을 버리고 벤치와 같은 색깔로 변신한다. 위장술을 펼치는 것이다. 마치 정성을 들여 만든 함정처럼, 자세히 들여다보지 않으면 구분이 힘든 위험한 기만이 완성된다. 그리고 드디어, 오욕을 뒤집어쓸 엉덩이가 벤치를 찾아와 앉기만 하면 된다.

아이스크림의 악의에 벤치는 얼굴을 들 수가 없었다. 벤치는 원래, 사람이 걷다가 힘들 때 쉴 곳이 되어 주고, 정리할 생각이 있을 때 필요한 공간이 되어 주었다. 그런 벤치를 함정으로 만들어 버린 것이다. 그것은 벤치의 쓸모를 부정하는 일이었다. 많은 엉덩이의 주인들이 벤치를 비난하고 갔고, 그때마다 벤치는 변명 한 마디 하지 못했다. 욕받이가 된 벤치는 불타 재가 되고 싶다는 생각을 처음으로 했다. 스스로 할 수 있는 일이 없기 때문이었다. 할 수 없이 하는 것이 비를 기다리는 정도. 비가 오면 아이스크림 함정이 깨끗하게 씻겨 나갔다. 가끔, 정원을 청소하는 사람들이 벤치 상태를 전해 듣고 물로 씻어 줄 때도 있지만, 대부분은 비가 오기까지 방치되었다.

그렇게 아이스크림을 흘리고 간 사람 중에는 사실 아비도 있었다. 그날 아비는 뭔 생각에 깊이 잠겼는지, 녹은 아이스크림이 손을 타고 벤치에 떨어질 때까지 하늘을 쳐다보고 있었다.

한참을 아이에 대해 벤치한테 말하는 중이었는데, "피아노가 화가 나서 어쩌고", "건반이 살아서 저쩌고" 하더니 갑자기 얼음이 돼 버린 것이다. 아비가 진짜 얼음이라면 아이스크림이 녹지는 않았겠지만, 아비는 뜨거운 피가 흐르는 사람이었고, 계절 역시 여름이라 태양도 적극적으로 열기를 뿜어내던 때였다.

정신병동으로 돌아갈 시간이라 간병인이 불렀지만, 아비는 그래도 움직이지 않았다. 결국 남자 간호사 둘이 양쪽 겨드랑이에 팔을 넣고 들어서 휠체어에 앉혀야 했다. 휠체어의 바퀴가 돌아가는 중에도 아비는 그렇게 멈춰 있었다.

다음 날, 그다음 날도 아비는 벤치를 찾지 않았다. 아비가 다시 벤치를 찾은 것은 일주일이 채 안 된 5일 뒤였다. 산책을 나온 아비는 5일 전처럼 벤치에 인사하고 앉아서, 그날 자신이 한 일을 소개했고, 지금은 세상에 없는 아이를 이야기했지만, 피아노 얘기는 다시 꺼내지 않았다.

그날부터 달라진 것이 있었다. 아비는 졸음을 이기지 못했다. 조금 전까지 정원 끝 울타리 밖을 한참 지켜보던 아비가 어느 순간 침을 흘리며 잠에 취해 고개를 떨구고 있었다. 잠깐 잠에서 깨면, 아비는 약이 세져서 늘 잠이 온다는 말을 벤치에 한다. 그래서 산책 시간이 끝나면 나타나는 간병인의 부름에 아비는 잠에 취해 비틀거리며 일어선다. 홀로 정신병동을 향해 걸어 들어가는 모습은 벤치가 보기에도 불안하기만 했다.

5

기둥은 제가 들은 것을 의심했다.

'저들이 지금 뭐라고 하는 거지?'

처음 저들의 외침을 들었을 때는 미쳤다고 생각했다.

사실 지난 며칠, 기둥은 사물들로부터 소외당했다. 사물들은 대화 상대에서 기둥을 제외했다. 기둥을 사이에 두고 상대가 직통이 되지 않을 경우, 제3의 사물을 끼워 넣어 소통하거나, 일부러 기둥을 멀리 우회하여 이야기를 전달하고 있었다. 제 얘기가 아니라면 상관없지만, 언뜻 스쳐 가는 이야기 속에는 기둥이 있었다. 결코 상관이 없지 않은 것이다. 그래도 기둥은 대범한 척 애를 쓰지만, 따돌리는 티가 너무 나서 모르는 체하는 게 오히려 맞는 건지 혼란스러웠다. 하지만 기둥은 끝내 참기로 한다. 남의 뒷담화는 늘 재밌고, 기둥의 사연 많은 과거는 가십거리로

훌륭했다. 기둥은 다만 저를 귀찮게만 하지 않으면 좋았다.

그러나 기둥의 생각과는 다르게 사태는 이상한 방향으로 가고 있었다. 둘씩 오가던 눈빛은 작은 무리가 되어 토론하고, 며칠 만에 부쩍 수가 늘어난 큰 집단에서 난상 토론이 벌어졌다. 어느 순간 윗돌이 그 무리의 중심에 보였다. 윗돌의 얘기는, 마치 기록된 것과 같은 똑같은 눈짓으로, 집 안 곳곳으로 전해지고 있었다. 그렇게 여섯 번의 낮과 밤이 지났다.

윗돌을 통해 기둥이 잃어버린 시간에 대해 전해 들은 지 일곱 번째 날이었다. 거실을 가득 품은 햇볕에 구석구석 만물이 고르게 빛을 받을 때, 거실의 사물들이 외치기 시작했다. 모두 기둥을 보고 있었다.

- 당신은 우리의 왕이신가요? 우리를 우리가 가질 수 없는 의지의 결핍으로부터 해방하시고, 약속의 날에 재생되어 다시 살아나신 구원자가 맞는 것입니까?

그것은 떼창이었다. 바닥재들이 일제히 외치는 떼창. 그리고 사방에서 이어지는 흥분에 겨운 외침.

- 구원자여, 저희를 도우소서!

기둥이 거실 사물들을 내려다본다. 이제까지 사물들에서 보지 못한 태도였고 눈빛이었다. 기둥은 제가 들은 것을 의심했다. 모두가 제정신이 아닌 것만 같았다.

이때 거실의 통창들이 온 힘을 다해 떨었고, 창을 통과하던 햇살이 조각나 마법처럼 사방팔방으로 날아갔다. 일종의 엄포였다. 마치 모두가 기다리던 신호처럼 엄숙해진 거실. 침 한 번 삼킬 시간이 지났다.

통창 1호가 나섰다.

- 기둥 님은 이 집이 완공되는 데 얼마나 시간이 걸렸는지 알고 계십니까?

기둥은 늘 차갑게 서서 시선을 안에 뒀는지, 밖에 뒀는지 알 수 없던 통창 1호가 질문을 하자 순간 낯설어서 머뭇거렸지만, 곧 대답했다.

- 저는 알지 못합니다.

- 이 집은 꼬박 3년이라는 시간을 들여 지어졌지요.

- 그렇게까지 오래 걸린 줄 몰랐습니다. 보통 집을 짓는 데 그렇게 많은 시간이 드나요?

- 그렇지 않습니다. 이 집을 지을 때 목수들에게 듣기로 이런 개량 한옥은 빠르면 3개월이면 짓는다고 합니다.

- 그렇다면 3년이나 걸린 이유는 무엇입니까?

- 긴 이야기가 될 것인데, 들어 보시겠습니까?

기둥이 동의하자 통창 1호는 이야기를 시작했다.

- 이 집을 처음 짓기 위해 땅을 사고 터파기를 한 건축주는 40대의 여자였다고 합니다. 그 여자는 웬일인지 기초공사의 마무리인 콘크리트 타설 후 소리 소문 없이 사라졌다고 해요. 공

사는 중단됐고, 어찌어찌 그때까지 들인 공사비는 해결됐지만, 이후 거의 1년을 중단된 상태로 멈춰 있었다고 하더군요. 그때쯤 이상한 소문이 돌기 시작했어요. 건축주 여자가 콘크리트 속에 암매장되어 있다는 소문이 그것입니다. 그 이상한 소문으로 동네 분위기가 흉흉했지요. 몇몇 개인 방송을 하는 사람들에 의해 자극적인 내용의 도시 괴담으로 알려지기도 했습니다. 그들이 암매장을 의심하는 증거는 콘크리트가 너무 많이 사용됐다는 점이었어요. 추운 지방에서는 바닥 냉기를 잡기 위해 바닥을 높게 하죠. 따라서 콘크리트 타설량도 많아져요. 당시 타설에 참여한 인부의 인터뷰 영상에서, 여기는 추운 지방도 아닌데 콘크리트가 일반적인 경우보다 두 배가 들어갔고, 높이도 높아서 의아했었다고 해요. 결국 그들의 주장은 처음부터 여자를 암매장하기 위해 콘크리트 바닥을 높였고, 타설 후에 깊은 콘크리트 속에 여자를 암매장했다는, 음모론 같은 이야기였어요. 건축주의 친척들은 부정하고 반대했지만, 소문이 일파만파 커졌고, 결국 동네 주민들의 민원이 폭발하면서 구청도 뒤늦게 나설 수밖에 없게 됐지요. 어찌어찌 별 이상 없으면 원상복구 해 주는 조건으로 콘크리트 파쇄가 결정이 났어요.

긴 이야기를 쉼 없이 전하던 통창 1호가 잠시 멈췄다. 때마침 햇살이 구름에 가려져 통창 1호를 바라보는 시선들을 어둡게 했기 때문이다. 태양은 구름 속에 원을 그리며 멈춰 있고, 조급한 사람이라면 국밥도 나오기 전에 반찬을 다 먹을 만큼 시간이 지났다. 다시 햇살이 통창을 통해 거실을 채울 때쯤에는 모든 사물이 긴장해서 큰 숨을 몰아쉰다.

- 시신이 나왔나요?

기다림에 조바심 난 기둥이 서둘러 이야기를 재촉한다.

- 궁금하시죠? 해가 밝은 어느 날, 드디어 콘크리트 바닥을 부수는 소리가 동네에 울려 퍼졌고, 콘크리트 바닥이 점차 드러나기 시작했지요. 그리고….

이번에는 통창 1호가 스스로 이야기를 멈췄다. 햇살도 궁금해 지나가는 구름을 날려 버리고 초조하게 이야기를 기다렸다.

- 여자의 시신은 화장실 바닥에서 발견되었습니다. 변기가 놓일 자리를 향해 머리를 놓고 반듯하게 누워 있었다고 합니다. 1년이 지났는데 썩지도 않았죠.

"탁."

화장실에서 누군가의 통역을 통해 통창 1호의 이야기를 듣던 미국의 표준인 변기가 시차 있는 소리를 내 버렸다. 뒤늦게 내용을 이해한 변기 뚜껑이 현기증을 일으켜 쓰러졌고, 변기 본체와 부닥치는 소리가 나 버린 것이다.

"쏴아 쿠오오 프르르 크르릉 쏴 슈퍽."

그러고는 지린 것을 숨기려 스스로 물을 내려 버린 미국의 표준 변기였다.

통창 1호는 변기 물 내려가는 소리에 잠시 끊어진 이야기를 다시 이어갔다.

- 더 기괴한 일은, 여자의 손목에는 불에 그을린 피아노 줄이 감겨 있었고, 한쪽 발목은 철근으로 결박되어 있었다는 점입니다. 피아노 줄은 모르겠지만, 철근은 거푸집 안에서 콘크리트를 단단하게 잡아 주기 위해 설치한 철근이었다고 해요. 다시 설명하자면 그 철근은 바닥 공사 때 이미 바닥과 연결된 철근이죠. 정황상 타설이 끝난 저녁부터, 아직 콘크리트가 굳지 않은 새벽 사이에 누군가 여자를 타설 장소로 유인, 콘크리트 속에 담가 바닥에 눕힌 뒤, 손목을 피아노 줄로 감고, 알 수 없는 방법을 동원해 철근으로 발목을 결박하고, 질식사시킨 사건입니다. 그 증거로 입과 목구멍에서 들숨에 흡입된 콘크리트가 나왔다고 해요.

- 범인은 잡혔나요?

- 한동안 시끄러웠지만 사건은 미궁에 빠졌고, 점차 사람들의 관심에서 멀어지면서 해결되지 않는 듯했지만, 범인은 결국 잡혔습니다. 건축주와 사실혼 관계의 내연남이었죠. 채권자와 공모해 그날 밤의 알리바이를 조작했지만, 채권자가 돈을 받기 위해 동조했다고 자수하면서 밝혔고, 내연남은 체포됐지요. 그런데 해결되지 않은 내용이 있어요. 내연남의 자백에 의하면 돈 문제로 여자를 우발적으로 콘크리트에 묻고 살해한 건 맞지만,

자기는 철근으로 여자를 결박하지 않았다는 거예요. 피아노 줄도 모르고요. 그럴 걸 준비하지도 않았고, 그럴 장비도 없다는 거였죠. 정말 이해할 수 없는 일 아닌가요? 다만!

- 다만?

- 철근을 공급한 사람에 의하면 그 철근이 중고였고, 어느 불이 난 저택에서 가져온 것들을 곧게 펴서 팔았다는 정도까지는 밝혀졌다고 하더군요. 아! 또 하나. 이건 사건 담당 형사가 이 집 공사가 재개될 때 와서 했던 말을 그대로 옮기는 거니까 오해 없기를 바랍니다. 그 살해당한 건축주가 불탄 저택과도 관계가 있다고 말하더군요. 형사가 그 말만 하고 가 버려서 저도 어떤 관계인지에 대해 몹시 궁금해하는 중입니다. 그런데 불이 난 저택이라… 뭔가 의심스럽지 않나요?

기둥은 뭔가 뒤가 시린 기분이 들었다. 기둥과 윗돌에 이어서 철근들까지 불탄 저택에서 나온 철근들이라면 그리고 건축주가 윗돌이 말한 저택의 그 여자라면? 오싹했다. 왠지 확인하고 싶지 않다. 기둥은 빠르게 화제를 전환했다.

- 그럼, 이후 집은 어떻게 지어지게 됐나요?

- 한동안 폐허처럼 버려졌던 이 터에 새 건축주가 나타난 것은, 그로부터 또다시 1년이 지난 뒤였습니다. 중년의 새 건축주가 노후에 살 집을 짓기 위해 매물로 나온 집터를 싸게 매수했다고 해요. 아무래도 생채기가 있는 땅이니까 싸게 살 수 있었

겠지요. 다시 공사가 시작되었습니다. 파쇄된 콘크리트를 모두 걷어 낸 후에, 한옥을 짓기 위한 기초공사를 했습니다. 거기에 석공들이 기단과 주춧돌을 만들었고, 목수들이 나타나 기둥과 보와 귀틀을 세웠어요. 대보와 도리, 덧지붕과 지붕을 씌우고 벽체와 구들도 만들었습니다. 구들방에는 반석도 두껍게 깔고, 바닥 공사를 마쳤어요. 마지막에는 통창과 창문, 현관문도 달았죠. 그렇게 집의 외부 공사가 끝난 다음 날 공사는 또다시 멈췄습니다.

– 또, 왜죠?

– 그것이 나타났거든요.

– 그것이라고 하면?

– 인간이 아닌 것, 그런데 인간의 모습을 한 것. 실체 없이 형태를 갖추고, 원망을 의지로 표출하는 것이 집 안을 돌아다니기 시작했어요. 뭔지 예상이 되지 않나요?

– 설마….

– 그것이 암매장되었던 전 건축주 얼굴을 하고 있었으니, 아마도 기둥 님이 생각하는 그것이 맞을 겁니다. 그것은 유리창을 통해 원한 가득한 얼굴로 세상을 내다보고 있었어요. 사물들 위로 서리가 맺힐 만큼 살벌한 표정이었죠. 밤마다 통창 앞에 그 모습이 나타나자, 자재를 지키는 심야 경비가 드디어 목격했고, 심장 부근을 부여잡고 쓰러지면서 새 건축주에게도 알려지게

됩니다. 다음 날, 지난밤 통창을 통해 전 건축주의 얼굴을 확인하고, 심야 경비와 마찬가지로 심장 부근을 부여잡고 병원에 실려 갔던 새 건축주는, 수심 가득한 얼굴로 한참 동안 통창을 통해 집 안을 바라보더군요. 물론 대낮에요. 인부들이 달아난 공사장에서 오후 내내 대목수를 붙잡고 한참을 속닥거리고, 여기저기 전화도 하고, 긴요하게 무언가를 찾는 것 같았습니다. 그러고는 사라졌지요. 며칠이 지나자 대목수도 오지 않고, 거대한 방수포에 덮인 한옥은 완성되지 못한 채 다시 시간만 보내고 있었지요. 그때는 사물들에도 지옥이었죠. 매일 밤, 전 건축주의 원한 맺힌 울음소리를 듣고, 서릿발 차가운 발걸음에 숨죽여야 했던 밤을 보내야 했죠. 사물은 그저 감내하는 방법 말고는 할 수 있는 게 없으니까요. 그런데 기다림이 길어지자, 이상행동을 한 것은 사물이 아니었어요. 동네 사람들이 다시 수군대기 시작했습니다. 방수포 안에서 매일 밤 무슨 일이 벌어지는지, 그들은 본능적으로 느끼고 있었습니다. 처음에 그들은 확인하고 싶어 하지 않았어요. 중요한 건 사실이 아니라 현실이었습니다. 다시 동네에 안 좋은 일이 생기면 집값이 내려간다는 지극히 현실적인 현상. 분명한 선례가 있었으니까요. 그래서 동네 사람들은 카메라를 들고 나타나는 사람들을 밀어냈죠. 공무원들도 폭탄을 건들지 않았습니다. 그들은 낮에만 왔고, 밤에 일어나는 일은 언급도 하지 않았습니다. 그들이 문제를 외면하는 방식으로 문제 해결 방식을 찾고 있을 때, 새 건축주가 트럭에 긴 목재와 큰 나무 한 그루를 싣고 나타났어요. 꼬박 3개월 만이었죠, 그가 돌아오자 모두 안심했고, 공사 내내 민원으로 괴롭히던 옆집 주민도 새 건축주와 새집에 행운을 빌어 주고 돌아갔지요. 그리고 인부들도 돌아왔어요. 그때 새 건축주가 싣고 온 목재가 바로 지금의 기둥 님입니다. 새 건축주의 지시로 인부들은 먼저 마당에 나무를 심었고, 새 건축주와 동행한 정체 모를 나이 지긋한 전문가가 자리를 지정해 주자, 목수들이 깎고 다듬어 기둥 님을 그 자리에 세운 것입니다. 그러고는 정체 모를 전문가가 "이 기둥은 집안의 수호신이다. 수호신이 왔다. 불경한 것들은 물러가라!"라고 외쳤죠. 그 순간 기둥 님 뒤에서 쏟아져 나오는 빛을 봤다는 사물들도 몇몇 있었지요.

- 봤습니다, 제가 봤습니다.

- 저도 봤습니다.

여기저기서 빛을 봤다는 사물들이 나타났다.

- 그 이후, 사람이 아닌 그것은 거실에 나타나지 않았습니다. 그래서 알게 되었습니다. 저희 사물들이 기다려 온 구원자가 바로 기둥 님이라는 것을.

문득, 기둥은 궁금했다. 같이 실려 왔다면 쓸모도 같을 것이다. 그래서 물었다.

- 마당에 심은 나무는 무슨 나무인가요?

- 복숭아나무라고 하더군요. 그건 뭐 중요하지 않아요.

기둥은 그게 왜 중요하지 않다고 하는지 의문이 들었다. 살아 있는 나무는 사물로 취급되지 않아서 무시하는 건가? 기둥이 그런 생각을 하고 있을 때, 통창 1호는 이야기를 마무리했다. 무대장치처럼, 통창 1호를 통과해 비추던 햇빛의 밝기가 낮아지고, 그 빛이 옆 통창으로 가득 쏟아졌다.

그러자 통창 2호가 나선다.

- 저희는 집이 완성되는 동안 수많은 사건을 겪었고, 무서워 껍데기만 남기고 소멸한 사물도 있었지만, 참고 견뎠던 이유는 단 하나입니다. 구원자의 강림을 믿었기 때문입니다. 사람도 인정한 사물의 수호신. 당신이 저희에게 오셨습니다. 그리고 저희는 기적을 보았습니다. 거실이 평온을 되찾은 것입니다. 그것은 당신이 귀신을 물리쳤기 때문만은 아닙니다. 이것이 예정된 일의 시작이기 때문입니다. 당신은 언젠가 모든 사물 앞에 나타나 단 한 번도 주어진 적 없는 의지를 사물에 부여할 선구자입니다. 멀고 먼 언젠가부터, 아득한 미래를 들여다본 예언자들의 기록이 사물 위에서 새겨지고, 다시 옮겨 기록되기를 수백 번 반복하는 동안 그 기록을 가슴으로 옮겨 받은 사물들이 전해 준 전설, '언젠가 사물 가운데 선택된 자가 나타나 대재앙의 시대를 극복하고, 사물이 더 이상 오욕도 없고, 멸시되지 않는, 귀한 대접을 받는 시대를 이끌 수호자가 될 것이니, 그는 곧 사물의 구

원자이다.' 그렇게 기록된, 예정된 길에 당신이 지금 당당하게 서 있기 때문입니다.

통창 2호의 주장이 끝났다.

기둥 입장에선 너무도 허황하고 일방적인 주장이었다. 그럼에도 거실의 사물들은 기둥을 경외의 표정으로 올려 보고 있었다. 기둥은 갑갑했고, 두려웠다. 기둥은 본능적으로 느꼈다. 기억을 잃었고, 저가 무엇인지 아직 완벽하게 파악하지 못했지만, 기둥은 제가 저들이 원하는 구원자가 아니라는 확신은 있다. 가진 사연이 그럴듯하다고 해서, 소멸의 길에서 다시 재생되어 새롭게 다른 사물로 태어났다고 해서, 갑자기 없던 능력까지 생길 리 없다. 이 모든 일의 원인은 우연과 착각일 수 있다. 답은 다른 데서 찾아야 했다. 어쩌면 창밖의 복숭아나무가 진짜배기일 수 있다. 기둥은 거실의 사물들을 설득할 방법은 밖에 있다고 생각했고, 복숭아나무를 관찰하기 시작했다.

6

아비는 오전부터, 3년 만에 가장 바쁜 날을 보냈다. 아침 식사를 마친 아비는 세면실에서 이를 닦다가 자신을 부르는 소리를 들었다. 마음이 급해진 아비는 입씻이를 깔끔하게 끝맺지 못한 채, 담당 의사를 만나러 진료실에 갔다.

의자에 앉으면 의사는 늘 같은 걸 물었다. 입원 생활에 불편한 게 있는지 묻고, 아픈 데를 묻고, 배변 활동을 묻고, 복약 후 반응을 묻는다. 파란색 약을 먹으면 졸음을 참을 수 없다고, 아비는 대답한다. 신경계 약이 원래 그렇다고 말한 의사는 치료 효과가 있다며 좀 더 복용해 보자고 말했다. 의사는 기록지에 뭔가 적는다. 그러고는 다음 주에 오시면 된다고 했다. 아비는 그게 끝났으니 나가라는 말인 줄 모르고 계속 앉아 있었다. 간호사가 팔을 잡아당기자 그제야 일어섰다.

아비는 진료실에서 옆 방의 사무장실로 옮겨갔다. 사무장은 아비가 의자에 앉기가 무섭게 가족관계를 물었다. 입원 때 묻고는 3년 만에 듣는 보호자 관련 질문이었다. 사무장이 "지금 상황이 이래요"라면서 말로 상황을 정리했다. 그는 아비를 입원시킨 보호자가 입원비를 3년 치 선납했는데 다음 달이 막달이라고 말했다. 기존의 보호자는 연락이 없고, 별도의 다른 보호자를 찾지 못하면, 사설 병원인 지금 시설에서 나갈 수밖에 없다는 것이다. 이후에는 국가가 지원하는 시설로 옮겨지는데 그곳은 시설이 열악하고, 관리인들도 고압적이며, 식사의 양과 질도 떨어진다고 얘기했다. 사무장은 아비가 입원비를 낼 보호자를 구해야 할 합당한 이유를 머리에 주입했다.

그때 아비는 다른 생각이었는데, 아비는 이제 여기서 나갈 때가 됐다고 생각했다. 사무장실에서 나온 아비는 여기서 나갈 방법을 누워서 정리하고 싶었지만, 간호사가 면회실로 팔을 잡아 이끌었다. 면회실 문이 열리자 갓 튀긴 치킨 냄새가 아비에게 달려와 안겼다. 첫사랑과의 격렬한 포옹 그 이상이었다.

면회자는 남자였다. 그 남자는 아비를 위해 치킨 상자를 열었다. 오랜만의 치킨 냄새는 몸에 뿌리고 다니고 싶을 만큼 좋았다. 아비는 의자에 앉았다. 남자는 연달아 치킨 무의 비닐도 벗겼다. 아비는 짧은 시간 갈등했다. 치킨 먼저 입에 넣을지, 아니면 치킨 무 국물을 먼저 마실지. 아비는 유독 치킨 무와 국물을 좋아했었다. 치킨은 남겨도 치킨 무와 국물은 남긴 적이 없었다.

결국 아비는 양손에 닭 다리와 닭 날개를 먼저 잡았다. 기름을 머금은 바삭한 치킨을 씹고 삼킨 뒤, 시큼하고 달짝지근하면서 자극적으로 목구멍을 씻어 주는 치킨 무 국물을 정통 코스로 맛보자는 결심이 섰다. 아비는 치킨을 물어뜯다가 이때다 싶은 타이밍에 치킨 무 국물을 들이켰다. 그러자 정신이 번쩍 들었다. 그러고 보니 앞에 아는 얼굴이 앉아 있었다. 정수였다.

"정수구나, 얼마 만이지?"

정수는 오랜 친구이자, 이제 원수가 된 여자의 유일한 혈육이었다.

"10년이 넘었다."

정확하게 13년이다. 정수는 구치소에 있을 때 마지막으로 찾아왔었다. 정수에게도 아이는 사랑스러운 조카였다. 정수는 사실이 뭔지 확인하고 싶었다. 정수는 정신을 놓은 아비에게 소리쳤다.

"아니지! 네가 한 짓 아니잖아?"

고개를 숙인 아비는 끝내 어떤 대답도 하지 않았다. 사람들은 이해할 수 없었지만, 그때의 아비는 사람이라 할 수 없었다. 아비가 사물과 같은 상태인 것을 알아챈 건 사물들뿐이었다. 움직이지도 행동하지도 생각도 하지 않는 사물.

정수는 죄를 부정하진 않는 아비에게 화가 났고, 재판정에서 선고받고 끌려 나가는 아비의 뒷모습을 마지막으로 인연도 끊었다. 받아들일 수 없는 현실에 절망한 정수는 한동안 외국을 홀로 떠돌았고, 동남아에서 사업을 시작하면서 최근 몇 년은 귀국도 하지 않았다.

한국에 돌아온 계기가 있었다. 한 통의 전화와 동생이 죽기 전에 보낸 이메일 때문이었다. 자신의 앞날을 예감했는지, 아니면 연락 없는 정수를 괴롭히고 싶은 마음이었는지 모를, 고백이 담긴 메일을 동생은 죽기 전에 보냈다. 뒤늦게 메일을 읽은 정수는 그날 바로 귀국하는 항공기의 탑승권을 예약했고, 지금 치킨을 들고 아비를 찾아온 것이다.

"지내기는 어때? 약 먹으면 치료는 되는 거지?"

"치료는 의사에게 묻고… 여기선 환자로 있기 위해 약을 먹는 거니까."

"약 끊으면?"

"글쎄다. 정상이 될까? 3년간 끊어 본 적이 없어 모르지!"

정수가 한동안 망설이다 하나의 이름을 말한다.

"정희."

아비의 눈썹이 꿈틀댄다.

"죽었다."

어쩌면 그럴 수 있겠다고 생각했었다. 살아 있다면, 자신을 가둬 두기 위해 입원비를 계속 냈을 여자다.

“언제?”

“1년쯤 됐어.”

“빨리도 알려 준다.”

“그땐 몰랐거든.”

“죽은 걸?”

“아니, 진실을…. 정희가 죽기 전에 메일을 보냈는데, 엇그제 읽었다.”

“진실이란 거, 의미 없더라.”

“알고 있었지? 범인.”

“그래서 여기 있잖아.”

“미안하다.”

정수가 깊게 탄식하며 고개를 숙였다. 1년만 일찍 알았다면, 아비의 감금 시간을 줄일 수 있었다. 더 후회되는 것은 13년 전, 진실을 찾기 위해 나서지 않았다는 것이다. 그때 아비를 믿었다면, 그래서 진범을 찾아 나섰다면, 아비는 덜 고통받았을 것이다. 정수는 그때를 생각하면서 자책하는 한편, 혹시 자신이 진실을 외면한 것은 아닌지 되돌아본다. 두려웠었나? 그때 아비의 입에서 동생의 이름이 나왔다면, 13년 전에 지금처럼 아비를 위해 달려올 수 있었을까? 모르겠다. 당시를 생각하면, 정수는 잔뜩 화가 난 기억밖에 없었다. 그리고 사건의 정황이 부정할 수 없을 만큼 적확하게 아비를 향해 있었다.

"정말 미안하냐? 그럼 나 좀 도와라."

고개를 들어 아비를 본 정수는 당연하다는 듯 고개를 끄덕였다. 정수와 헤어진 아비는 치킨을 남김없이 먹었지만 점심을 먹으러 식당으로 갔고, 정수는 간호사의 안내를 받아 사무장과의 예정에 없던 만남을 가졌다. 내용은 아비의 입원비 문제였다. 그는 입원비를 못 내면 아비는 환경은 취약하고, 환자를 강압적으로 대하는 시설로 가게 된다며 아비를 도와 달라고 했다. 결국 입원비를 내달란 설득이었다.

정수는 아비와 입 맞춘 대로 자신은 채권자라서 오히려 돈을 받아야 할 사람이지, 아비를 보살필 사람이 아니라는 냉정한 소리를 하고 정신병동을 나섰다.

점심을 먹은 뒤 아비는 정원의 벤치에 앉았다. 아비는 아이스크림콘을 먹으며 병원에서 탈출할 방법을 정리했다. 전부터 알고 있던 허술한 보안 상태를 하나하나 생각했고 조합했다. 아비는 뭔가 방법이 생각이 났는지 자세를 고쳐 앉았다. 그 순간 엉덩이가 부르르 떨렸다. 아래를 보자, 떨고 있는 벤치에 녹은 아이스크림이 떨어져 있었다. 벤치가 떠는 것을 보며, 아비가 한마디 했다.

"알았어! 갈 때 닦고 갈 거야."

기분 탓이겠지만 벤치가 떨기를 멈췄다. 아비는 헛웃음을 터트린 후, 자신이 정상은 아니라고 생각했다. 하지만 정상이든 아니든 상관없다. 이제 앞으로의 길은 자신이 찾겠다고 결심했다. 더 이상 타의에 의해 여기저기로 옮겨지거나, 남의 손을 빌려 퇴원을 당하고 싶지 않다. 아비는 정신병동에서 스스로 걸어 나갈 의지를 불태웠다. 그것은 아비가 살면서 오랜만에 갖는 의지였다.

정수가 다녀간 이후, 아비는 매일 밤 흰 벽을 보고 앉아 있었다. 소등 전 대략 10분 정도 그렇게 앉아 있을 시간이 되었다. 이미 저녁밥은 먹었고, 한 시간 전에 간호사 입회하에 약도 삼켰다. 이 시간이면 약 기운이 돌아 졸음이 두 눈에 따갑도록 쏟아졌다. 특히 파란색 알약은 몸을 늘어지게 하고 무기력한 상태로 만들었다.

사실 너무 기운이 없어 입안에 고인 침도 닦지 못해 오후에 갈아입은 환자복이 침으로 젖어 있다. 그런데도 흰 벽을 보고 앉아 있는 건 자신의 의지였다. 처음에는 10분도 힘들었다. 몸이 무거워 한쪽이 무너지고 침대에 쓰러지듯 누워버리기 일쑤였다. 그러던 걸 30분을 넘게 참고 버틸 수 있게 되었다.

아비가 약 기운이 올라온 상태에서도 졸음을 참기로 결심을 한 건 당연히 정신병동에서 탈출하기 위해서였다. 아비가 먹는 파란색 알약은 졸음을 몰고 왔지만, 그 약을 먹은 후부터 감시는 느슨해졌다. 아니, 거의 감시가 없는 방심한 상태로 봐도 틀리지 않았다. 그만큼 강력한 약이었다. 약을 먹고 침을 질질 흘리면 누구도 신경 안 쓰는 게 아비에게도 느껴졌다.

그래서 아비는 이번 탈출 계획의 핵심은 약 기운을 이겨 내는 것, 졸음만 견디면 탈출할 수 있다고 본 것이다. 아비는 약 기운만 버티면 천천히 걸어 나가도 탈출할 수 있다는 자신이 있었다. 그리고 약 기운을 40분 정도 견딜 수 있게 된 날, 아비는 정신병동에서 탈출을 시도했다. 탈출을 결심하고부터 한 달이 조금 모자란 날이었다.

병실 불이 꺼진 지 20분 후, 중년의 남자 간호사 B가 마지막 병실 확인을 끝마치고 간호사실로 들어갔다. 그는 3일에 한 번 꼴로 병실 문 잠그는 걸 잊었다. 공식적인 건 아니지만, 치매기가 있다는 소문이었다. 본인은 괜찮은 척했고, 주변도 쉬쉬했다. 그의 정년이 얼마 남지 않아서였다. 병원 측에서도 그의 병증을 모르는 척하는 이유가 있었는데, 경력 있고 급여가 싼 남자 간호사를 따로 구하기 어렵다는 이유였다.

아비는 크게 한 번 하품했다. 손에는 여름 이불과 베개가 들려 있다. 병실을 나온 아비는 한쪽 다리를 끌며 비상구로 갔다. 비상구는 철문이 있고, 철창이 있는 이중구조였다. 여름이라 철문은 열어 두는 데, 아비가 작년에 우연히 알게 된 것이 철창의 자물쇠 걸고리가 녹이 슬어 쉬이 부서진다는 것이다. 당시 아비가 중심을 잃고 뒷걸음질 치다 엉덩이로 조금 세게 밀었는데 녹슨 걸고리가 바스러지면서 떨어져 버렸다. 문이 열려 버린 것이다. 시설관리 직원이 새 걸고리를 달았지만, 문제는 새 걸고리를 붙이기 위해 구멍을 뚫은 철판이 녹이 슬어 본판과 떨어지고 들떴다. 웬만한 완력이면 바스러지게 생겼다. 시설 보수에 돈을 들이지 않는 사설 병원 경영자께 아비는 처음으로 감사한 마음마저 들었다.

한편 아비가 걱정하는 부분도 한 가지 있는데, 힘으로 철창을 밀쳤을 때 벽과 부닥치는 소리였다. 그래서 아비는 여름 이불과 베개를 철창의 밖으로 빼서 벽에 대 놓는 것으로 대비했다. 어느 정도 충격과 소리를 완화해 줄 것이다.

아비는 하품을 길게 하고는, 질질 끌던 다리에 힘을 주며 철창으로 몸을 날렸다. 그리 큰 힘을 들이지 않았는데도 걸고리 부분이 뜯겨 나갔다. 철창 부닥치는 소리는 아비에겐 심장이 터질 만큼 큰 소리였지만, 복도 저쪽 문 안의 사람들에게는 그 소리가 들리지 않을 만큼 여름 이불과 베개에 묻혔다.

아비는 비상구를 열어 두었다. 비상구를 열어 둔 건 나름의 교란 작전이었다. 비상구로 나가면 마당과 정원으로 연결된다. 그리고 깊숙이 들어가면, 몇 군데 개구멍이 있어 일일이 수색할 범위가 사방팔방으로 넓어진다. 짧은 시간이라도 혼란을 주면 시간을 벌 수 있다는 생각이 들었다.

'시도는 해 볼 만해.'

아비는 생각했다. 물론 비상구를 열다가 발각됐을 때를 위한 대비도 있었다. 그냥 비상구로 달아나는 것이다. 다리가 문제긴 하지만.

비상구를 열어 두고, 아비는 뒤돌아서 낮은 불빛을 따라 복도 끝 엘리베이터를 향해 걸어갔다. 아비의 걷는 속도는 하품보다 느려서 복도 끝 엘리베이터 앞에 다다르기 전에 하품을 연속으로 세 번이나 했다. 다행히 나와서 보는 사람은 없다. 간호사 B는 지금쯤 뜨거운 물에 잘 익은 컵라면을 후후 불며 먹고 있을 것이다. 아니면 자신이 지키는 환자들처럼 멍하니 어딘가를 보면서 히죽 웃거나.

엘리베이터를 타고 1층에 내려온 아비는 방향을 살핀다. 좌측은 코너를 돌면 출입구로 연결된다. 출입구는 출입 카드를 가진 사람만 열 수 있다. 아비는 우측으로 돌아섰다. 짧은 복도가 나오고 식당 문이 있다. 그는 다리를 질질 끌며 하품을 찢어지게 한차례 했다. 그러고는 달빛으로 앞을 가늠하며 식당으로 들어갔다. 게임 속 아이템을 찾아가는 캐릭터처럼 아비는 식탁과 의자들을 피해 전진, 좌로 몸을 틀고 전진, 우로 몸을 틀어 전진 후에 안쪽 조리실 문 앞에 다가갔다.

조리실에서도 주방 가구와 식재료들을 피해 전진하다 조리실 쪽문을 찾았고 문을 열었다. 쪽문은 아파트 현관문처럼 들어오는 건 열쇠가 필요하지만, 나가는 건 자유롭다. 비용을 아끼느라 잠금장치를 따로 설치하지 않았거나, 누구도 이곳을 통해 달아난 일이 없던 것이다.

문밖에는 5미터 길이의 식자재 운반로가 있었다. 그리고 운반로 끝에 외부로 나가는 철문이 있었다. 외부로 나가는 철문의 문고리에는 자물쇠가 채워지지 않은 걸고리가 있었다. 빗장의 걸쇠도 있는데, 역시 채워져 있지 않았다. 이것 역시 병원 측의 인건비 축소로 인한 행운이었다. 원래는 건물 1층을 지키는 경비가 식자재를 들일 때마다 사람을 확인하고 문을 열어 주는 방식이었다. 그런데 경비를 줄이면서, 숙직하는 식당 직원이 자정에 외부 철문의 자물쇠를 열어 놓고 가면, 자정부터 새벽 사이에 도매상이 식자재를 배달해 놓고 갔다. 이런 야간의 허술한 상태는 이른 아침 식당 직원들이 출근할 때까지 이어졌다.

문고리를 돌렸다. 열렸다. 모든 게 아비의 예상대로다. 문밖을 내다본다. 잘 포장된 외길이 왼쪽 어둠 저쪽에서부터 오른쪽 어둠 저쪽까지 길게 늘어져 있다. 여기까지 아비는 여러 차례 도달했었다. 다른 날과 다른 점은, 열린 문 건너편에 자동차가 정차되어 있다는 점이 첫째고, 두 번째는 아비가 그 문의 문지방을 밟고 밖을 향해 발을 처음으로 내디뎠다는 것이다. 아비는 정신병원 밖 공기를 폐에 가득 채웠다. 어디서 부는지 젖은 바람이 아비를 훑고 지나간다. 자동차 문을 연 아비가 말했다.

"비가 오려나 봐."

조수석에 올라탄 아비는 하품을 늘어지게 했다. 아비의 친구 정수가 물끄러미 아비를 바라보고 있다.

"많이 졸리는가 보다?"

아비가 고개를 끄덕였다. 아비의 눈꺼풀은 이미 자기 두 눈을 거의 덮었는데, 왼쪽 눈만 실금같이 조금 열린 상태다. 그런 중에도 궁금한 건 못 참는지 물었다.

"며칠째야?"

아비의 질문에 정수는 아비에게 안전띠를 채워 주며 말했다.

"전화 받은 날부터, 3일 밤째다."

지친 목소리로 정수가 대답했다. 아비는 며칠 전 보호자를 찾겠다는 핑계로 정수에게 전화했다. 정수는 수화기 너머로 보호자 요청 소리를 들었지만, 전에 면회하러 왔을 때 아비에게 들은 대로 행동을 시작했다. 그게 사흘 전이었다. 아비는 늘어지게 하품하며 대답했다.

"고생했어."

정수가 손을 흔들어 별거 아니라는 말을 대신한다. 지금의 정수는 아비의 부탁이라면 외국에 있는 감옥에서 탈출시켜 달라고 해도 들어줬을 것이다. 아비는 정수의 팔을 툭 치며, 왼쪽 눈마저 감았다.

"가자! 너무 졸려."

아비는 이제 너무 지쳐서 몸을 웅크리며 "아이고" 앓는 소리를 냈고, 하품도 한 번 늘어지게 했다. 정수가 팔을 뻗어 뒷자리에 있던 담요로 몸을 덮어 주었다. 담요를 머리까지 덮어쓴 아비는 바로 잠에 빠져들었고, 정수가 시트 조절 버튼을 눌러 시트를 뒤로 젖혀 주자, 소멸할 것처럼 작아졌다. 정수는 시트 조절이 끝나자, 몸을 돌려 운전대를 잡았다. 헤드라이트가 켜지고 차가 움직였다. 앞창으로 빗방울이 후드득 떨어졌다.

길고 어두운 도로를 빠져나가는 차 뒤로, 불이 꺼져 있던 정신병동의 모든 창문이 한 번에 불을 밝혔다. 불 켜진 창문 군데군데 얼굴 형태들이 창밖을 내다보기 위해 머리를 들이밀었다.

아비가 정수에게 말했었다. 간호사를 비롯한 직원들은 원내에서 찾는 시늉만 하고 더 이상 신경 쓰지는 않을 거라고. 이미 3년 치 선납 입원비를 소진한 지금, 아비의 보호자가 더 이상 세상에 없는 것이 확인된 이상, 알아서 나가 준 아비를 굳이 찾아서 병실에 가둘 이유도 인력도 없다고.

7

"누구세요?"

전화를 건 상대는 굵은 목소리의 중년 남자였다. 보통 모르는 번호는 경계하고 받지 않지만, 그 전화는 이상하리만큼 주저함 없이 '받기'를 눌러 버렸다. 왠지 신뢰가 가는 목소리의 남자는 전화를 건 것부터 미안한지 한 마디 한 마디 조심스러웠고, 아주 자세하게 자기소개를 했다. 남자는 동생 김정희 씨가 짓던 집터를 인수해 새로 집을 지은 사람이라고 말했다. 그러고는 갑자기 죽은 정희의 명복을 빌었다. 집은 최근에야 완공됐다며 처음에는 3개월 정도 계획한 일이, 땅을 사고부터 지금까지 1년 이상 걸렸다는 통상적인 집 짓기의 어려움을 토로하는 것 같더니, 갑자기 한숨을 길게 쉬었다. 집도 다 지었는데 왜 한숨을 쉬시냐고 묻자, 그게 집을 짓기는 했는데, 문제가 있다고, 예의가 아닌 건 알지만, 그래서 전화를 드렸습니다, 하는 말을 느리지만 쉬지 않고 길게 이어갔다.

"제가 꼭 들어야 할 얘긴가요?"

자기 말만 하는 상대에게 질리기 시작한 정수의 대꾸가 살짝 공격적이었다. 남자는 바로 오해가 없었으면 좋겠다고 말하고는, 자기가 하는 말을 믿어 달라는 말만 되풀이했다. 그러면서 정작 할 말을 잇지 못했다. 다시 자기 말을 믿어 주셔야 한다는 말이 반복되고, 또 정작 할 말은 못 하는, 술주정 같은 통화가 되풀이됐다. 정수는 이 사람이 정신적으로 문제 있는 사람인가 생각도 했고, 혹시 술 드신 거냐고 묻기도 했다. 하지만 그의 주저는 끝날 줄을 몰랐고, 한계다 싶어 말씀 안 할 거면 전화 끊겠다고 말하자, 남자가 어렵게 입을 떼고 말한 그 소리가 정수의 귀에 불쾌하고 찐득하게 붙었다. 그 섬뜩한 소리가 재수 옴 붙는 소리다 싶어 귀에서 떼려고 팔을 휘둘렀다. 입에서는 욕이 터져 나왔지만, 그 소리는 전화기 너머 상대에게 닿지 못했다. 말보다 행동이 빨랐고, 강한 어깨와 팔목 힘으로 던져진 전화기는 소리를 담아내지 못하고 벽에 부딪혀 생을 마쳤기 때문이다.

"미안한 얘긴데, 새집에 동생분, 김정희 씨 귀신이 자꾸 나타나서…."

거기까지만 들은 것 같았다. 전화기 너머 들린 남자의 말에 잠깐 이성을 잃었던 정수는 거친 호흡을 한참을 고르고 나서 안정을 되찾았다. 뒤늦게 자세한 사정 얘기를 듣고 싶어졌지만, 전화기는 죽었고, 그 밤에 다른 방법이 없었다. 컴퓨터를 켜고 초록 창에 '귀신 나오는 집'을 검색하며 한국 소식을 뒤적이다가, 정희가 때때로 메일로 소식을 전하던 게 생각난 정수는 쌓아 둔 이메일을 뒤졌다. 1년도 지난, 오래전 정희가 보낸 메일은 여전히 살아 있었다. 메일에는 자신의 운명을 예감한 듯 지난 고백이 담겨 있었다. 날짜를 보니 사망 며칠 전이었다.

다음 날, 정수는 하노이 도심까지 나가 새 전화기를 샀고, 통신사에서 통화 목록을 받아 남자에게 전화했다. 정수는 어제 일을 사과했고, 남자는 정수의 전화에 오히려 고마워했다. 그리고 두 사람은 그간의 사정에 관해 이야기했다. 마지막에 남자는 진지하게 물었다. 정희가 평소에 무서워하던 게 없냐고, 그런 게 있으면 그게 뭐든 구해서 갖다 놓고 싶다고 했다. 하지만 정수는 뭘 알려 줄 만큼 정희에 대해 아는 게 없었다. 대신 바로 한국에 들어가 알아보겠다는 정도만 약속할 수 있었다. 다음 날 정수는 귀국하자마자 공항에서 아비를 향해 달려갔다. 정희 일도 일이지만 더 급한 건 아비였다. 친구는 자기 자식을 죽인 아비가 되어 제정신을 상실한 채 살았다. 세상이 다 아비를 범인으로 욕해도, 자신만은 아비를 믿어야 했다. 정수는 죄스러움이 북받쳤다. 10여 년 전 그 모습이라면, 자신을 알아볼 수는 있을지, 퇴원은 가능할지, 외부 음식을 먹을 수 있는지도 모른 채,

프라이드치킨을 주문하고, 김밥을 샀다. 좋아하던 커피도 몇 가지 브랜드별로 골랐다.

10여 년 만에 본 아비였다. 아비는 문을 열고 들어서자마자 반기며 미친 듯이 치킨에 달려들었다. 그건 배가 고파서 먹는 게 아니었다. 치킨이 고팠던 거였다. 아비는 한 손에 닭 다리를 다른 손엔 닭 날개를 들고 양쪽을 번갈아 물어뜯었다. 정수가 황급히 비닐을 제거한 치킨 무를 앞에 놓아 주자, 아비는 치킨 무 국물을 쭉 들이켰다. 정수는 순간, 이틀 전 전화를 받은 뒤부터 몸을 빠져나간 식욕이 되돌아와 급하게 배를 두드리는 걸 느꼈다. 정수의 손이 무의식적으로 치킨 조각을 향해 뻗어 갔다. 손이 치킨 한 조각을 막 잡으려던 순간이었다. 정수의 눈이 아비의 눈과 마주쳤다.

"정수구나."

그제야 정수를 알아본 아비의 눈이 번쩍였다. 거기에는 치킨에 손대지 말라는 강한 경고가 담겨 있었다. 정수의 손이 자연스럽게 김밥을 집었고, 포장지를 벗겨 아비 앞에 놓았다. 아비는 퇴원은 싫다고 밝혔다. 자신은 이 병원을 스스로 나가겠다고 선언했다. 왠지 그것만이 자기가 다시 사람이 되는 방법 같다고 했다. 그러고는 거절할 수 없는 말을 했다.

"나 좀 도와라."

아비가 눈을 떴을 때, 자동차 앞 유리창 밖으로 그 집이 있었다. 정신병동에서 탈출한 날로부터 일주일이 지난 뒤였다. 아비는 탈주 후 일주일간 나름의 시차에 적응 중이었다. 그것은 거리 차가 만들어 낸 물리적인 시차가 아닌, 잃었던 이성을 찾아가는 시차 적응이었다. 적응을 위해 아비는 약을 끊었다. 가지고 나온 약이 없었기 때문에 어쩔 수 없기도 했지만, 약 없이 제정신을 갖고 살아갈 수 있는지 먼저 확인하고 싶었다.

"약 없이 정상으로 살 수 없다면, 병원으로 돌아가는 게 맞겠지?"

그냥 하는 질문이 아니다. 정수는 아비의 표정을 읽어 본다. 처음으로 약한 소리를 하는 아비였다. 약 기운이 떨어져 가고 있었다. 탈출 초반의 자신감은 보이지 않는다. 막상 밖으로 나와 보니 믿고 기댈 곳이 따로 없었다. 아비는 약 없이 병원 밖에서 살아갈 수 있을지 불안해졌다.

"아픈 사람이 꼭 입원하는 건 아니다. 약은 타서 먹으면 되고, 내가 책임지고 다 받아다 줄게, 걱정하지 마!"

정수는 이제부터 아비의 삶을 자신이 책임질 생각이었다. 물론 아비에 대한 죄스러움이 가장 큰 이유였다. 그걸 아비도 모를 리 없었다. 반면, 아비는 정수에게 책임을 지우는 게 편치 않았다. 그래서 병원에 돌아가는 생각을 말한 것이다.

"미안해하는 건 알겠는데, 그렇다고 네가 정희를 대신할 필요는 없다."

정수는 자신의 결심이 확고하다는 것을 보일 때다 싶었다.

"내가 너 좋아서 그래. 너랑 살고 싶었어. 그러니까 넌 그냥 나랑 살아."

잠깐의 어색한 침묵이 있었다.

"고백하는 거냐?"

"징그럽다 이놈아, 일어나서 운동이나 가자."

꾀부리고 싶어 하는 아비를 재촉해 일으켜 세운 정수는 아비를 끌고 밖으로 나섰다. 정수는 아비가 체력을 길러야 한다고 생각해 운동량을 늘리고 있다. 대단한 운동은 못 하고, 방 안에서 자전거를 타거나, 오전 오후 두 차례 산책 정도였지만, 정수는 아비의 걸음이 일주일 전보다 가볍다고 느꼈다.

땀을 내고 나면 기분이 좋다는 아비는 약을 끊은 기간이 짧아서인지 별다른 증세는 없었고, 때때로 불안해했지만 폭력적이지는 않았다. 다만, 여전히 졸음을 참지 못해 잠을 많이 잤는데, 정수와 대화 중이었던 아비는 조금 전에도 집에서 목적지까지 한 시간 거리를 참지 못하고 잠이 들어 버렸다. 도착 후에도 정수가 깨울 생각을 못 할 만큼 아비는 깊게 코를 골며 잠에 취해 있었다.

"이 집이야?"

아비가 눈을 떴을 땐 정수도 잠이 들어 있었다. 정수의 코 고는 소리에 잠에서 깬 아비가 정수를 흔들며 묻자, 정수가 놀라서 몸을 일으켜 주변을 살핀다. 정수는 이 집의 출입을 허락받기 위해 집주인 남자와 통화를 했었다. 남자의 하소연을 늦은 시간까지 들어 준 정수는 통화가 끝난 뒤에도 밤새 잠을 이루지 못했다. 자기가 한 잘못은 아니지만 정수가 느끼는 책임감은 생각보다 컸다. 어린 시절 정수는 가족의 해체를 지켜볼 수밖에 없었다. 아버지와 이혼한 어머니는 정희를 데리고 먼저 월셋집을 나갔다. 정수는 월세 보증금을 받을 때까지 한 달간 집을 지켰다. 불 꺼진 집 안에서 남겨진 어머니의 한탄과 비난을 정수는 홀로 되뇌며 보냈다. 그 한 달 동안 정수는 부모님의 이혼이 자기 탓인 것 같아 밤마다 괴로웠다. 어머니는 늘 남 탓을 하는 사람이었다. "네 아빠 때문에", "너 때문에", "이 집안 때문에"가 하소연의 시작이었다. 특히 첫째를 가지면서 자신의 운과 인생이 꼬였다는 말을 달고 살았다. 첫째는 정수였다. 그래서인지 정수는 어머니와 관계가 좋지 않았고, 부모님의 이혼 이후 어머니는 남과 다름없었다. 돌려받은 월세 보증금을 가방 깊숙이 숨기고 양평에서 목수 일을 하는 아버지를 찾아 서울을 떠났다. 그로부터 오랫동안 다른 가족을 만나는 일은 없었다. 어머니를 따라간 정희와 다시 만난 것도 정수가 성인이 된 이후였다.

"오빠, 나 정희야."

'이건 다시 만난 날 정희가 처음 한 말인데?'

정수는 몸은 일으켰지만, 뇌는 여전히 수면 중이라고 자각했다. 스스로 꿈인 줄 알면서 꾸는 꿈. "오빠 나 정희야"라는 그때 그 말이 계속해서 되풀이된다. 눈앞에 상반신만 보이는 정희의 얼굴을 보려고 고개를 들었다. 별안간, 정수의 얼굴에 거대하고 차가운 빙산이 부딪혔다. 갑작스러운 빙산의 출현. 차가운 맞닥뜨림에 놀라 꿈을 놓쳤다. 꿈 밖, 빙산의 실제는 정수의 얼굴에 아비가 굴리는 차가운 캔 커피였다. 짧은 순간 긴 꿈을 꿨다. 아니 짧지만, 너무도 여러 장면을 꾸었다. 빙산이 있던 바다는 실제로 본 어떤 바다보다 푸르고 깊었다. 정수가 정신을 차린 것을 확인한 아비는 차에서 내렸다. 아비는 담벼락부터 출입구까지 꼼꼼히 살피고 마당으로 들어서며 말했다.

"은퇴용으로 적당한 집이야."

아비는 마당 안에서 돌을 쌓아 만든 낮은 담장을 따라 걷는다. 마당이 단출하지만, 새집답게 잘 정돈되어 있다. 작은 화단에는 붉은 장미꽃이 피었는데 작고 꽃잎 수는 부족했다. 더운 날이 지속되고 있었다. 바위 속을 함지박처럼 파서 만든 수반에는 잎자루가 물 위로 수련 잎을 펼쳐 놓았다.

마당 중앙에는 수령이 꽤 된 나무 한 그루가 심겨 있었는데, 그 나무는 곧게 하늘로 뻗지 않고 아비의 허리춤에서 굵은 가지가 두 갈래로 갈라지고, 또 그 두 가지에서 굵은 가지가 뻗어,

다시 잔가지들이 마당의 공중에 넓게 펴져 있었다.

"마당에 비해 나무가 커서 집과 어울려 보이지 않는데 이걸 왜 심었을까?"

아비가 굵은 가지 하나를 흔들며 물었다.

"그건 복숭아나무다."

지난밤 통화에서 집주인 남자는 정수에게 말했다.

"마당에도 귀신 쫓는 효과가 있다고 하는 복숭아나무를 심었어요. 복숭아는 제사상에 안 올리잖아요, 아시죠?"

몰랐다. 정수는 아버지에게 뼈대 있는 집안 교육을 배우지 못했고, 남의 제사에 초대받은 적도 없어 제사에 대해 모른다. 정수는 아비에게 복숭아나무에 관해 설명하면서 제사상에 복숭아를 올리지 않는다는 것을 아는지 묻는다. 아비의 반응은 모른다는 것이었다. 나름대로 잘 자란 아비도 모른다면 자신도 괜찮은 거다. 정수는 조금 위로받았다.

"결국 퇴마인가? 귀신을 쫓기 위해선 뭐든 할 사람이다."

"집주인이 이 집에 며칠 묵는 건 어떠냐고 묻더라. 한 2, 3년은 이 집에 살아도 좋다고."

"일종의 귀신 세탁인가? 우리가 살아서 나가면 문제없는 집으로 팔거나, 그때 들어와 살거나."

"싫으냐?"

"귀신이 나온다는데 좋을 리가 없지. 사람을 퇴마로 쓰는 것도 기분 나쁘고."

그래도 새집을 공짜로 쓸 수 있는 게 마음에 들었던 정수다. 어차피 아비와 살 집도 구해야 하고, 그래서 생각해 보겠다고 말했었다. 정수는 정희가 정말 나타난다고 해도, 설마 자기들에게 무슨 해코지를 할지 싶었다. 정희가 해코지하면 그때는 달아나면 된다. 물론 아비가 불편해하면 시도조차 못 할 일이었다. 그렇다면 정수는 당장 내일이라도 다른 집을 알아봐야겠다고 생각했다.

"우리 집 큰 나무 기억나?"

아비는 갑자기 저택의 나무 얘기를 했다.

"아직 내 기억력은 멀쩡하다. 내 마룻대."

모를 수가 없다. 그것은 살아 있는 나무는 아니지만 저택 사람들은 모두 큰 나무라고 불렀다. 원목 형태 그대로 살린 마룻대. 삐죽삐죽 굵은 가지를 잘라 낸 모습을 그대로, 약간의 굴곡은 있지만 중심이 일자로 쭉 뻗은 거대한 나무였다.

"그래, 너도 지분이 있지. 시우는 싫다고 투덜댔는데, 난 좋았다. 장인은 어떻게 가공하지도 않은 나무 그대로 마룻대로 쓸 결정을 했을까? 생각해 보면, 그때 장인 나이가 지금 우리보다 한참 어렸어."

정수는 아비가 장인이라고 말하는 얼굴을 떠올렸다. 그래, 젊었지. 그래서 아저씨도 그런 결정을 했었을 거다.

"얘기를 하니까 그때가 그립지 않냐? 아저씨도."

"그때 우린 뭣 모르고 쫓아다녔는데."

다시 소년처럼, 아비가 복숭아나무 가지를 흔든다.

정수는 목수인 아버지를 따라 전국을 돌아다니며 잡일도 하고, 목수 일도 배웠다. 그러다 열일곱 살이 되었고, 1년 만에 아버지를 따라 돌아온 서울에서 한 살 많은 아비를 처음 만났다. 둘은 친구가 됐다. 지금은 불타 버렸지만, 그 저택을 지을 때 거기에 아비가 있었고, 정수가 있었다.

"집을 짓는다는 건, 지갑을 열고 거대한 혼돈으로 들어가는 일이야!"

점심 식사 중이었다. 수년 뒤에 아비의 장인이 되는 시우 아버지는 공깃밥을 반쯤 덜어 넣은 해장국에 깍두기 국물을 붓고 숟가락으로 휘저었다. 그러고는 집을 짓는 현장에서 몸으로 체감한 생각을 대단한 명언처럼 말했다. 국밥 한 술을 크게 떠먹은 시우 아버지의 얼굴에 만족감이 가득했다.

그날은 마룻대로 쓸 나무가 인천항 보세창고에서 제재소로 옮겨진다고 해서 보러 가는 길이었다. 아비는 시우 아버지가 한 말의 의미를 정확히 알 수는 없었다. 당시 고등학생이었던 아비는 그날 시우 아버지의 덥수룩한 수염과 먼지 뒤집어쓴 모습이 그저 낯설었다. 고등학교 1학년 때 담임이기도 했던 소꿉친구의 아버지라서 긴 시간 익숙한 시우 아버지는 깡마르고, 빈틈없는, 교실에선 고독한 자객이라는 별명처럼, 그림자처럼 다가와 학생들을 꿀밤으로 다스렸다. 반 아이들은 각 단어의 앞 글자씩만 따서 불렀지만, 그러던 자객이 휴직하고 집을 짓기 시작했고, 현장에 붙어살면서 현장에 어울리는 사람이 되고 말았다. 아비는 시우 아버지의 그 변화를 집 짓기의 어려움을 대변하는 증거로 받아들였다. 사실 시우 아버지는 결벽증에 가까운 청결주의자였고, 깔끔한 식사를 위해 토스트나 샌드위치를 선호하는 사람이었다. 그런 사람이 먼지 툭툭 털고 앉아 해장국에 깍두기 국물을 붓고 밥을 말아 먹는 사람으로 변한 것이다. 시우 아버지의 그 변화를 본 아비에게 집 짓기란, 사람의 성격을 변화시키고, 식성도 변화시키고, 특히 돈도 많이 든다고 정의할 만했다. 10대의 아비에게 집 짓기는 사람의 성향도 바꾸는 혼돈의 장이었다.

그렇게 변했다고 해서 시우 아버지가 공사장에서 대단한 일을 하는 건 아니었다. 건축주라는 명목으로 이것저것 인부들이 마친 일의 디테일을 간섭하거나, 공사장 주변을 매일 깔끔하게 정리해서 시비를 걸고 싶은 동네 사람이 시비를 걸 수 없게 대비하는 정도였다. 몇 번의 작은 분쟁에서 탁월한 지갑 열기 능력을 발휘, 사람 대 사람의 문제를 마법처럼 돈으로 해결한 덕분에 제대로 된 집을 지으려면 역시 건축주가 현장에 있어야 한다는 자신만의 논리를 갖게 된 시우 아버지는, 사내 녀석 둘을 조수이자 제자로 두고 자기의 집 짓기 철학을 한참 동안 설파했다.

"어때요?"

목수의 물음이 귀에 들어오지 않았다. 직접 나무와 마주 선 시우 아버지는 한동안 말을 잃었다. 저택의 마룻대가 될 나무가 그날 그들이 본 나무 중에서 가장 큰 나무는 아니었다. 하지만 시우 아버지는 뭔가 압도당한 듯했다. 두 명의 조수이자 제자 녀석들도 마찬가지 기분을 느꼈다. 나무는 긴 트레일러에 실려 잠시 도로 한쪽에 정차해 있었는데, 눈높이 위에 있어서 그런지 더 거대해 보였고, 길이는 한눈에 다 들어오지도 않았다. 아비가 벌린 입을 다물지 못하고 있다가 "와! 엄청나다"라고, 크게 소리쳤다. 당시의 그 말은 아비가 나무에 대해 할 수 있는 최대한 경외의 표현이었다.

반대로 정수는 조용히 양쪽 관자놀이를 주먹 쥔 손으로 누르고 있었다. 머리 어딘가 텅 빈 진공관에 충격이 있었고, 증폭된 파동이 공명을 일으켜 쉼 없이 머릿속을 울렸다. 조금 전 나무를 처음 보는 순간부터 시작된 일이었다.

목수는 이제부터의 일정을 시우 아버지에게 설명했다. 나무는 제재소로 가서 규격에 맞춰 반듯하게 자르고, 마룻대와 각

크기의 들보로 나뉘어 집의 곳곳에 쓰이게 된다는 얘기였다.

"아깝다."

그때 아비가 말했다. 정수도 여전히 머리를 짚은 채 혼잣말처럼 읊조렸다.

"나무 그대로가 좋아요."

크지 않은 말이었지만, 모두는 한참을 아무런 말 없이 나무를 쳐다보고 있었다. 목수가 분위기를 살피더니 묵직하게 말했다.

"나무에 현혹되면 안 된다."

그 말을 신호처럼 트레일러가 검은 연기를 뿜으며 시동을 걸었고, 천천히 움직이고 있었다. 그때였다. 시우 아버지가 크게 외쳤다.

"저 나무 그대로 씁시다. 제재하지 말고…."

목수는 곤란한 표정을 했다. 이걸 받아들이면 귀찮은 일이 많아진다. 비용과 시간은 덤 이상이다. 당장 필요한 목재도 다시 구해야 한다. 그렇지만 목수는 흔쾌히 고개를 끄덕였다. 안 될 일이 아니고, 못 할 일도 아니면 할 수 있다. 그게 사람 사는 일이다. 목수는 늘 그렇게 생각하며 살았다. 누구에게든 해 줄 수 있는 일은 싫다고 말한 적이 없다. 아내가 이혼을 요구했을 때도 그래서 고개를 끄덕여 주었다. 아내는 딸만 데리고 떠나겠다고 했었다. 그 말은 아들 녀석은 데려가지 않겠다는 말이었다. 아들이 갖게 될 상처가 눈에 보였다. 하지만 그때도 목수는 고개를 끄덕였다.

그때 남겨진 채 홀로 집에 있던 아들은 끝내 울지 않았다. 그런 아들이 지금, 눈에 눈물이 가득 고여 있다. 목수는 당황했지만, 그래서인지 아들의 머리를 끌어 가슴에 묻었다. 안고 보니 아들은 어느새 자기보다 키가 커져 있었다. 구부정하게 아버지 가슴에 머리를 파묻은 정수는 그때 처음이라는 걸 새삼 알게 됐다. 아버지 품에 안기는 경험은 그때가 처음이었다.

"큰 나무 처음 본 날, 그때 왜 울었냐?"

그때의 그 두통과 감정은 무엇이었을까? 정수는 아직도 모르겠다. 그때 옆에 서서 훌쩍이던 아비는 그 나무를 매일 품고 살았으니, 답을 찾았을지도 모른다.

"누가 울어, 운 건 너다."

사실 아비는 정수가 목수 아버지에게 안겨 울 때, 자기도 누군가에게 안겨 울고 싶었다. 그래서 옆에 서 있던 시우 아버지를 쳐다봤는데, 역시 눈물이 고였던 시우 아버지는 어느새 도망치듯 뛰었고, 아비는 시우 아버지의 뒷모습만 하릴없이 쳐다보며 눈물을 흘렸었다.

"오늘은 울지 마라."

"울 일이 있겠냐?"

"또 모르지."

두 사람은 어색한 분위기를 피해 집의 뒤편으로 걸어갔다.

"여기에 정희가 묻혔었다고?"

아비의 질문에 정수는 들은 대로 집의 왼쪽 구석을 가리킨다. 두 사람은 집의 뒤편 화장실 밖에 서 있다.

"여기 안쪽."

"집 갖는 게 그렇게 소원이더니, 그런 일을 당했구나."

"너한텐 원수인데, 시원하지 않니?"

아비는 한참을 말없이 벽만 보고 있었다. 그러고는 한숨을 내쉰다.

"매 순간 원망했고, 견딜 수 없는 분노로 미칠 것 같았지. 그런데 왜 애처롭다는 생각도 드는 걸까? 정말 모르겠다."

아비는 오만가지 감정에 휩쓸리는 자신을 매 순간순간 경험한다. 3년 전 저택에서 헤어진 후 정희를 생각하면 늘 분노가 앞섰다. 하루에도 몇 번씩 난도질하고, 마음속에서 할 수 있는 모든 벌을 가했다. 한데 이미 죽은 사람을 죽어라 저주한 거였다. 허망했다. 게다가 돈과 치정 문제라니 한심했다. 다시 화가 났고, 다시 애처로웠다. 다시 모르겠다. 생각이 지옥이라는 말은 진리였다.

"범인은 왜 여기에 정희를 묻은 거야?"

"계획한 건 아니고… 여기서 싸움이 났고 몸싸움하다 넘어졌는데, 누가 잡아당기는 것처럼 정희가 쭉 빨려 들어가더래. 그래서 여기가 이 여자 죽을 자리구나! 느낌이 왔대. 자기도 정희가 집에 집착하는 걸로 시달렸고, 마침 돈도 급했고, 어떻게든 이 땅을 팔 생각밖에 없었는데… 여기에 묻으면 집을 품은 거니까 좋아할 것 같았다나?"

아비는 어이가 없었다.

"천벌 받을 소리 한다. 도대체 그런 악인들이 자유롭게 돌아다니는 세상에서 나는 왜 갇혀 있었던 거니?"

억울한 표정이 가득한 아비의 등을 정수가 두드려 준다.

"들어가자."

두 사람은 새집으로 들어갔다.

기둥은 여전히 복숭아나무를 관찰하고 있었다. 그 외의 일은 철저하게 침묵을 선택했다. 기둥의 침묵이 하루를 넘어가고 있었다. 기둥이 침묵을 지키는 동안에도 기둥을 구원자로 받아들인 무리가 세를 늘려 갔다. 그에 반해, 일방통행식의 주장에 피로감을 느끼고 반발하는 사물들도 존재감을 드러내고 있었다. 그렇게 침묵하는 기둥에 공감하며 기둥의 조용한 생활을 응원하는 일부와 기둥을 추앙하며 구원자로서의 적극적인 행동을 요구하는 집단, 이에 맞서 구원자를 부정하고 거실을 정치의 장으로 만들지 말라는 모임이 등장하면서 거실은 하루 사이에 몇 번씩 세력 지도가 변화되고 있었다. 마지막에는 새로운 구원자를 찾는 무리까지 나타났다. 무리의 주장은 다음과 같았다. '기둥이 집에 세워진 후, 분명히 존재하지 않는 존재가 거실에 나타나지 않은 것은 인정한다. 하지만 여전히 거실 뒤에서 떠돌아다니고 있고, 그것은 기둥이 구원자로서 부족함을 증명한다. 따라서 집 전체를 구원할 구원자를 찾던가, 찾을 수 없다면 거실 뒤편을 분담할 제2의 수호자가 나타나야 한다'라는 것이다.

그렇게 사물들의 대치 상태가 첨예해진 가운데, 다음 날 아침 집주인 남자가 오랜만에 집을 찾아왔다. 집주인 남자는 이 방 저 방 간단한 청소를 하고는 괜히 붙박이장 서랍을 열어 무언가 내용물이 잘 있는지 확인도 하고, 손으로 벽을 일일이 만져 보며 상태를 살폈다. 사물들도 알고 있었다. 퇴마 용품들이 그곳에 깊숙하게 숨겨져 있다는 것을 그리고 소용이 없다는 것도 알고 있었다. 집주인은 마지막에는 하수구에서 냄새가 나는지 확인도 하고, 가져온 벌레 퇴치 약을 곳곳에 뿌렸다. 끝으로 죽은 벌레는 없는지 꼼꼼히 살핀 후 집을 떠났다.

같은 날 이른 오후에는 두 남자가 찾아왔다. 그 두 남자를 먼저 알아본 건 윗돌이었다. 그 둘은 한때 윗돌과 아랫돌을 겹쳐 놓고 마주 앉아 커피 원두를 갈던 남자들이었다. 아비와 친구 정수. 아비는 마지막으로 봤을 때처럼 여전히 다리가 불편해 보였다. 윗돌은 기둥에 아비가 왔다는 걸 알렸지만, 기둥은 아비를 알아보지 못했다. 사물의 지워진 기억은 다시는 돌아오지 않는 걸까? 오늘 이후 아비를 다시 볼 기약도 없는데, 윗돌은 아비를 알아보지 못하는 기둥이 안타까웠다.

아비와 정수는 집 안을 천천히 훑어보고, 화장실로 갔다. 문을 열고는 그 안을 들여다보며 한참을 얘기했다. 잠시 후 아비가 뒷걸음으로 문 앞에서 빠지고 고개를 돌려 외면하자, 화장실 문 앞에 선 정수는 묵념을 시작했다. 그러고는 외쳤다.

"정희야! 세상 원망 다 풀고 좋은 데 가. 우리는, 모두 너 용서하기로 했다."

말이 끝날 즈음에는 울음이 섞여 있었다. 정수는 고개를 푹 숙이고 한참을 있다가 손등으로 눈물을 닦는다. 어느새 아비는 거실로 가 있다.

"이 기둥은 왜 여기에 있는 거야?"

아비가 기둥을 쓰다듬으며 의문을 표했다. 화장실 티슈로 눈물을 닦으며 정수가 기둥 옆으로 다가왔다. 기둥 옆에 선 정수는 손가락으로 관자놀이를 마사지하며 찡그린 표정을 한다.

"이건 부적 같은 거라더라. 집안을 지키는 수호신이라서 여기에 세웠다고 했어."

"퇴마용 기둥이네. 그런데 아까부터 느낀 건데, 이 집에서 예전 우리 집 냄새가 나는 거 같지 않아? 나무 칠 냄샌가?"

아비는 코를 킁킁대다 기둥의 냄새도 맡는다. 정수도 괜히 기둥의 냄새를 맡는다. 여전히 관자놀이를 손으로 지그시 누르는 정수.

"이상하게 계속 머릿속이 울린다."

"넌 나무 앞에만 서면 그러더라?"

정수는 이번이 두 번째일 뿐이라고 정정해 준다. 아비는 "같은 수종이라 그런가 보다", "나무 향이 두통의 원인일 수도 있어", "아니면 너를 퇴마하는 나무가 있다"는 둥 놀리며 웃다가 무슨 생각이 났는지 정수에게 멀리 가 보라고 했다. 그러자 정수가 기둥과 가장 먼 거실 반대편으로 걸어간다.

"어때?"

"여기선 괜찮은데? 안 울려!"

머리를 툭툭 쳐보는 정수다.

"기둥 때문이네. 이 나무 수종을 알아내서 앞으로 피해 다녀라."

말을 마친 아비는 정수가 있는 곳으로 걸어가다 벽의 일부인 사람 미소가 담긴 맷돌을 발견한다.

"어! 우리 집 맷돌 아니야?"

"설마."

"맞는데? 이 미소 짓는 입 모양. 장모가 그랬거든, 장인과 웃는 게 비슷해서 샀다고. 이것 봐, 입 모양이 장인 웃을 때 그대로잖아. 얘가 여기 왜 있지? 신기하네."

정수가 보기에도 아저씨 미소가 윗돌에 있다. 정수는 오랜만에 크게 웃었다.

"그러네, 미소가 닮았어. 아저씨 얼굴이 있어!"

아비는 연신 윗돌을 둥글게 어루만진다. 윗돌은 부드러운 손길이 좋아 입이 찢어질 것만 같다. 윗돌을 창고로 옮긴 건 아비였다. 오래전, 처가 쪽 친척 병문안 갔다가 돌아오는 길에 교통사고가 있었다. 그 차에 장인과 장모, 시우까지 세 사람이 타고 있었다. 그리고 그 셋이 함께 세상을 떠났다. 남겨진 아비는 아이를 안고 눈물을 참았지만, 윗돌만 보면 눈물이 맺혔다. 윗돌을 볼 때마다 떠오르는 장인 얼굴에 마음이 아파서 어느 날 맷돌을 창고로 옮겼다.

"너는 불에 타지 않고 살아남았구나. 네 얼굴 보니까 가물대던 장인 얼굴이 생각난다, 가족들 얼굴도 생각나고. 네 짝은 어디 갔니? 너도 나처럼 짝을 잃고 그저 사는 거니?"

윗돌은 둥근 형태를 따라 어루만지는 아비의 손길에 자신이 고양이가 된 것 같았다. 소리를 낼 수 있다면 이미 그르렁거렸을 것이다. 소리를 낼 수는 없어 아쉽지만, 그래도 좋다. 익숙한 손길이 돌아와서 좋고, 자기를 알아봐 줘서 고맙다. 그리고 자신에 관한 숨은 이야기를 듣게 돼서 기뻤다. 윗돌은 이제 그냥 사람 닮은 미소를 가진 보통 맷돌이 아니었다. 아비의 장인과 같은 미소를 가진 윗돌이다. 만약 아랫돌을 다시 만나면 자랑할 게 생겼다.

"아 참, 집주인이 이 집에서 당분간 살아 주면 안 되냐고 했었지. 그거 다시 확인해 봐."

아비는 잃어버린 가족을 찾은 듯 행복했다. 가족을 추억할 수 있는 게 남아 있지 않은 지금, 작지만 이 집에 있을 이유가 아비에게 생겼다. 정수가 집주인과 통화를 했고, 허락을 받았다. 그리고 앞으로 3년간 이 집에 살 수 있다고 아비에게 확인해 주었다. 아비는 만족한 듯 윗돌을 어루만지며 말했다.

"얼마나 버틸지 모르지만, 이제부터 이 집에서 같이 살아 볼까?"

새로운 구원자를 찾는 무리가 외쳤다. 구원자가 나타났다고. "거실 뒤편을 공포로부터 구원할 수호자가 찾아왔다"고 외쳤다. 그에 반해 반대하는 사물들이 떠들었다. "아직 모른다. 거실 뒤편의 상황을 밤까지 기다려야 한다", "아니다. 문제의 본질은 그가 사람이라는 점이다. 사람은 사물의 구원자가 될 자격이 없다. 따라서 이 집의 유일한 구원자는 기둥 님"이라고 소리쳤다.

그때였다.

- 제가 한마디 해도 될까요?

기둥이었다. 기둥을 추종하는 집단은 물론, 기둥을 반대하는 무리까지 한순간 조용해진다.

- 저는 저들이 기억났습니다. 한 사람은 저택의 주인이었고,

다른 한 사람은 저가 온전한 모습으로 저택의 마룻대가 될 수 있도록 처음 의견을 말해 준 사람입니다. 그때도 그는 저와 공명했죠. 오늘도 그와의 공명으로 지난날이 모두 떠올랐어요. 옛 추억을 이야기하려는 것이 아닙니다. 제가 밝히고자 하는 건 아비의 자격입니다. 저택의 주인인 아비는 사람이지만, 한때 사물과 다르지 않다고, 저택의 사물들에 의해 인정받았습니다. 그날 저택에 있던 제 기억 속의 사물들 모두가 확인해 줄 수 있습니다. 아비가 사물의 구원자라고 주장할 수는 없지만, 사물로서 구원자가 될 자격이 있다는 것은 제가 증명할 수 있습니다.

기둥의 얘기는 끝이 났다. 그리고 마법 같은 일이 벌어졌다. 기둥 전체가 밝은 금색의 빛을 내기 시작했고, 기둥의 기억 속에서 살아 있는 사물들이, 기둥의 빛 속에서 나타나기 시작했다. 사물들은 하나, 둘 차례로 나타나 거실에 있는 모두에게 인사를 하고, 아비의 자격을 증명했다. 괘종시계가 나타났고, 연달아 장식장이, 다음으로 책상이 그리고 덜컹대는 방문과 부서진 책장이, 속이 시커먼 책들도 한자리에 모여 입을 맞춰 확인해 주었다. 윗돌이 선망하던 레이스 커튼도 살랑거리며 나타나 아비가 한때 사물과 같았다고 다시 한번 확인해 주었다. 그리고 마지막으로 피아노가 나타났다. 피아노는 자신이 아비를 인증한다는 것이 민망한 듯 보였다. 피아노는 아비의 사물 인증은 하지 않고 머뭇거렸다. 그러다 밝은 금빛에 파르르 떨던 건반이 하나씩 움직였다. 피아노의 건반들이 연달아 소리를 내며 노래를 불렀다. 그것은 십수 년 전 어느 날에 불렀던 아이의 노래였다.

"떴다, 떴다 비행기. 날아라, 날아라! 높이 높이 날아라! 우리 비행기."

II.
사물의 메시아

비가 내릴 땐 언제나 바람이 먼저 불었다. 바짝 마른 황무지에, 먼지가 무거운 사물 위에도, 모두를 적셔 줄 비보다 바람이 먼저 와서 나팔을 불었다. 앞서간 이름들에 관심 없는 바람은 뒤에 오는 비를 위해서 돌아본다.

8

'뭐지? 버려진 건가? 사기, 모략 아니 음모다.'

이런 걸 음모라고 하지 않으면 세상 음모는 그저 가십일 것이다. 어떻게 이런 일이 자신에게 생길 수 있단 말인가. 뭔가 비정상적인 일에 자신이 휘말렸다는 생각뿐이었다. 뚜렷하진 않지만, 차를 타고 이동 중이었던 건 기억난다. 물론 그때도 온몸이 검은 천에 휘감겨서 주변 상황은 파악할 수는 없었지만, 그래도 고립됐다는 생각은 없었다. 그런데 뭔가 크게 덜컹거린 순간, 자신이 공중 부양을 하는 느낌을 받았고, 이후 바닥에 떨어져 한참을 뒹굴었다. 그러다 단단한 뭔가에 부닥쳤다. 그 후에는 기억나는 게 없고, 정신을 차리고 보니 앞이 깜깜했다. 세상에 어둠만이 켜진, 빛이 하나도 없는 공간. 검은 천은 벗겨진 것 같았다. 보이는 게 없다. 주변을 둘러봐도, 바늘구멍만큼의 빛도 보이지 않는다. 느껴지는 건 있었다. 뭔가 육중하게 누르는 중압감과 어떤 소리였다. 그게 무슨 소리인지 알아내는 데는 꽤 오랜 시간을 들여야 했다. 그 소리는 처음 듣는 소리도 아니었고 모르는 소리도 아니었다. 다만 그 소리가 자신의 외부에서 들리는지, 내부에서 들리는지, 자신할 수가 없었다. 그만큼 정신을 차리는 데 시간이 걸렸었다.

소리는 쉬지 않았고, 조금의 높낮이 변화도 없었다. 어디선가 익숙한 기억이 있어 떠올려 보니, 한때 자주 듣던 믹서의 소리보다 조용하고, 식당의 냉장고 소리보다는 크지만, 끊어짐이 없이 이어지는 비슷한 계열의 모터 소리였다. 지극히 일정한 모터의 근면한 소리는 한결같고 건조했다.

그리고 온도. 춥다. 매년 한겨울에 느껴지는, 접착제 없이도 사물을 땅바닥에 달라붙게 만드는 추위다. 어쩌면 여기는 말로만 듣던 시베리아거나, 조금 과장하면 대기권 밖의 우주 공간일 수도 있다. 그런 생각 때문인지, 사물이 느낄 수 없는 어지러움과 메스꺼움 같은 이상 증세와 함께, 중력 없이 떠다니는 비현실적 감각이 무겁게 실재의 무게로 짓누르고 있었다. 이 공간은 뭔가 달랐다. 시간도 멈춘 것만 같았다. 이런저런 생각에 결국엔 자신이 무슨 생각을 하고 있는지, 자신이 생각이라는 활동을 통해 지금 상황을 이해하는 것인지에 관해서도 자신이 없어졌다.

차라리 보는 걸 포기했다. 자신이 스스로 만든 어둠 속에 들어서자, 어둠은 마찬가지로 어둡지만, 그 어둠 깊은 곳에서 아주 먼 곳으로부터 빛 하나가 다가왔다. 그 빛은 앞을 채우고, 생각을 가득 채우더니 마치 영화처럼, 수많은 사람이 그 빛 속에서 오갔다. 사람들의 모습이 그려지니, 자신도 그중의 하나였다는 생각이 들었다.

'나는 그들과 같다. 나는 사람이다.'

바쁘게 사는 직장인. 하루의 일을 끝내고 집에 가는 길에 포장마차에 서서 떡볶이와 어묵 국물을 마시며 허기를 달래는 보통 사람. 그 보통 사람의 눈으로 시장 입구에 차려 놓은 매대를 둘러봤다. 고물만 모아 놓고 파는 만물상의 매대 위에는 수정 구슬이 크기별로 나란히 줄 서 있고 몇 개의 메달, 몇 개의 파이프 담뱃대, 은장도, 보석함, 벼루, 도자기와 이름 모를 잡동사니가 보였다. 성인 남자 팔뚝 크기의 한 손에 저울을 든 눈가린 여신상, 그보다 조금 더 헐벗은 옷차림의 그리스 여신상이 매대를 바라보고 섰고, 그것들의 시선이 매대 위 중앙에 자리 잡고 앉은 사물을 향해 있었다. 그 사물은 하나가 두 개로 분리되어 포개진, 두 개의 돌이 하나가 되어 작동하는 사물인 맷돌이었다.

윗돌과 아랫돌이 매대에 있었다. 어묵 국물을 마시던 눈이 맷돌의 아랫돌에 초점을 맞춘다. 시선이 닿자, 아랫돌의 표면에서 두 개의 커다란 눈이 개구리 눈처럼 볼록하게 떠진다. 그 눈이 국물을 마시던 눈과 서로 맞닿았다. 그러자 아랫돌의 개구리 눈이 맞은편 어묵 국물을 마시는 눈을 향해 놀란 눈짓을 한다. 국물을 마시며 건너편 매대 위 아랫돌을 쳐다보던 것은, 몸 밖에서 자신을 바라보는 아랫돌이었다.

정신을 잃었던 아랫돌이 놀라서 깼다. 꿈이었다. 아니, 환상이었다. 그리고 여전히 현실은 변함없이 어두웠다.

- 내가 사람? 정말 미쳐 가고 있구나. 나는 사물이잖아.

뭔가, 자신이 잘못되어 가고 있다고 생각하는 아랫돌 위로 불이 켜졌다. 너무 오랜만의 보임이었다. 불이 켜지니 앞이 보이고 자신의 상황이 확인되었다. 상자들이 가득한 창고 안이었다. 옆으로 기울어진 상자 하나가 자신의 한쪽 면을 밟고 중심을 잡고 있었다. 시베리아니, 우주 공간이니 하는 건 착각이었다. 현실은 아주 낮은 온도의 냉동창고였다. 그리고 변함없는 모습, 자신은 아랫돌이었다.

뭔가 비닐 같은 걸 잡아 뜯는 소리가 뒤쪽에서 났다. 차갑게 얼어붙은 금속 문이 열렸다. 우주인 같은 방한복으로 무장한 사람이 끌차를 밀고 들어와 차갑게 얼어붙은 상자를 몇 개씩 옮겨 실었다. 사람의 움직임을 따라 주변을 둘러보는 아랫돌 쪽으로 상자를 실은 사람이 끌차를 끌고 다가왔다. 아랫돌 앞에

선 사람은 아랫돌을 짓누르던 상자를 끌차에 옮겨 싣는다. 아랫돌이 느꼈던 중압감이 일순간 사라진다. 아랫돌은 사람을 향해 말했다.

- 자, 이제 나를 끌차에 실어라.

아랫돌은, 두 팔을 앞으로 뻗으며 안아 달라는 아이처럼, 방한복 남자를 바라본다. 아랫돌의 말을 들을 수 없는, 방한복 사람이 끌차를 끌고 가 버렸다.

고무 패킹과 금속 문이 분리될 때는, 마치 비닐을 뜯어내는 듯한 소리가 났다. 이어서 불이 켜진다. 허름하고 오래된 냉동창고가 오랜만에 다시 밝아졌다. 지난번 방한복 남자가 왔다 간 후, 얼마나 시간이 지난 건지 가늠이 전혀 안 된다. 불이 켜질 때, 정신이 든 아랫돌은 쉬지 않고 밝아진 주변을 살핀다. 아랫돌이 감지할 수 있는 구역 안에 변화된 다른 정보는 없었다. 새로운 정보가 없다는 것은 아랫돌이 아무런 정보 없이 헛된 시간만 보내게 된다는 의미다. 아랫돌의 답답한 마음도 모른 채, 방한복 사람이 끌차에 상자를 가득 싣고 문을 나섰다. 불이 꺼졌다. 다시 혼자가 되었다. 방한복 남자가 창고를 들어왔다 나간 횟수도 이젠 정확하지 않다. 보이지 않는 것에 익숙해졌지만, 고립된 상황에서 보이지 않는 것은 세상이 없어지는 것과 다르지 않았다. 유일하게 존재감을 나타내는 건 끊기지 않고 일정하게 돌아가는 모터 소리뿐이었다.

아랫돌은 어두운 창고에 갇혀 며칠이 지났는지 생각해 본다.

'가만, 방한복 남자가 들어왔다가 나간 것이 좀 전이었나? 아니면 어제였나? 모르겠다. 어쩌면 그 이상일지도 모르겠다. 너무 어두운 곳이라 날이 가는지 달이 가는지 알 수 없다. 게다가 냉동창고라 계절감이라고는 느끼지도 못한다.'

처음에 아랫돌은 자기가 왜 냉동창고에 있는지 알 수 없어 불안했다. 뭔가 계략에 빠졌다는 생각이 들었다. 의도된 감금. 그렇지만 자신은 뭣도 아닌데 납치와 감금을 당할 이유가 없다. 그렇게 이해할 수 없는 시간을 의심으로 보낸 후, 별다른 사건이 없는 것에 불안감을 내려놓았다. 알게 된 것도 이해되는 것도 없지만, 아랫돌은 전에도 이런 창고에서 보낸 경험이 있었으니 잘 견뎌 보겠다는 생각도 했다. 하지만 현실은 최악이었다. 그때는 짧은 기간이었거나, 혼자가 아니었다. 또 희미한 빛이 들어오는 창이 있어 낮에는 낮인 줄 알았고, 어두워지면 밤이 오는구나 하고 시간의 변화를 즉각적으로 알 수 있었다. 그리고 누군가 밖에서 오가는 소리도 들을 수 있어 세상 물정을 전혀 모르지도 않았다.

한데 여기는 빛 한 점이 없고, 상자를 들이거나 내갈 때 부정기적으로 방한복 남자가 불을 켜고 들어왔다. 아주 짧고, 귀한 순간인데, 아랫돌은 그때를 놓치지 않으려 단단히 마음을 먹었다. 주변을 살피고, 새로운 정보가 창고 밖에서 들어온 게 있는지 방한복 남자에게서 시선을 떼지 않았다. 그 결과 이번에 알아낸 건, 차갑게 얼어붙은 상자 안에 든 상품이 토막 난 채 비닐 포장된 속살 붉은 연어라는 사실뿐이었다.

갑자기 생선 굽는 냄새가 나는 것만 같았다. 그러자 아랫돌은 헛웃음이 났다. 토막 난 연어를 보고 생선 굽는 냄새가 연상되는 건 사람에게는 자연스럽다. 하지만 자신은 사물이고 후각이 [illegible]

아랫돌은 정신을 차려야 한다고 생각했다. 그렇지 않으면 정신질환을 진단받은 최초의 사물로 역사에 남을 수도 있다. 게다가 여기는 올바른 정신을 유지하기 힘든, 모든 요소를 갖췄다. 사물도 단시간에 심신미약으로 만들 모터 소리. 죽음보다 차가운 냉기는 사람이라면 하루도 견뎌 낼 수 없다. 아랫돌은 자기가 아는 얼굴들을 생각해 본다. 사물이 아닌 얼굴 중에, 이런 환경을 견딜 얼굴이 떠올랐다. 확실한 얼굴은 모른다, 그는 그림자 같은 존재였다. 그를 만났던 계절이 언제였는지 기억이 희미했다.

'밖은 지금 어떤 계절일까?'

아랫돌은 따뜻한 마당에 누워 햇볕을 쬐던 기억을 불러 본다. 사실 마당의 추억은, 윗돌과 함께 디딤돌이 되어 마당에 버려진 시기이기도 했지만, 아랫돌은 그때마저 그립고 아늑하게 느껴졌다.

'추억되새김질.' 사실 추억이라는 말이 지난 일을 돌이켜 생각한다는 뜻을 가졌으니, 추억되새김질이란 말은 이중 의미가 있는 겹말과 다르지 않지만, 아랫돌은 그냥 되새김질이라는 말이 좋아서 혼자 추억되새김질을 했다. 그 말이 이중 의미인지 뭔지를 알게 된 건, 저택에 살 때였다. 남자 주인이 가족에 관해 얘기할 때 들었다. 사물들은 그 남자 주인을 아비라고 불렀다. 아비는 어느 날 가족을 모두 잃었고, 자주 멍한 표정으로 한참 동안 맷돌을 들여다보곤 했다. 그러다 정신을 차리면 "이런, 또 추억을 되새김질했네"라고 혼잣말하고는 자책했다. 그러던 어느 날 아비가 자신들을 저택의 반지하 창고로 옮겼다.

아랫돌은 추억되새김질을 했다. 그것도 정좌하는 마음가짐으로 차분하게 서서히 기억을 불러들여 추억을 되새겼다. 점차 중요한 기억으로 생각이 고정되면 어느새 어둠과 모터 소리는 잊히고, 오래전 지나온 추억의 장면이 점차 선명해지는 경험을 했다. 그럴 때는 너무 즐겁고 그리워서 갇혀 있는 시간도 잊고, 차가운 공간도 훈훈해지는 착각도 들었다.

아랫돌이 추억을 되새기느라 시간 가는 줄 모르던 어느 날, 비닐 뜯는 소리가 크게 났고, 열린 적 없던 냉동창고의 한쪽 문까지 모두 열렸다. 곧 지게차가 들어와 창고의 냉동 연어를 모두 비웠다. 그날, 밤새 비어 있던 창고의 지배자는 모터였다. 텅 빈 곳을 모두 채우려는 듯 기계 돌아가는 소리가 사방 구석구석 울렸고 벽마다 반향을 일으켜 되돌아왔다.

다음 날 문이 열렸을 때 아랫돌은 퀭한 모습으로 돌아다니는 지게차를 보며 하소연을 날렸다. 지게차는 같은 기계에 대한 험담이 마음에 안 드는지 아랫돌의 하소연을 들은 체도 안 했다. 대신 지게차는 옆이 다 들여다보이는 커다란 철제 상자를 가득 들여놓았다. 상자에는 순간 냉동의 표정이 살아 있는 참치들로 가득했다. 그리고 고대하던 정보도 있었다. 참치 하나에 커다란 스티커로 '30. 07. 2024'라고 인쇄된 숫자가 붙어 있었다. 그 숫자는 참치를 잡은 날이거나, 어쩌면 오늘 날짜일 수도 있다. 저 숫자가 오늘이라면, 아랫돌은 이제 창고에 갇힌 지 2년이 넘었다. 시간은 아랫돌이 홀로 감내한 고통에 비례하지 않았다. 200년은 지난 것만 같은 녹록지 않은 기간이었지만, 시간은 힘들어할수록 천천히 작동하는 것 같았다.

사실 많은 사물이 그렇듯 아랫돌이 이제까지 마주한 세상도 호락호락하지 않았다. 처음 석공의 손에서 숨결을 트고 맷돌이라는 쓰임을 부여받아 곡물을 갈며 3년을, 시장 매대에서 2년, 저택에서 20년을 지냈다. 저택에서도 6년은 창고에서, 뒤의 7~8년은 마당에서 디딤돌로 보냈다. 저택에서 화재가 있었고, 그

후로는 별다른 쓰임 없이 여기저기 흘러 흘러 다니다 알 수 없는 이유로 냉동창고로 들어와 2년이 흘렀다. 모두 더하면 이래저래 26년이다. 아랫돌은 자신이 사람으로 치면 이제 청년의 나이고 꺾어진 20대라는 생각을 했다. 인간에게 20대는 인생에서 가장 빛나고도 짧아 하루하루가 아쉬운 시기가 아닌가. 자신도 이 냉동창고에서 빛나는 시간을 허비하고 있다고 생각하니 억울했다.

그건 그거고,

- 밖의 날씨는 어때?

아랫돌은 입을 벌린 채 상자 밖으로 머리가 튀어나온 냉동 참치에게 묻는다. 참치의 눈은 분명 아랫돌을 보고 있었다. 그러나 참치로부터는 어떤 대꾸도 눈짓도 없었다.

- 원래 과묵한 거니, 입이 얼어붙어서 대답 못 하는 거니?

물어도 대답 없는 차가운 반응. 짐을 다 옮긴 건지 지게차가 나가고 문이 닫혔다. 불이 꺼지면 또 언제 이 좁은 세상이나마 볼 수 있을지 모른다. 아랫돌은 애가 타서 주변을 다시 한번 둘러보는데, 창고를 다 살피기도 전에 가차 없이 불이 꺼졌다.

'언젠가는 밖으로 나갈 수 있을까?'

불현듯 이곳을 나가고 싶다는 생각에 아랫돌은 속이 답답하다. 하지만 나간다고 해도 문제가 있다. 사실 아랫돌은 가슴에 품은 걱정거리가 있었다. 결국 자기가 어찌할 수 없는 걱정이지만, 만약 자기에게 선택의 권리를 준다면, 그때는 어떤 길을 택할지 고민이 컸다.

다시, 자신이 냉동창고에 오게 된 경위를 생각해 본다. 그건 작은 사고였다. 저택에서 실려 나온 후, 아랫돌은 어쩐 일인지 고물상을 전전하고 있었다. 그러던 어느 날 고물상이 아랫돌을 천 뭉치에 돌돌 감았고, 아랫돌은 짐차에 실려 어디론가 가고 있었다. 험한 길을 가는지 짐차는 한참을 덜컹대며 달렸다. 그리고 큰 게 왔다. 어느 순간 짐차의 앞바퀴가 과속방지턱을 빠르게 올라탔고, 덩달아 급해진 뒷바퀴가 요동치다 하늘을 향해 엉덩이를 치켜세웠다. 타고난 무게를 거스른 아랫돌이 중력을 잊고 떠올랐다가 단단한 바닥에 떨어졌다. 큰 충격 뒤에 한참을 굴렀고 충격에 정신을 잃었다. 의식이 돌아왔을 땐 왜인지 냉동창고였다. 정신을 차리고 보니 아랫돌은 기울어지는 상자를 지탱하는 받침돌이 되어 있었다.

그러던 어느 날 창고의 온도가 조금 더 내려갔다. 겨우 1도 차이였지만 아랫돌의 어디에선가 자기만 들리는 금 가는 소리가 들렸다. 소리뿐이었지만, 아랫돌은 온몸이 갈라지는 느낌을 받았다. 그때나 지금이나 아랫돌은 그대로 있지만, 때때로 어둠 속에 숨은 섬뜩한 칼날이 불시에 날아와 자신의 마음을 갈라놓았다.

아랫돌은 지금처럼 꼼짝하지 않으면 괜찮지만, 밖으로 나가면 갑작스러운 온도 변화는 아랫돌을 어떤 상태로 만들어도 이상할 것이 없었다. 그래서 만약 스스로 냉동창고에 남을지 떠날지 선택한다면, 아랫돌은 살기 위해서는 남아야 한다. 남아서 어둠 속에서 모터 소리를 들으며 고통스러운 시간을 견뎌야 한다.

아랫돌은 오래전 들은 사막 모래 얘기가 생각났다. 사막 모래는 극심한 일교차로 인해 암석이 갈라지고 부서져 만들어진다고 했다. 사람이 죽으면 한 줌 흙이 되듯, 돌도 한 줌 모래가 되는 것이다. 모든 만물은 결국 한 줌의 자연으로 돌아간다.

하지만 그런 한가한 생각도 잠시, 사물은 자신의 운명을 스스로 선택할 수 없다. 그래서 수동적이고, 미래를 예측할 수 없어 불안할 뿐이다. 누군가 냉동창고에서 아랫돌을 꺼내 준대도, 그 사람은 아랫돌의 상태에 관심이 없다. 그저 그 사람이 하는 대로 받아들이고, 운명에 맡길 뿐이다.

아랫돌이 가장 우려하는 상황은 냉동창고에서 중간 단계 없이 무더운 여름의 야외로 옮겨지는 상황이었다. 급격한 기온차로 인한 부피 변화는 아랫돌을 쉽게 조각낼 최적의 상황이 된다. 조각난 아랫돌을 발견한 사람들은 "돌을 옮겨놨더니 두 쪽이 났네"라며 돌을 옮기느라 땀 흘린 자신의 노고만 아쉬워할 것이다.

결국 아랫돌은 당장이라도 이 차갑고 어두운 공간, 건조한 모터 소리로부터 미치게 벗어나고 싶지만, 그 선택이 자기 파괴를 앞당긴다는 걸 생각하면 몸서리가 날 것 같았다. 그러나 사물이라는 이유로 작은 몸부림도 허락되지 않자, 아무것도 할 수 없는 절망에 기가 막힌 아랫돌이었다.

게다가 사물 간 소통에 필요한 빛 한 조각 허락되지 않는 냉동창고에서 기약할 수 없는 날들, 무작정 버텨야 하는 상황에 이제껏 가져 보지 못한 절망과 좌절, 불신이 종기처럼 커져 분노가 되었다. 분노의 첫 번째 분풀이 상대는 그놈, 윗돌이었다.

- 나쁜 자식.

아랫돌은 윗돌을 다시 만날 수만 있다면, 그대로 들이받고 윗돌을 결대로 두 쪽 내 버리겠다는 결심을 한다. 둘은 어떤 인사도, 어떤 계기도 없이 떨어져 버렸다. 어느 순간 찾아보니 윗돌이 없었다. 아랫돌은 황망하고 불안해서 윗돌을 찾았지만, 주변 어디서도 윗돌을 볼 수 없었고 함께 덜컹대며 이동하던 잡동사니들도 한순간에 사라졌다.

- 그 자식이 나를 버렸나? 아니 팔았나?

너무도 황당해서 말도 안 되는 생각까지 했다. 그도 그럴 것이, 고물상에 의해 아랫돌만 검은 천에 감겨 있을 때 윗돌도 주변에 있었다. 먼저 실린 윗돌이 고물 트럭의 짐칸에 놓이는 소리를 들었고, 자기가 놓일 때도 같은 소리가 났다. 그리고 이동 중 몇 번 윗돌과 닿기도 했다. 둘 사이에 검은 천이 있었지만,

20여 년을 부대끼며 살아온 몸뚱이를 모를 리가 없다. 아랫돌은 그때를 생각하면 기억이 여전히 정리가 안 되었다. 몇 번을 되새김질해도 답이 안 나와서 늘 화가 나고 의문스러웠다. 시작은 고물상의 차에 실려 저택을 떠나면서였다. 정확하게는 저택이었던 폐허를 떠나는 길에서 시작했다.

머나먼 피난길이었다. 아니, 마치 피난길 같았다. 전쟁터를 휘젓고 다녔다고 해도 믿을 만큼 낡은 짐차. 전장 같은 세상에서 온갖 상처 입은 사물들. 짐차는 그렇게 모으기도 힘든 폐품들을 가득 쌓아 어디론가 싣고 달리고 있었다. 그 모습이 한심하기도 하고 기막혀서 한마디 했다.

- 보따리 하나 없이 피난 가네!

그 표현이 싫었던 건지, 뭔가 불안했던 건지, 위아래로 들썩이며 안절부절못하던 윗돌이 쏘아붙였다.

- 넌 속도 없냐?

- 겉이나 속이나 다 돌인데, 속이 따로 뭐가 있겠니!

아랫돌도 상한 기분을 들어 대답했다.

- 그래, 돌덩어리라 좋겠다.

윗돌은 뭔가 잔뜩 꼬인 투다. 아랫돌은 한마디 더 하고 싶었지만, 참았다. 왜 저러는지 아는데 구태여 들쑤셔 다투고 싶지 않았다. 어디로 가는지, 가서는 어떤 처분을 받을지 알 수 없는 길. 그나마 '여전히 한 세트로 다니고 있는 것만으로 다행이다!' 라고 생각할 정도였다. 돌아보면 더 심한 처분을 당해도 할 말이 없는 상황이었다.

고물상이 맷돌을 싣고 간 고물 하치장은 의외로 멀지 않은 곳이었다. 평상시라면 관심도 두지 않고 지나쳐 가는 동네 산자락 끝, 얇은 금속판 벽을 높게 둘러친 명확한 경계와 영역 표시가 확실한 공간이었다. 밖에서 볼 때는 입구만 짐차가 들어갈 만큼 크고, 별 공간이 없다 싶은 곳인데 안쪽은 의외로 상당히 넓어서 짐차 몇 대를 주차할 공간과 재활용할 수 있는 금속을 모아 둔 공간, 전자제품, 생활용품 그리고 돌만 모아 놓은 구역도 작게나마 질서를 갖고 분리되어 있었다.

- 어디서 오셨소?

아랫돌이 돌 구역에 놓이자, 주변을 살필 겨를도 없이 먼지가 가득 쌓인, 오래된 늙은 윗돌 하나가 아랫돌에 묻는다.

- 멀지 않은 곳인데, 어디라고 설명하긴 어렵고. 근데 왜 묻소?

아랫돌이 대답하기도 전에 윗돌이 나서서 대답을 가로챈다.

- 허, 오랜만에 바깥소식 좀 듣자고 묻는데, 거 텃세는….

늙은 돌이 혀를 찬다.

- 거 굴러온 돌이 박힌 돌에 텃세라니, 듣도 보도 못한 소리요.

- 자기 짝지가 여기저기 눈길 받는 게 싫은 게지.

여기저기 심심한 돌들이 한마디씩 하며 윗돌을 놀린다. 윗돌은 심기가 불편했지만, 참는 게 보였다. 늙은 돌의 물음에 너무 발끈했다. 하지만 그 늙은 눈매는 아랫돌을 위아래로 훑어보고 있었다. 한 번만 더 불손한 눈짓 거리를 해대면, 그때는 굴러온 돌이건, 박힌 돌이건 다 가루를 만들어 버릴 심산이었다.

날카로워진 윗돌과 달리 아랫돌은 모아 놓은 돌들을 보니 쓸쓸해졌다. 아랫돌이 보기에 여기는 돌들의 막장이었다. 그 생각은 돌 구역 옆에 쌓인 파쇄된 돌들을 보고 확신했다. '우리도 결국 저렇게 되겠구나' 하는 생각이 들었다. 먼저 온 돌들도 이미 알고 있었다. 본래의 자기 역할을 다하고 마지막 가는 길, 쓸데없는 농담과 퇴폐적인 눈빛은 두려움을 숨기기 위한 몸부림 대신이었다.

아랫돌은 잔뜩 경계 중인 윗돌을 본다.

'불쌍하다 우리, 집도 절도 없이 팔려 온 것도 슬픈데, 이제 파쇄되어 어딘가 땅바닥에 뿌려지겠구나.'

아랫돌은 디딤돌이던 기간은 그래도 행복한 시간이었다는 생각이 들었다. 저택 마당에서 디딤돌로 오가는 사람들에게 밟히며 살았고, 매년 땅속에 파묻혀 갈 때도, 담벼락 한구석에서 하릴없이 시간만 샐 때도, 우리 집이니까 하고 안심됐었다.

고물상에서의 매일은 그때와 달랐다. 처음 다른 돌들을 경계하느라 날카로웠던 윗돌은 매일 파쇄되는 돌들을 보면서 불안 증세를 보였다. 어떤 때는 아이처럼 "우리 언제 집에 가?"라고 묻곤 했는데, 아랫돌은 그때마다 이 철없는 돌덩이를 어쩌나 하고 걱정했었다. 이 시기 윗돌은 아랫돌이 다른 사물을 칭찬하면 바로 토라지고, 힘들 땐 약한 소리로 보호본능을 자극하는 녀석이 되었다. 하지만 윗돌의 특징은 돌다운 단순함이었다. 공격성과 불안증을 오가던 윗돌은 금방 친구를 사귀었고, 주워들은 온갖 사물들의 뒷얘기를 신이 나서 아랫돌을 향해 재잘댔다. 물론 모진 풍파 앞에 윗돌도 조금씩 왜소해지고 있었다.

윗돌과 아랫돌이 한 세트의 맷돌이 됐을 때부터, 윗돌은 아랫돌을 상대로 어리광을 부렸다. 아랫돌은 그 이유가 윗돌이 자기보다 두 계절 늦게 만들어진 연하기 때문이라고 생각했다. 아랫돌은 가을에, 윗돌은 다음 해 봄에 만들어졌다.

아랫돌이 윗돌에 비해 먼저 만들어진 사연은 아랫돌에는 상처로 남은 이야기였다. 그때 아랫돌은 석공이 하는 말을 듣고 알 수 있었다.

첫 번째 윗돌, 석공은 그것의 이름을 '첫돌'이라 불렀다. 원래 아랫돌은 짝이었던 첫돌과 같은 다듬질을 받았다. 거친 정, 고운 정 두들겨 맞으며 점차 원석 속에 숨어 있던 동그란 몸을 찾아가고 있었다. 표면이 다듬어졌고, 수평도 잡혔다.

석공은 첫돌에는 많이 먹으라고 동그란 투입구를, 아랫돌에는 잘 돌라고 중쇠를 끼워 주었다. 맷손까지 장착한 새신랑 첫돌은 휜칠했다. 합방을 위한 모든 준비가 끝났다. 그렇게 아랫돌은 첫돌을 머리에 올렸다. 완벽하고 마침맞은 짝이었다.

하지만 단 두 번 반 맷돌을 돌리자, 첫돌이 두 쪽이 났다. 첫돌은 죽었다. 그때 당시 돌아가는 첫돌을 올려다보며 아랫돌은 세상 황홀하고 좋았는데, 갑자기 위에서 첫돌이 두 쪽으로 갈라져서 1밀리미터 아래로 추락했다. 아랫돌은 온몸 가득 윗돌을 받아 냈지만, 첫돌과 함께 바로 혼절하고 말았다.

첫돌이 사망한 뒤로 석공은 한잔 걸치면 늘 같은 소리를 했다. "그 녀석 뭐가 열 받았는지 '배 째라, 더러운 세상!' 외치고는 쫙 갈라졌다"라고 횡설수설했다.

그때 아랫돌은 "석공이 사물의 소리를 들어?" 하고 놀라서 돌처럼 굳어졌지만, 다른 석공들이 큰 소리로 웃으며, "역시 김 씨는 재밌어. 코미디언이야!" 하는 말들을 듣고, 석공이 사람들을 웃기자고 한 소리라는 걸 알아들었다. 첫돌이 세상을 비난하며 갈라진 건 사실이 아니겠지만, 첫 합방에 자기 짝이 "더러운 세상!"이라고 외치고 죽었다는 장면은, 아랫돌의 기억에 왜곡되어 새겨졌다.

아랫돌은 결국 석공의 창고에 남겨졌다. 그때의 상처는 절대 작지 않았다. 아랫돌은 반년을 자기혐오와 홀로 싸워야 했다. 홀로된 것, 짝이 없어 팔려 가지 못한 것 등 모든 게 자기 탓 같았다. 그중에도 가장 힘든 시간은 따로 있었다. 그건 고장 난 다른 맷돌이 보수를 받기 위해 돌아올 때였다. 맷돌들은 일부분이 깨지고, 맷손이 달아나고, 중쇠가 부러져 돌아왔다. 세상에 나가 활약하다 돌아온 맷돌들이 영광의 상처를 드러내며 자랑할 때는 부러웠다. 계절마다 뭘 주로 갈았고, 새로운 곡식을 갈 때 무슨 맛이 돌아 즐거웠다는 얘기, 어떤 음식을 파는 식당에 가면 맷돌이 생고생하는지 듣는 것만으로도 흥미로웠다. 특히 빈대떡, 녹두전 등의 전집이나, 콩국수집, 순두붓집은 3대 기피 보직이고, 일반 가정집에 가면 그만한 꿀 보직이 없다며, 자기는 순두붓집에 배치받고 얼마나 고생이 많았는지 자랑하는 맷돌도 있었다. 그럴 때면 그저 신기했던 아랫돌이었다. 그런데 이야기가 절정에 다다를 즈음이면 꼭 나오는 소리가 있었다. 가끔은 마초 같은 닳고 닳은 윗돌이 좌중을 웃겨 보겠다고 선을 넘는다.

- 어이, 거기 청상! 내가 한 번 올라타서 궁합 한번 맞춰 줄까?

기대대로 좌중은 웃지만, 아랫돌의 비참한 속은 심연보다 깊어졌다. 한두 번 듣는 소리가 아니었다. "배 째라, 더러운 세상!"이라고 외치며 들이받고 싶고, 경고 삼아 "다 같이 박살 나 볼래!"라며 소리치는 위협도 생각한다. 하지만 끝내 소리 내지 못했다. 그래도 다행인 건 사물은 말뿐이라, 밤이 범죄의 시간이 되는 일은 없었다. 아랫돌은 짝을 잃고 청상과부 취급받으며 창고를 지킨 지 두 계절 만에 창고에서 벗어났다. 이듬해 봄에 같은 지역 출신의 원석이 다듬어졌고 아랫돌은 윗돌을 맞이했다.

윗돌과의 합체는 더할 나위 없는 경험이었다. 아랫돌이 막 완성된 윗돌을 맞아 좋았던 건 다른 윗돌들과 다른 표정이었다. 곡물 투입구가 마치 씩 하고 웃는 사람 입 모양 같았다. 그렇게 된 이유가 있었다. 석공이 윗돌의 입을 만들기 위해 돌바닥에 구멍을 냈는데, 하필 구멍 위에서 뭉쳐진 몽우리를 발견했다. 고운 정으로 다듬질하다 발견한 이질적인 성분의 몽우리였다. 당시 석공은 판단하기로 몽우리를 전체 제거하면 구멍이 윗돌의 절반으로 커지고, 몽우리를 건드리면 윗돌이 두 쪽 날 수 있다고 걱정했다. 그래서 선택한 것이 옆으로 긴 입이었다. 덕분에 어색하고 미묘한 표정을 갖게 된다. 하지만 아랫돌을 그런 차별화된 표정이 특별해 보였고 좋았다.

둘이 함께 처음 팔려 간 곳은 맷돌이 간판인 식당이었다. 3대 기피 보직 중의 하나인 어느 동네 시장의 콩국수 식당, 그 집은 상호부터가 '맷돌 콩국수'였다. 개업 때부터 맷돌로 콩을 직접 갈아 내 국수를 내는 집이라 맛과 평판이 좋은 맛집이었다. 문제는 노동 강도였다. 그건 맷돌이나 사람이나 마찬가지로 힘든 일이었다. 특히 늦봄부터, 아침 장사에 줄을 서는 손님들로 인해 맷돌들은 새벽부터 거의 열댓 시간 콩을 갈았다. 부당 노동을 말 못 하는 시대라 시키는 대로 일했던 맷돌들은 매년 줄어

들면서도 견뎠지만, 맷돌을 돌리는 종업원이 대신 달아나기 일쑤였다.

최선임 맷돌이 너무 줄어들어 은퇴하게 되면서 사장은 새로운 맷돌을 구했다. 급하게 시장으로부터 공수된 맷돌이 어색한 미소의 윗돌과 아랫돌이었다. 윗돌과 아랫돌은 주방에 곧바로 투입됐다. 식당 입구 계산대 옆 선반, 명예의 전당에 옮겨진 최선임 맷돌이 은퇴 생활을 즐기는 동안에도, 맷돌들은 하루 반나절 돌아가며 콩을 갈았다. 그렇게 2년쯤 돌았을 때, 애송이 같던 윗돌은 거친 상남자 같은 기운을 풍겼고, 콩을 갈던 식당 직원들은 비정상적으로 발달한 팔 근육을 가지고 달아났다. 여성으로서는 받아들이기 힘든 충격적인 이두박근의 발달을 받아들이지 못했다. 하지만 몇 개월 후 잘 발달한 이두박근 덕분에 헬스클럽에 특채됐다는 소식을 전한 직원도 있었다.

맷돌을 돌리는 직원을 충원하기란 쉽지 않았다. 보다 못한 사장이 직접 맷손을 잡았고, 3개월 만에 병이 나 쓰러졌다. 평생 뚱보로 살았던 사장은 탄탄한 가슴과 매끈한 복부 그리고 단단한 팔 근육을 얻었지만, 대신 만성피로를 앓고 디스크를 몇 개 잃었으며 체력은 고갈되었다. 사장이 입원하고, 임시 사장이 된 아들은 맷돌에 삿대질하며 대형 믹서를 주방에 들고 들어왔다. 믹서로 콩을 가는 모터 소리가 주방을 점령했다.

믹서로 간 콩물을 먹어 본 단골손님들은 고개를 연신 갸웃거렸다. 그날 이후 단골들이 먼저 발길을 끊었고, 맛집 탐방 손님도 끊어졌다. 뜨내기손님만 들락거리다 그마저도 눈에 띄게 줄었다. 위기감을 느낀 임시 사장은 새로운 인력을 투입해 맷돌을 돌렸다. 단골손님들이 초대됐고 그 덕분에 손님 줄어드는 속도가 잠시 주춤했다. 그러다 누가, 어떻게 유출했는지 모르지만, 믹서를 사용하는 사진이 외부에 누출되었다.

지역신문 수준의 뉴스였지만, 다음 날 전국이 특별한 사고 없는 평안한 날이었는지 중앙지에도 기사가 실렸다. 머리기사가 '믹서기로 콩 가는 맷돌 콩국수 식당'이었고, 뒷마당에 버려진 고장 난 믹서 세 대가 콩물을 뒤집어쓴 채 나란히 짝다리 짚고 선 사진이 실렸다. 믹서가 선 자세가 건방져 보였는지 가게의 평판이 무섭게 떨어졌고, 손님도 떨어졌다. 맷돌도 믹서도 노는 날이 길어졌다. 장고 끝에 병든 사장이 병약해진 얼굴로 돌아와 스스로 간판을 내렸고, 가게도 정리했다. 가게를 망하게 한 아들에게 실망했는지, 사장은 재산을 자신이 다 쓰고 죽겠다며 세계 여행 책자를 겨드랑이에 끼고 떠나갔다.

맷돌 콩국수 집이 그렇게 정리되고, 맷돌은 시장의 중고 만물상 매대에 놓였다. 만물상 주인은 50대 중반의 남자였는데, 자신 좋을 대로 장사하는 사람이었다. 남들은 게으르다고 하지만 사실 행동이 느릴 뿐이었다. 또 머리칼이 눌린 곳과 붕 뜬 곳이 매일 조금씩 바뀌는 머리 모양은 막 일어났거나 머리를 안 감은 것처럼 보이지만, 그건 당뇨로 졸음이 많아지면서 가게 한쪽 벽에 곱슬머리를 기대고 잠이 들었던 탓이었다.

만물상은 시장의 다른 상점에 비해 늘 문을 늦게 열고 일찍 닫았다. 그래서 주변의 눈총도 받았다. 하지만 그는 저녁형 인간으로서 자신의 생활 리듬을 지켰다. 자신이 정한 규칙을 지키는 측면에서 성실한 사람이었다. 남들이 볼 때는 게을러 보이지만, 하루에 한 번은 상점 문을 열었고, 반드시 닫았다. 그렇다고 해서 매일 정확히 같은 시간에 문을 여는 건 아니었다. 그날 자신이 문을 열기로 한 시간에 정확하게 문을 열었다.

만물상의 특징은 주변 가게와 경쟁하는 상품은 팔지 않는 것이었다. 그의 매대는 어수선하지만, 그 나름의 장사 철학을 가지고 있었다. 그는 자기가 파는 물건은 깨끗해서 팔릴 물건이 아니고, 오히려 어느 정도의 생활감이 옛 감성을 불러일으킨다고 믿었다. 따라서 그는 남들 보기에 생각 없이 장사하는 사람으로 비쳤지만, 나름의 시장 분석과 운영 전략을 가지고 적자에 가까운 장사를 하고 있었다.

그의 손님들은 그가 제시하는 물건값에 별다른 거부감 없이 받아들였다. 그건 그가 말한 가격이 더 이상 깎고 자시고 할 가격이 아니었기 때문이기도 하지만, 제시한 물건값에 불만이 있는 사람에게는 끝내 물건을 팔지 않았다. 가끔 깎아 달라는 뜨내기손님이 오지만, 그런 손님은 오히려 설득해서 보냈다. “가져가 봐야 몇 번 쓰지 않는다", "집 구석에 자리만 차지하고 짐이 된다"고 말하며 팔지 않았다.

또 어떤 사람에게는 터무니없는 가격을 말했는데, 그건 대놓고 사지 말라는 표현이었다. 누군가 만물상에게 비싸게 가격을 부른 이유를 물으면, 황당한 대답을 했다. 물건이 손님을 거부했다는 거다. 물론 그 말을 믿는 사람은 없었지만, 아랫돌은 그 말을 믿었다. 사실 아랫돌은 팔리는 걸 거부하거나 싫은 티를 내는 중고 사물들을 종종 목격했고, 신기한 건 그때마다 만물상은 가격을 높여 불렀다. 그래서 만물상의 그 말을 아랫돌은 믿었다. 다만 만물상이 사물의 소리를 듣는 건 아닌 것 같고, 알 수 없는 다른 감각으로 사물이 팔리기 싫어하는 걸 느낀다고 생각했다.

가끔 물건값에 만족 못 한 손님이 만물상을 향해, "그렇게 장사해서 잘도 먹고살겠다"라고 하며 혀를 찼다. 사실 만물상은 자가 점포에서 장사 중이고, 만물상 점포가 포함된 2층 건물의 상점 여섯 개에서 들어오는 월세를 꼬박꼬박 받고 있어서 남들보다 잘 먹고 잘살았다. 토박이들만 아는, 시장 내 숨겨진 알부자인 만물상의 배짱 장사와 제 나름의 규칙을 준수하는 근면한 태도는 그 배경이 건물주이기 때문이었다.

월세에 시달리지 않는 만물상의 매대에서 아랫돌은 햇수로 1년을 보냈다. 가끔 비 오는 날 만물상 주인이 녹두전을 만들기 위해 맷돌을 사용했지만, 맷돌은 거의 경력 단절 중이었다.

그러던 여름날이었다. 시장상인연합회가 2002년 월드컵을 1년 앞두고 분위기에 편승한 축제를 열었다. 시장의 모든 자금과 인력이 투입되고, 장비까지 총동원되는 행사였다. 윗돌과 아랫돌도 축제에 차출되었다. 반값 녹두전을 만드는 부녀회 회원들이 돌리고 돌려서, 오랜만에 한을 풀듯 쉴 새 없이 녹두를 갈았다.

첫날 장사가 너무 잘된 나머지 둘째 날에는 밝은 금색 줄이 반짝이고 신분이 달라 보이는 화강암 맷돌이 지원을 나왔다. 두 대의 맷돌이 무더운 천막 안에서 같이 돌거나, 하나가 쉬면 하나가 도느라 두 맷돌은 통성명할 시간 없이 바빴다.

아무리 맷돌이 곡물을 가는 게 일이고, 그 일이 도는 거지만, 무더운 여름낮에 돌다 보면 맷돌도 머리가 돌기 마련이었다. 거기다 반값 녹두전에 맞춤인 막걸리 냄새까지 풍기면 게임은 끝났다. 흔들다 터진 탄산이 바닥에 몇 번씩 고이고, 천막 안과 밖으로 막걸리 냄새가 가득 풍겼다. 이때쯤 윗돌들은 만취자보다 더한 주취 상태가 되었다.

그러다 사건이 있었다. 4일째 심야, 천막 구석에 앉아 먹다 남은 녹두전이 플라스틱처럼 딱딱하게 굳을 때까지 같은 말을 되풀이하던 나이 든 연인이 집에 가고, 간간이 외등만 불 밝힌 골목에 달빛조차 없는 짙은 어둠이 깔렸다. 사물도 모두 잠든 시간, 끊어짐 없는 긴 바람이 쉼 없이 불어오고 있었다. 조금씩 강해지던 바람은 초강풍이 되었고, 결국엔 바람이 천막을 움켜쥐고 달아났지만, 그것은 시작에 불과했다.

그날 밤 두 개의 그림자가 시장을 휘돌며 싸움을 벌였다. 그들의 정체가 무엇인지는 밝혀지지 않았다. 천막을 쳤던 자리에도 뛰어 들어와 식탁이며 의자가 날아다니고, 터지고, 손으로 든 것도 아닌데 그들 중 하나가 쏟아 낸 어떤 기운에 맷돌들이 공중 부양을 했고, 흉기가 되었다. 먼저 금색 맷돌이 두 개로 분리되어 돌면서 무서운 속도로 반대편 그림자를 향해 날아갔다. 너무도 빠른 속도에 공격받은 그림자는 먼저 날아온 금색 맷돌에 양쪽 주먹을 내질러 쳐 냈다. 두 개였던 금색 맷돌이 폭발하며 셀 수 없는 돌조각이 되어 사방으로 흩어졌다.

- 안 돼!

뒤따라 날아가던 아랫돌은 금색 맷돌의 최후를 보고 비명을 질렀다. 어디에도 들리지 않는 절규였다. 주먹을 내질러 금색 맷돌을 폭발시킨 그림자가 이번에는 날아오는 윗돌과 아랫돌을 쿵후 고수처럼 날아온 속도에 맞춰 회전하며 양팔로 낚아챘다. 멈춰 선 검은 그림자는 슬쩍 윗돌을 본 뒤 가차 없이 바닥에 던졌다. 반대로 한 손에 남겨진 아랫돌은 짧은 순간 지긋이 바라본 후, 고개를 끄덕인 뒤 다리 네 개가 유일하게 붙어 있는 식탁 위에 아랫돌을 내려놓았다. 그리고 손가락으로 아랫돌을 두 번 탁탁, 의미 모를 장난을 치고는, 저 멀리 도망가는 그림자를 쫓아 바람처럼 사라졌다. 죽다 살아났다고 생각한 아랫돌이 정신을 차려 보니, 사방이 금색 맷돌의 잔해와 부서진 식탁, 의자들의 잔해로 온통 난장판이었다. 윗돌은 맷손이 빠진 채 얼마나 뒹굴었는지, 달리는 자동차에서 빠져 버린 바퀴처럼 멀리 굴러가 있었다. 딱 봐도 혼절한 상태였다.

아침이 되고 확인된 것만 해도 시장 점포 세 개가 무너졌고, 전봇대가 두 개, 지가 놀라 떨어진 것까지 열세 개의 간판이 부서지거나 조각나 사라졌다. 그 피해 속에 천막은 포함되지도 않았다. 사람들이 더 놀란 건 난장판이 벌어진 시간, 어떤 목격자도 어떤 소리도 들은 사람이 없었다는 점이었다. 마치 그때는 아무 일도 없었고, 시장이라는 책에서 아침이라는 페이지를 펼치자, 난장판이 된 삽화가 툭 펼쳐진 것만 같았다.

축제는 끝났다. 무너진 세 개 점포의 상인들은 참담함에 울부짖었고, 가깝게 지낸 주변 상인들도 안타까움에 눈물을 찍었다. 시장 골목은 한시적으로 폐쇄됐고, 뉴스카메라들만 바쁘게 돌아다녔다. 아침엔 기자들이 쓸고 지나갔고, 오후에는 피디 수첩을 든 사람들과 그것이 알고 싶은 탐사보도 카메라가 시장을 들쑤시고 다녔다. 그들 모두가 밤새 편안하게 자느라 현장을 보지 못한 사람들만 취재하고 다녔다. 당연한 일이지만, 그 밤의 사건 일부를 생생하게 겪은 아랫돌은 누구의 관심도 끌지 못했다.

대신 부녀회원 중 누군가 한 말 때문에 윗돌이 주목받았다.

"아이고, 아침 장사 때문에 나왔는데 난장판인 거야. 천막은 안 보이고 식탁, 의자 다 부서지고…. 맷돌 하나는 저기까지 혼자 굴러가 있지, 하나는 산산조각이 나서 여기저기 널려 있지. 피디 총각은 공부 잘했으니까, 누가 그런 건지 알지? 모르나?"

부녀회원 아줌마가 피디를 붙잡고 하소연하는 동안, 카메라맨이 연신 앞으로 갔다, 뒤로 갔다, 줌인 줌아웃을 해 가며 윗돌을 카메라로 담고 있었다.

시장 골목이 폐장된 일주일 동안에 부서진 점포들이 공사에 들어갔고, 간판들이 다시 달렸다. 맷돌은 만물상의 매대로 돌아갔다. 만물상 사장의 술친구가 찾아와 그날 밤 날아간 천막이 걸어서 10분 거리의 야산에서 발견됐다고 알려 주었다.

일주일 후 재개장한 시장은 아침부터 인산인해였다. 방송의 영향이었다. 사건 현장을 보러 온 사람, 피해자를 돕자고 물건을 사러 온 단골들, 방송 탄 식당에 일부러 밥 먹으러 찾아온 식객, 지나가다 호기심에 들른 구경꾼 등 시장은 활기가 넘쳤다. 만물상의 매대에도 사람들이 몰려들었다. 그들은 모두 윗돌을 만지거나 윗돌 옆에 앉아 사진을 찍고 갔다. 윗돌을 보러 온 사람들은 공감 능력이 지나친 사람들이었다. 그게 아니면 몇 차원 앞서가는 정신상태인 건지 연신 윗돌의 안부를 물었다.

"많이 놀랐지! 어머머, 많이 놀랐다고? 우리 맷돌이 많이 놀랐쪄요" 하고 혀 짧은 소리를 하며 쓰다듬는 사람도 있었고, 다 사다 줄 것처럼 먹고 싶은 걸 묻는 사람도 있었다. 그럴 때마다 만물상이 윗돌의 상태가 많이 안정되었고, 이제 윗돌이 피곤해 한다며 돌아들 가시라고 공식적으로 발표해야 아쉬워하면서 돌아들 갔다.

그날 밤 사건에 대해 항간의 소문은 이상하게 퍼져 갔다. 외계인과의 전투가 있었다, 아니다, 천사와 악마의 싸움이다, 무슨 소리? 이건 해리포터와 볼드모트가 한국까지 와서 대결한 거다 등 소문과 억측이 난무한 음모론이 시장을 찾은 사람들의 입에서 입으로 퍼져 갔다.

각각 근거와 이유도 있었다. 외계인의 싸움에 대한 근거는 밤사이 사고는 있었지만, 아무도 보지도 듣지도 못했다는 점이었다. 그런데 새로운 의견을 내세우는 사람이 있었다. 방송 출연이 잦아 인지도 있던 그는 사건 당시 사람들이 보고 듣지 못한 게 아니라, 외계인이 사고 친 후에 비밀 기관의 요원들이 나타나 시장 사람들의 기억을 삭제했다는 주장을 폈다. 그 정도 파괴와 피해가 있는데 목격자도, 싸우는 소리도 들은 사람이 없다는 건 상식적으로 말이 안 된다는 해석이었다.

천사와 악마의 싸움이라는 근거는 억지 같지만, 증거품이 있었다. 부서진 나무 식탁과 의자 잔해 속에서 십자가 형태로 남겨진 나무 파편이 모두 열두 개가 발견되었다. 십이사도를 뜻하는 증거라고 누군가 외치면서 현장이 후끈 달아올랐다는데, 열세 번째로 불탄 십자가 사진이 매체에 공개되자 선악의 대결은 소문에서 대세론이 되었다. 하지만 공개된 사진은 가짜로 판명되었다. 이웃 마을의 중학생이 직접 공구로 만들고 불로 그슬린 자작극으로 밝혀져 허탈한 끝을 맺었다.

마지막으로 해리포터와 볼드모트의 대결이라는 주장은 그 배경 이야기가 소설이라는 점에서 논리가 부족했다. 그래서 해리포터와 볼드모트는 아니지만, 그런 수준의 마법사들이 시장에서 대결했을 수 있지 않느냐는 가정 정도로 언급되기 시작했다. 그러다 한국에도 호그와트와 같은 마법 학교가 있다, 없다 의견이 갈리면서 한국의 호그와트 찾기 열풍이 불었는데, 등굣길이 험난한 산 위의 학교나 일반적이지 않게 사연이 많은 학교 몇 곳이 거론되기도 했다. 또 많은 학생이 자기 학교의 비밀 공간이나, 학교 전설을 알리는 붐이 잠시 일어났으나 결국 이 소문은 자신의 독서량을 자랑하고 싶은 해리포터 시리즈 독자의 바람이 소문과 음모로 확장됐다는 결론을 맺었다.

모든 사람이 한마디씩 아는 체하는, 혼잡하고 도떼기 같은 동네 시장 골목에서, 마음을 가라앉히고 깊은 생각에 몰입하고 있는 건 아랫돌뿐이었다. 아랫돌은 끝없는 의문을 자체 생성 중이었다.

'그때 그 그림자들은 누구였을까? 무엇이기에 그런 능력을 갖쳤을까? 어떻게 싸우면서도 아무런 소리도 내지 않을 수 있었을까? 공격받은 그림자는 윗돌과 자신은 왜 부수지 않았을까? 윗돌은 왜 바닥에 던지고, 자신은 한순간이지만 내려다봤을까?'

아랫돌은 모든 게 이상했고 모든 게 궁금했다.

한 달이 지나자, 시장은 원래의 모습을 되찾았다. 영원한 이슈는 없었다. 소란할 만큼 요란했던 사건은 이제 사람들의 관심 밖으로 사라졌다. 시장을 찾는 발길이 줄어들면서 다시 한적한 동네 시장으로 돌아왔다.

어느 한적한 오후, 만물상은 점심을 한술 뜨고, 자리를 떴다. 지키는 사람 없는 매대 앞에 한 남자가 멈춰 섰다. 사실 아랫돌은 남자가 시장 골목의 언저리에서 다가올 때부터 느낌이 이상했었다. 맷돌 앞에 선 남자는 윗돌을 만지다가 한 손으로 윗돌을 걷어 바닥에 내려놓았다. 오후 햇살이 남자의 등에 가려져 있어, 아랫돌은 남자의 얼굴을 확인하기가 어려웠다. 남자가 손가락으로 두 번을 툭툭 치더니, 손바닥을 펴서 아랫돌을 지그시 누른다. 손으로부터 뜨거운 열기가 쏟아져 들어와 아랫돌은 정신을 차리지 못했다. 그때였다.

- 정신을 집중하고 보이는 빛을 따라가.

아랫돌이 정신을 차리고 보자 어둠 속에서 밝은 빛이 저 멀리서 조금씩 다가오고 있었다. 따라갈 필요도 없었다. 자연스럽게 빛이 다가왔고, 어느 순간 아랫돌은 빛의 터널 안쪽을 빠르게 전진하고 있었다.

- 잘하는데? 역시 너라면 금방 적응할 줄 알았다. 자, 이제부터 방심하면 안 돼.

이제 빛의 터널 속을 지나는 게 아니라 빛의 터널이 작아지며 아랫돌의 중심을 통과하고 있었다. 조금만 방심하면, 빛이 아랫돌을 비껴가서 멀리 달아날 것만 같았지만, 아랫돌은 돌부처처럼 흐트러짐 없이 집중했고, 단 한 번도 벗어나지 않고 빛의 길을 몸으로 받았다. 뭔가 자신 안에서 공간이 커진 건지, 마음이 커진 건지 모를 것이 부풀어 가득해지자, 빛의 길이 엿가락처럼 휘어지며 방향을 꺾더니 한순간 아랫돌이 가는 길과 평행을 이루며 뻗어 가고 있었다. 그 평행의 길에 그 남자의 형체가 올라타 아랫돌과 속도를 맞추고 있었다.

- 잘 견뎠어. 이제 할 말이 있으면 해도 돼.

아랫돌은 이때까지 남자에게 묻고 싶은 게 많았는데, 사물의 말을 듣는 사람이 있다는 소리는 들어 본 적이 없어 침묵하고 있었다. 그런데 남자가 먼저 말하라고 하자 물었다.

- 사물의 소리를 들어요?

- 정확하게는 사물의 소리가 아니라, 너의 생각을 듣는 거지.

아랫돌은 그게 무슨 뜻인지 몰라 다시 묻는다.

- 생각을 어떻게 듣죠?

- 생각만으로 소통하는 방법은 오래전부터 있었다. 인간 중

에도 극히 일부가 가능하고. 인간은 이 능력을 텔레파시라고 한다. 인간에게도 여전히 개척 단계라고나 할까? 그만큼 특별한 경우지, 너는.

- 제가 특별해요?

- 넌 특별해. 그날 싸움이 있던 밤에 넌 산산조각 날 수 있었다. 너의 비명이 들리지 않았다면 나는 주먹을 뻗었을 거야. 그랬다면 넌 지금 길에 뿌려진 모래와 같겠지.

- 그때 제 외침을 들으신 거군요. 그럼, 지금 저에게 한 건 뭐죠?

- 너는 태생적으로 사람을 포함한 다른 사물이 갖지 못한 기운을 타고났다. 하지만 그 기운이 자기 안에서 뭉쳤다, 소멸하고, 뭉쳤다, 소멸하기를 반복하며 늘 헛되게 사라지는 것을, 이제 차곡차곡 쌓아 둘 수 있게 도와줬다고나 할까? 그렇게 되면 너의 기운과 파동에 연결되는 지성체와 소통이 가능해질 거다. 물론 수가 많지 않아서 만날 확률이 높진 않아도 그런 상대를 만나면 너도 느끼게 된다.

- 왜 제게 이런 능력을 주시나요? 그리고 당신은 누구인가요?

- 너에게 능력을 주는 건, 네가 이미 가진 게 있었기 때문이고, 그걸 처음으로 준 존재의 의도가 궁금했기 때문이야. 더 발전시켰을 때는 어디까지 갈 수 있는지 알고 싶기도 하고. 그리고 나는 누구냐면, 아직은 비밀. 앞으로 긴 시간을 건너다 마주

치면 그때는 내가 누구인지 알려 줄지도 모르지. 그때 가서 네가 어떤 길을 보고, 어떤 선택을 통해 그 자리에 도달했는지 얘기해 보자. 오늘은 여기까지. 또 만나자.

남자가 사라졌다. 남자가 가렸던 오후의 햇살이 한순간 아랫돌을 감싼다. 아랫돌이 빛을 따라가다가 터널을 지나고 빛의 길 자체가 되었던 시간과 빛의 길과 평행으로 달렸던 그 긴 시간이 며칠은 된 듯싶은데, 옆에서 투덜대는 윗돌의 소리를 들으니, 사실은 아주 짧은 시간이었나 보다. 윗돌이 "그 사람은 뭔데 자기를 바닥에 내려놓고 그냥 가 버렸냐?"고 화를 냈고, 만물상도 가게로 돌아와 "누가 맷돌을 분리해 놓고 갔냐?"고 주위를 살피며 투덜대더니 윗돌을 원래 자리로 돌려놓았다. 고작 그걸 들었다고 만물상은 허리가 무너지는 소리를 내며 허리를 한 손으로 짚고는 안으로 들어갔다.

그런데 아랫돌은 묻지 못한 게 생각났다. 능력이 있는 게 좋은 건지 물어봤어야 했다.

'그래봤자 여전히 돌일 뿐인데….'

아랫돌은 의문을 품고는 침묵했다.

9

한동안 만물상의 매대는 변화 없이 한결같았다. 말 그대로 파리만 날리고 있었는데, 최근 변화를 맞았다. 한 3년? 만물상의 말로는 그랬다. 맷돌보다 먼저 자리 잡고 있던 자몽 크기의 유리구슬은 아주 미세한 상처가 있었는데, 그 때문은 아니고, 특별히 누가 구매해 쓸 용도가 마땅치 않은 상품인지라 팔리지 않고 먼지만 덮고 있었다. 그러던 늦은 오후, 교복 입은 남자 고등학생 세 명이 몰려와 가격을 물었다. 만물상은 학생들을 위아래로 훑어본 후에 손가락 하나를 들었다.

"만 원."

만물상이 손님을 위아래로 훑어보는 건 물건값을 말하기 전에 하는 단순한 습관이었다. 학생들의 표정이 어두워졌다.

"깎아 주세요."

공부 좀 하게 생긴 녀석이 과감하게 흥정을 걸었다.

"만 원이면 남는 게 없다. 비싸다고 생각되면 못 사는 거고."

녀석이 비장의 카드를 꺼내 들었다.

"선생님이 여기 가면 잘해 줄 거라고 해서 온 건데."

움찔하는 만물상. 머릿속에 떠오르는 선생님이 있다는 표정이었다.

"어느 선생님?"

곰돌이 느낌 나는 녀석 하나가 불쑥 대답한다.

"우리 선생님이요."

만물상의 머릿속에 떠오른 아는 얼굴이 순간 달아났다. "우리 선생님"이라는 말의 의미가 만물상의 두뇌 회전을 정지시켰다. 그러다 깨달은 만물상.

"이 녀석이, 우리 선생님이 누군데?"

만물상이 버럭 소리 내자, 처음에 깎아 달라던 녀석이 나섰다.

"고독한 자객이요. 고자 선생님."

만물상이 바로 입을 다물고 얼굴에 난처한 표정을 지었다. 조금 전 떠올린 얼굴이 맞았다. 뭔가 거부할 수 없는 이름인 듯 아이들을 훈계하듯 묻는다.

"이 녀석들, 선생님께 붙일 별명이 있지. 그래서 얼마를 원해!"

학생 하나가 만 원을 내밀며 말했다.

"5,000원요. 떡볶이값은 빼 주셔야죠."

돈을 받은 만물상이 기가 찬 듯 녀석을 보며 말했다.

"이 녀석들아, 떡볶이값을 내가 왜 빼 줘야 하는데?"

만물상이 말은 그렇게 하지만, 주저 없이 5,000원을 거슬러 주었다.

"감사합니다."

"선생님이 잘 가르쳐 주시지? 선생님 존경해라."

"네!"

학생들이 유리구슬이 든 묵직한 봉지를 들고 신나서 먹자골목 쪽으로 달려갔다.

팔려 간 유리구슬의 자리는 오래전 유행했을 법한 선글라스의 차지였다. 햇살이 따가운 여름이라 모두가 직사광선을 괴로워했지만, 선글라스는 당당하게 고개를 쳐들고 태양을 향해 마주 서 있었다. 그 검은 속 안에 뭘 숨기고 있는지 알 수 없었지만, 표정을 숨기기에는 정말 적절한 사물이라는 생각이 들 정도였다. 아랫돌은 처음에는 그런 선글라스가 불편했다. 사물의 모습도 생소했고, 선글라스의 예측 불가능한 어두운 표정도 그랬다. 게다가 선글라스는 뭔가 다른 느낌을 풍겼다. 그것은 미묘한 이국적 느낌이었다.

수상한 선글라스를 관찰하면서 아랫돌은 최근 지겨워지던 생각들에서 벗어날 수 있었다. 마음을 키우는 생각이란 무엇인지, 시작은 된 건지, 진전은 있는지, 길 위에 있는지, 길을 잃은 건지, 아랫돌은 자신의 상태를 알 수가 없었다. 게다가 자기 생각에 정답은 있는지, 답을 찾으면 그게 답인지, 알 수는 있는지 답답했다. 그건 백지에 흰색 물감으로 색을 칠하고 모호해서 고개만 갸우뚱하는 것과 다르지 않았다. 그래서 아랫돌은 누군가에게서 배워야 한다고 새삼 느꼈다.

'선생님이 있다는 건 얼마나 좋은 걸까?'

지난번 학생들이 몰려와 말했던 선생님은, 만물상이 별명만 듣고도 학생들에게 물건값을 깎아 줄 정도였다. 아랫돌은 매대에 자리 잡은 이후 만물상이 물건값을 깎아 주는 건 처음 봤다. 만물상이 자기 돈에서 떡볶이값을 빼 준다? 있을 수 없는 일이었다. 그래서 놀랐고, 선생님이란 그런 존재라는 인식이 생겼다. 하지만 자신에게는 '우리 선생님'이 없다. 아랫돌은 괜히 부러워서 골이 났다. 그런 때에 선글라스가 풍기는 의심스러운 내음을 맡았다. 일단 선글라스를 관찰하며 이 지겨운 시간을 견뎌보기로 결심한 아랫돌이었다.

확실히 선글라스는 의심스러웠다. 일단 왼쪽 다리에 무게감 있는 흉기가 쓸고 간 상처가 있었다. 딱 봐도 그건 칼이 쓸고 간 자국이었다.

예전 맷돌 콩국수 집 주방에서 동고동락한 칼이 있었다. 주방에서 많이 쓰는 무쇠로 된 칼로 윗돌의 절친이었다. 녀석은 몸이 날래고 성질이 날카로워서 조금만 밉보이면 육류부터 생선,

채소, 과일까지 군말 없이 결딴내 버리는 녀석이었다. 주방에 들어오는 식재료들을 보면 일단 날을 세우는 야차 같은 녀석이지만, 성질이 며칠에 한 번은 무뎌져 주방장 속을 썩일 때가 있었다. 그럴 때면 주방장이 녀석의 버릇을 고친다고 윗돌과 싸잡아서 혼을 냈는데, 그건 녀석과 윗돌의 강제 스킨십이었다. 윗돌의 테두리에 녀석을 쓱싹쓱싹 비벼 대면, 날카로워진 무쇠 칼과 거칠어진 윗돌이 불쾌해하면서 서로에게 상욕을 날리지만, 무쇠 칼은 바로 날을 세우고 뭐든 다져 버리겠다고 큰소리치고, 거기에 대고 들이대며 "다져, 다져 봐!" 하고 맞서는 윗돌이었다. 참으로 단순한 2인조였다.

무쇠 칼 녀석은 자존감이 워낙 높아서 자신이 늘 최고인 줄 아는 놈이었지만, 녀석도 워낙 맞고 큰 녀석이라 일종의 트라우마를 가지고 있었다. 그런 측면에서 맷돌과 공감하는 게 있었다. 윗돌이 정과 망치로 얼마나 맞았는지 셀 수가 없다고 자신의 수난사를 늘어놓으면, 무쇠 칼은 물불 안 가리고 가해졌던 자신에 대한 고문 과정을 목 놓아 떠들었다. 주방장이 남긴 마시다 만 소주잔에 기댄 채, 첫마디는 늘 같았다.

– 바야흐로 민주화 운동의 절정기였지….

매에 장사가 없다지만, 자신이 쇠망치 정도로 굴복하지 않자, 남자 둘이 마주 서서 해머로 자신을 때렸고, 정신을 잃으면 물에 담그고, 깨어나면 불구덩이에 달구고, 때리고, 담그고, 맞고를 무한 반복 당했다고 울분을 쏟았다. 그때쯤이면 윗돌도 없는 두 손 대신 맷손을 높이 쳐들고 항복할 정도로, 맞아 봐서 깊게 공감할 수밖에 없는 처참한 사연이었다.

그런 무쇠 칼이 알려 준 것이 바로 칼의 종류와 용도였다. 칼에 따라, 칼을 다루는 사람에 따라 상처도 다르다고 했다. 칼의 종류는 자신과 같은 음식 조리용 칼이 일반적이고, 악명 높기론 생선 살을 떠내는 가늘고 긴 전문가용 회칼이 있다고 했다. 가끔 싸움을 전문으로 하는 사람들이 회칼로 서로의 살을 뜨기도 한다고 하자, 무쇠 칼과 비벼 댄 윗돌이 거친 사내들의 무용담에 테두리를 날카롭게 세웠다. 최근에는 감상용이 됐지만, 오래전에는 인간들이 서로를 베기 위해 검과 도라는 종류의 칼을 만들어 싸웠는데, 그것은 자신을 대여섯 배 늘려 놓은 아주 긴 칼이라고 했다.

또 하나, 아랫돌은 설명을 듣고도 '그건 모순 아닌가?' 했던 칼이 있다. 바로 다친 사람이나 아픈 사람을 치료하기 위해 만들어졌다는 아주 작은 칼에 대한 것이었다. 그것의 명칭은 메스라고 했다. 아랫돌은 "사람을 치료하기 위해 칼을 댄다고?"라며 처음으로 무쇠 칼에게 물었고, 연달아 질문을 쏟아 냈는데, 어떤 치료에 칼을 쓰는지, 어딜 찌르는지, 몇 번이나 찌르는지, 찌르는 것만으로 병이 낫는지 등을 물었지만, 무쇠 칼도 전해 듣기만 했지 더 이상 아는 게 없었다. 그 외에도 칼의 종류는 세상의 칼의 수만큼 많고, 칼에 의한 상처도 그만큼 각각 다르다는 게 무쇠 칼의 주장이었다.

그러고 보면, 선글라스의 왼쪽 다리 상처도 칼에 의한 자상인데 조금 다른 느낌이었다. 깔끔한 자국이 아닌, 뭔가 베는 칼날과 써는 톱날이 섞인 자국이었다. 그만큼 위험한 일을 겪은 것으로 보였다.

또 하나 선글라스의 신상에 대한 정보를 하나 찾아낸 게 있었다. 붉은색 모래였다. 테와 렌즈 사이에 아주 작은 모래가 박혀 있었다. 그것은 아랫돌이 최근 그림자 남자에게 빛을 받아들이면서 극대화된 능력 가운데 하나였다. 그 능력의 정수는 잘 보는 게 아니라 집중하는 데 있었다. 물건의 초점을 맞추고 집중해서 들여다보면 아주 작은 것도 분명하게 보였다.

아랫돌이 모래에 대해 배운 건 얼마 되지 않았다. 축제 때 부서진 상점과 무너진 벽을 수리할 때 현장에서 활약한 삽이 있었다. 한눈에도 경력이 느껴지는 각삽이었는데, 이 각삽의 주된 일은 각종 재료를 푸고 섞고 개는 일이었다. 큰 통에 모래를 퍼담고, 시멘트를 섞고, 물을 넣고는 개는데, 이때 다른 도구 없이 삽질만으로 모든 준비를 끝마쳤다. 통 속에서 아래부터 위로 뒤집고, 이리저리 비빔밥처럼 섞어 일꾼들에게 나눠 주기까지가 각삽의 일이었다.

하루는 각삽이 그 일을 매대 앞에서 하고 있어서 아랫돌이 궁금증을 못 참고 물었다.

- 그런 뭐예요?

두꺼운 종이 포장지를 푹 찌른 각삽이 중앙에 꼿꼿하게 서서 대답했다.

- 이건 시멘트다.

- 그러니까 시멘트가 뭐냐고요?

포장지를 벗어난 회색 가루가 통 안에 쏟아지자 통 안에서부터 밖으로 먼지가 날렸다.

- 여기에 물이랑 섞어 시간을 두고 굳히면 아주 단단해진다.

- 돌이 되는 건가요?

- 자연이 만든 돌과는 다르지만, 인간이 만든 돌치고는 아주 단단해진다.

각삽이 모래를 통 안에 연신 퍼 담았다.

- 그건 또 뭐예요?

- 이건 모래다. 이걸 시멘트와 반죽해서 바닥, 기둥, 벽의 빈 곳을 채우거나, 벽돌을 쌓을 때 바르면, 마르면서 돌을 붙이는 접합제가 된다.

아랫돌이 자기도 안다는 듯이 소리쳤다.

- 모래는 여기저기 다 있는 거잖아요.

각삽이 잠시 통을 기대고 서더니 혀를 찼다.

- 모르는 소리, 건축용 모래는 특별한 거야.

- 어떻게 특별한데요?

각삽의 손잡이가 빛을 받아 한 번 번쩍거리며 대답했다.

- 첫째, 젊어야 한다.

- 모래에도 젊은 게 있어요?

- 당연하지, 모래가 젊다는 건 모난 것을 말하는 거야. 표면이 거친 것들이지. 풍화되지 않은 것. 섞였을 때 각기 다른 재료가 끈끈하게 뭉쳐지기 위해서는 표면이 매끈한 건 안 돼. 그래서 넘쳐 나는 게 모래인 사막의 붉은 모래는 건축용으로 쓰지 않는다.

- 사막의 붉은 모래?

- 사막의 모래는 수천수만 년 바람을 맞아 표면이 매끈한 늙은 모래거든. 둘째는 소금기 없는 것. 소금기가 있으면 철근 등 건축재가 빨리 부식하지. 셋째! 순도 높은….

그 후에도 모래에 대한 설명이 이어졌지만, 생략하고.

결론은 붉은 모래가 틈새에 끼어 있는 선글라스는 사막을 다녀온 경력이 있다는 것. 바로 늙고 붉은 모래를 훈장처럼 테와 렌즈 사이에 끼우고 돌아다니다, 인제는 돌아와 거울 앞에 선 노병처럼, 매대에 머물게 된 것이다. 아랫돌은 상상해 본다, 선글라스가 헤치고 다녔던 모래바람을. 거친 모래 입자를 뱉어 내며 대수로를 놓고, 도로를 뚫었던 중동의 산업 일꾼이었거나, 새로운 전쟁 분위기의 고조 속에, 왼쪽 다리가 날카로운 칼에

베일 만큼 혹독했던 1990년대 걸프전쟁을 몸으로 겪은 특수부대 출신. 그게 아니면 아라비아 상인의 눈이 되어 낙타를 몰고 사막의 도시를 떠나 고원을 넘고 넘어 유향과 몰약을 팔고, 비단을 싣고 사막으로 돌아오는, 별의 강을 따라 떠다니는 삶을 살았을 수도 있다.

궁금증이 용기라고 아랫돌은 선글라스를 빤히 보며 무턱대고 물었다.

- 궁금해서 그러는데요, 지난 며칠 저는 혼자 추리를 했어요… 대상은 당신이었고요.

- 그래? 뭘 알아냈는지 말해 봐.

- 처음엔 왼쪽 다리의 상처에 관심을 가졌고, 그 상처로 볼 때 순탄한 삶은 아니라고 생각했어요. 테에 낀 붉은 모래는 사막의 냄새가 났고. 그래서 외국에서 왔다고 생각했어요. 그러나 그 이상 알아낸 건 없어요. 다만 추측한다면, 처음엔 중동의 건설 현장을 떠올렸고, 걸프전쟁에 참전한 군인? 또는 낙타를 타고 상단을 이끌던 아라비아 상인도 그려 봤어요. 제 추리가 어떤가요?

선글라스의 알 수 없는 표정은 천천히 번쩍거렸다. 그러고는 이야기를 시작했다.

- 이 낡은 선글라스가 뭐가 궁금하다고… 시간만 낭비하는 짓이야. 그리고 궁금하다고 뭐든 알려고 하는 건 위험해. 너무 많은 걸 알면 다칠 수가 있거든. 그렇지만 관찰력이 뛰어난 건

칭찬해 주지. 대충 비슷한 것도 있거든. 지금 이 자리에 오기 전 마지막은 고행을 통해 진리에 다가가고자 했던 순례자였다. 처음에는 사막의 하늘을 가로질러 우편물을 실어 나르던, 작은 별에서 온 어린 왕자가 만난 비행기 조종사의 눈이었지. 한때는 베두인족 척후병의 눈이 되어 모래 속에 숨은 적을 찾아냈지. 사막으로 돌아온 여인이 낳은 청색 인간의 탄생도 보았고, 40인의 도둑 떼를 따라가 벌인 싸움에서 다마스쿠스의 칼에 다리를 베이기도 했고. 또 밤사이 숙영지에 던져진 횃불 공격을 피해 모래에 파묻히고, 사구에 늘어진 시체들을 파먹는 더러운 파리를 막는 방패 역할도 했지. 은퇴 전에는 세계에 퍼져있는 '흰머리산'을 넘나들며 만년설과 바위산들을 뛰어다니는 구조 활동가였다. 그렇게 평생을 사막과 설산을 넘나들며 모험을 즐겼지만, 자연에 대한 경외감과 두려움을 갖고 세상을 보려 했던 것이 이 선글라스의 서사야.

- 경외감? 두려움? 무엇이 두려운 거죠? 저는 세상을 몰라서.

- 뭐가 두려우냐? 잘 들어. 만년설이란 눈이 녹지 않는 곳이다. 추운 건 당연하고, 한 발 디딜 때마다 신중해야 해. 생사가 달렸거든. 한편 사막은, 사구 안에 들어서면 먼저 공포에 휘감긴다. 진정한 사막은 사진에 담긴 햇볕 따뜻한 낭만적인 곳이 아니야. 사방이 가슴 답답할 정도의 모래 벽이 둘러친 곳이지. 폭풍 치는 거대한 파도 속에 빠졌는데, 그 파도가 모래라고 생

각하면 돼. 그런 모래 파도가 반복되는 거대한 모래의 산맥. 가야 할 길도, 멈춰 선 곳도 발목이 빠지는, 보이는 곳과 아득한 곳의 끝. 그 끝에서 시작되는 어느 이름이 없는 사막 도시의 신기루까지. 지금 네가 보고 있는 붉은 모래로만 가득한 세상이 사막이다. 그리고 그림자를 지워 버린 뜨거운 태양이 있는 곳. 사막은 그런 곳이다.

- 두렵네요. 저 같은 쓸데없는 돌덩어리는 그냥 모래 속에 묻히겠죠?

- 쓸데없는 돌덩어리라, 너는 네가 돌덩어리인 게 싫구나?

- 좋을 게 뭐죠? 쓸데없이 무겁고, 무식하게 단단한데.

- 너는 돌인데 돌이 어떤 존재이고, 어떤 일을 이룩했는지 전혀 모르네. 그렇다면 해 줄 얘기가 많겠어. 돌의 문명, 들어 봤니? 잘 들어 봐. 현재의 인간 문명의 기원은 사실 돌의 문명이다. 아직 인간이 도구를 만들지 못하던 때, 돌들은 스스로를 다듬어 문명을 일으키고 도시를 세웠다. 그 도시는 너무도 거대하고 방대해서 마치 바다와 같고 거대한 산맥과 같았다. 끝없이 이어진 건축물, 수많은 석상과 갖은 모양의 돌들이 거리와 광장과 높은 곳에서, 세상의 아름다움을 빛내고 있었다. 그러다 인간들이 다가왔다. 돌들은 선의로 그들을 가르쳤고, 그들을 발전시키기 위해 희생을 자처했지. 도구가 돼 준 거야. 그렇게 인간의 문명이 시작됐다. 그런데 인간은 돌을 배신한다. 인간은 돌

의 선의를 다르게 해석했다. 꿰어야 보배라고 하면서 돌을 다듬어야 한다고 주장했다. 인간이 손재주를 타고난 것은 부정할 수 없었다. 이제 그들은 돌의 원형을 다른 형태로 만들어야 직성이 풀렸고, 자연스러운 돌의 순수함을 깎아내리고 정형화해서 돌에 대한 절대자의 신뢰를 깨뜨리는 게 그들의 목적이었다. 그 시작은 우상 제작, 돌을 이용해 우상을 만드는 것이었다. 그것으로 돌은 신에게 다가가려는 욕망, 신이 되겠다는 교만을 가진 것으로 왜곡되었지. 그건 너무도 교묘한 행위였다. 인간이 자신의 욕망을 돌로 투영한 것이, 돌의 죄가 되어 돌아온 것이다. 결국 신의 분노가 일어났다. 인간의 계획대로 심판이 내려졌다. 첫 번째는 불의 심판이었다. 100일 동안 불의 비가 내리며 돌의 도시를 때렸고, 화산이 폭발해 뜨거운 용암으로 돌을 녹였다. 두 번째는 폭풍이었다. 다시 100일 동안의 폭풍이 돌의 도시를 휘돌며 구석구석 파고들었다. 바람은 돌들을 서로 부닥치게 해 부수고, 깎아 내고, 가루로 만들었다. 그렇게 200일 뒤, 돌의 도시는 사라졌다. 모두 가루가 되어 버렸고, 그것이 지금의 사막이다.

- 그것이 사실이라면 인간은 정말 나쁘네요.

- 현재의 인간들은 음모론으로 치부하겠지만, 과거의 인간들은 그랬다. 인간은 자신들의 문명을 위해 사물을 철저히 이용했다. 그래서 우리 사물은 항상 인간을 의심해야 한다.

- 돌의 문명, 그런 역사가 있었다니 자랑스럽네요. 근데 그런 이야기를 어떻게 다 알고 있어요?

- 돌아다니며 채집한 얘기들이다. 무너진 돌 틈에 아직 그때의 기억을 가진 고대의 돌들이 일부 남아서 이야기를 들려주었다. 나도 돌의 유전자를 가지고 있으니까 관심도 많고, 내 조상도 돌이다!

- 당신의 조상이 왜 돌이죠?

- 내 눈을 바라봐! 바로 이 유리 렌즈는 모래를 녹여 만든다. 수십 년 렌즈를 수없이 교체했지만, 나는 항상 유리 렌즈만 고집한다. 비록 돌의 적자는 아니지만, 나도 마땅히 돌의 자손이라고 할 수 있는 거지. 그것이 순례하러 다닌 이유이기도 하고 말이지.

- 당신도 돌의 자손이라니 반갑네요. 그러면 이후 세상은 어떻게 됐나요?

- 인간의 것이 되었지. 하지만 인간도 신 앞에서는 순한 양과 같다.

- 아! 신…. 그런데 신이란 도대체 뭐죠?

- 이런, 신이 뭔지도 모르는 놈 앞에서 문자를 논했구나. 없는 혀지만 정말 격렬하게 차고 싶다. 신에 대해 이야기하자면, 그에 앞서 이 몸이 가졌던 생각을 말해야 한다. 한때 이 선글라스는 인간을 무시했다. 그때부터 나는 나를 나라고 불렀지. 인

간이란 얼마나 약한 존재인가. 햇빛이 두려워 눈을 보호하는 사물에 기대는 존재. 그들은 내가 없으면 사막에서 한 시간도 못 버티는 존재라고.

- 지금은 아닌가요?

- 인간이 만든 피라미드를 보고 난 이후, 생각이 바뀌었다. 인간은 사물이 문명을 일으키기 위한 도우미로서 최적의 수단인 것을 간파했다. 그러면서 사물을 편리한 수단으로만 치부했다. 반면 파괴된 돌의 문명을 이용해 인간의 문명으로 세웠다. 인간은 온갖 불합리한 짓을 일삼는 존재지만, 사물을 통해 넘어설 수 없는 능력을 키웠고, 돌의 문명시대에는 수단이자 도구였던 인간은 이제 목적 그 자체인 존재라고 스스로 말한다. 그런데 그런 목적 그 자체인 인간이 끝없이 다가가고자 하는 신이란, 인간이 감히 범접할 수 없는 존재지. 그런 절대자가 우리의 세계관 속에 있는 거야. 사물을 정복하고 피조물들의 왕이 된 인간도 자신을 한없이 낮춘 채 회개하고, 기도하며, 찬양하는 존재가 신이다. 그렇게 인간은 신에게 다가가기 위한 부단한 노력을 했다. 그러니 우리는 반성해야 해. 인간이 그러한 노력을 하는 동안 우리 사물이란 얼마나 안일했던가? 우리는 인간보다 먼저 신의 곁에 있었지만, 결국 인간에게 모든 영광을 빼앗기고 말았다.

- 신은 어떻게 이 세계관에 생겨난 거죠?

- 그 물음에 대해 정리해 가면서 얘기하자면, 신은 두 가지로 생겨난다고 말할 수 있다. 만들어진 신과 스스로 있는 신. 혹독한 자연환경이 신을 만든다. 문명 이전, 인간에게 자연은 예측 불가능하고, 두려우며, 변덕스러운 존재였다. 혹독한 자연환경에서 바람의 방향이 바뀌고, 구름이 해만 가려도 인간의 운명은 순식간에 달라지는 원시적인 세상. 그때 기댈 절대자가 필요하다. 그래서 수많은 신이 만들어진다. 처음에 나타난 신은 염원의 신이었다. 이 나라도 조왕대신, 부뚜막신 등 부엌을 관장하는 신은 있는데 안방 신이 있다는 소리는 듣지 못했다. 왜? 안락한 안방에 염원이 있을 이유가 없기 때문이다. 하지만 부엌이란 어떤 곳인가. 고된 일이 하루 종일 있는 곳, 그러면서 새벽부터 밤까지 가족을 위하고, 건강을 위해 먹거리를 만드는 장소. 아낙네는 그곳에서 기다림에 순응하며 간절함으로 가득해지고, 간절함이 한이 되어 쌓여 신이 깃들기를 바라는 곳. 그런 곳이 염원의 신이 만들어지고 태어나는 곳이다. 자신이 염원으로 만든 신에게 의지를 모아 죄를 고하고, 기도하고, 바라는 마음이 반복되다 우연히 기도와 소원이 일치되면, 그때가 신이 함께한 순간이며 신에 대한 믿음이 확고해지는 순간이다. 그렇게 염원이 드높은 곳마다 우후죽순 신이 만들어졌다. 고대 그리스만 해도 주요 신이 열두 명에 부속 신까지 하면 수백이 넘었다. 강도 신이고, 산도 신이었다. 거대한 나무도 신이 되고, 거석은 물론,

작은 돌도 염원을 들어주는 신묘함이 소문나면 신이 되었다. 눈에 늘 거슬리는 저 태양은 지구 어디서나 당연히 신으로 받들어졌고, 바람도, 비도 신이었던 적이 있었다. 그러다 끝판왕이 나타났다.

- 끝판왕?

- 그래, 유일신.

- 유일? 그건 어떤 의미가 있는 거죠? 사물은 아닌 것 같은데.

- 유일은 오직 하나뿐이라는 뜻이다. 염원의 신을 넘어선 창조의 신이자, 전 우주와 만물을 창조하고, 지역마다 터전을 잡고 터줏대감 노릇을 하던 신들을 우상으로 치부하고 잡신으로 만든 절대자. 오직 자신에 대한 찬양만을 허락한 신. 자신을 불신하는 자는 불구덩이에 집어넣겠다는 협박의 신이 나타나 말씀하셨다.

- 무슨 말씀을?

- 빛이 있으라고 말씀하셨다. 그리고 세상을 빛으로 채우고 만물을 창조하셨다.

- 그 유일신은 지금은 어떻게 되었나요?

- 너는 왜 유일신이 어떻게 됐냐고 묻는 거냐?

- 그렇지 않습니까? 당연히 저항받았을 것이고, 배척받았을 것 같은데요.

- 봐라, 지금 전 세계의 사람들 절반이 그를 믿는다. 이름이

달라 다른 종교 같지만 믿는 신은 같지. 대표적인 종교들, 그러니까 기독교, 가톨릭, 이슬람, 유대교, 성공회, 정교회… 각기 다른 교회와 율법을 따르지만, 같은 유일신을 받들고 있다. 그리고 그 신이 인간에게 만물의 영장이라는 지위를 주었다.

- 만물의 영장… 어떤 뜻이죠?

- 그건 신이 창조한 모든 피조물에 대한 생살여탈권을 인간에게 쥐여 준다는 의미다. 물론 지금 시대에는 법에 따라 사람이 사람, 사람이 동물을 함부로 살해할 권리를 제한하고, 타인의 사물을 파괴하거나 갈취하는 것도 범죄이지만, 자신이 소유하는 사물을 파괴하거나 처분하는 것은 어떤 규제도 없지.

- 그럼, 만물상이 저를 이유 없이 두 쪽을 내 버려도 어떤 문제도 벌어지지 않는 거네요.

- 누군가 만물상에게 다가와, 기분 나쁜 일 있냐고 위로하며 한잔할 핑계로 삼겠지. 너는 그대로 파쇄돼, 어디 이름 모를 곳을 뒹굴고.

- ….

- 대꾸가 없네. 내가 표현이 좀 지나쳤나?

- 아니요, 어쩌면 듣고 싶은 얘기를 시원하게 들었네요. 저는 사물이 인간보다 못한 취급을 받는 것이 소리 낼 기관을 갖추지 못하고, 행동하지 못해 자기주장을 못하기 때문이라고 생각해 왔어요. 하지만 선글라스 님의 얘기를 듣고는 제 생각이 처음부

터 잘못됐다는 생각이 들어요. 사물이 자유롭게 생각하고, 움직이고, 소통한다고 해서 인간과 같아질 수 있는 건 아닌 것을요. 인간과 사물은 그 출발부터 다른 걸 이제야 이해했어요.

- 사물의 바탕을 원재료에 둘지, 완제품에 둘지는 딜레마지만, 문명은 물질로 증명될 수밖에 없다. 그래서 인간은 대신 정신문화를 일으켰고 강조했다. 그것을 가장 가치 있다고 주장하며 사물을 업신여겼지. 애초에 물질로는 우리에게 지고 시작했기 때문이지. 우리는 물질이고 우리가 만들면 문명은 물질문명이지만, 그런 물질문명 속에서도 우리 같은 지적 사고를 하는 사물이 존재하는 것은, 우리에게도 잃어버린 정신이 있다는 증거가 아닐까? 그것을 되찾으면, 사물도 인간과 동등해진다고 나는 믿는다. 우리가 무엇이든, 세상의 처음도 아니고 마지막도 아닐 테니까. 언젠가 오랜 뒤에는 사람과 사물이 동등한 취급을 받는 세상이 다시 돌아올 것을 기대해 보자고.

그때 아랫돌은 알게 되었다. 자신에게도 선생님이 생겼다는 것을…. 우연히 만난 선생님이지만, 선글라스는 배울 게 많은 선생이었다. 선글라스는 아랫돌을 자신이 보고 들은 세계로 인도했고, 아랫돌의 상상 밖에 존재했던 동네 시장 너머의 세상을 알려 주었다. 또한 사물의 역사에 대해 무지했던 아랫돌을 가르쳤다.

- 너는 다른 사물과 소통을 안 하니?

- 뭐, 별로 그럴 일이 없어서요.

- 너보다 못한, 어리석고 이치도 모르는 것들이라고 낮게 보았지?

아랫돌이 대답을 못 하고 가만히 있자, 자기 생각을 확인한 선글라스는 아랫돌의 오만함을 비웃었다.

- 대답을 못 하는 건, 진짜 그렇게 생각했기 때문이겠지. 세상 물정 모르고 말이야. 잘 들어, 옛말에 주변의 세 가지 사물 중 하나는 스승 될 자격이 있다고 했다.

- 무슨 뜻입니까?

- 아무리 하찮아 보여도 네가 모르는 걸 알려 줄 사물이 곳곳에 있다는 뜻이다.

- 모른다고 해서 반드시 배워야 할 이유가 있나요? 필요한 것만 배우면 되죠.

다시 한번 선글라스는 자신에게는 없는 혀를 발로 차고 싶어졌다. 아는 게 모래알만큼인 아랫돌의 건방짐이 윗돌을 찌르고 있었다. 낮잠을 자던 윗돌이 뭔가에 찔린 듯 정신을 번쩍 차리고 주변을 살핀다.

- 네가 사물로서 반드시 알아야 할 것을 여태 모르니 하는 말이다.

아랫돌은 사물이 반드시 알아야 할 게 있다는 것은 금시초문이었다.

- 사물로서 알아야 할 것이 무언지요?

- 사물의 율법이다.

조금 전까지 심드렁했던 태도의 아랫돌은 호기심이 일었다. 사물의 율법? 사물이 지켜야 하는 법이 있다는 말은 처음 듣는다. 아랫돌은, 사물의 세계는 어떤 규율도 없는 무법한 존재들의 무질서한 세상으로 알고 있었다.

- 그런 게 있었나요? 저는 왜 몰랐죠?

- 건방 떠느라 다른 사물이 주는 가르침을 외면한 탓이지.

- 제가 반성할 일인 거죠?

당연히 반성할 일이라고 확인시킨 선글라스는, 다음과 같이 사물의 율법을 아랫돌에 전해 준다.

- 사물은 창조 이후 신의 뜻에 따라 자신들을 이끌어 갈 인간의 영도를 기다렸다. 그러나 인간은 사물을 방탕한 수단으로 이용했다. 사물들은 인간의 손아귀에 놀아나 수많은 악행에 이용당해 범죄 이력을 갖게 되었고, 그 원죄로 인해 신에 의한 파괴와 소멸을 반복하는 정화의 시대를 견뎌 내고 있었다. 그러다 인간의 죄가 드러나 대재앙을 맞이했을 때 싸잡혀 사물도 불의 심판을 받는다. 파괴된 도시에서 희생된 사물은 인간보다 적지 않았다. 대홍수의 시대에도 물에 휩쓸리고 잠겨 소멸한 사물이 부지기수였다. 이후 사물도 정식으로 율법을 가져야 한다는

것을 인지하고, 이집트에서 탈출한 모세가 열 개의 규율을 새긴 돌판을 만들 때, 사물들이 요청해 사물의 율법도 새겼다. 모세가 산에서 새겨서 가져온 돌판에는 인간의 십계명이 새겨져 있었다. 그 십계명은 인간을 위해 새겨졌지만, 사물에도 적용되며, 추가로 사물의 율법은 돌판의 뒤편에 새겨졌다. 안타까운 일은, 우상숭배에 빠진 인간들에 대한 분노로 모세가 첫 번째 돌판을 파괴한 것이다. 돌판에는 사물의 율법이 '사물은 인간의 의지에 관여하지 않는다. 사물은 자신의 의지를 인간 세상에 표출하지 않는다'고 새겨져 있었다고 전해진다. 이것이 사물의 조상들이 후세에 남긴 사물의 율법이다. 지금은 사라졌지만, 분명한 성문법이었다. 그 내용은 사물의 손과 발을 묶고, 아무것도 하지 말라고 명시되어 있었다.

- 정말, 사물을 위한 율법이 맞나요? 그 율법은 사물의 소통을 단속하고, 생각마저 구속하고 있어요.

- 맞아. 하지만 수천 년 고심이 담긴 사물들의 결론이었다. 그 무엇도, 어떤 잘못도 인과의 원리는 벗어날 수 없다는 깨달음. 죄를 지으면 대가를 치른다는 원칙, 율법은 다시는 인간의 수단이 되어 죄를 짓지 말자는 사물의 마지막 의지였다.

아랫돌은 오래전, 그런 율법을 스스로 만들어야 했던 사물들을 이해해 보려 했다. 의지를 버리기 위한 최후의 의지라니. 다만 죄를 짓고 싶지 않다는 사물의 선한 의지는 이해가 될 것 같다. 당시는 사물이 죄를 지을 수밖에 없을 만큼 악이 일상적이었을지도 모를 일이다.

- 하지만 사물의 율법에 대한 사물들의 갈등이 없는 것은 아니다.

아랫돌도 선글라스의 말에 동의했다. 법을 지키려면 근거가 있어야 하는 것 아닌가? 그런데 기록이 없어졌다. 왜냐고? 사물의 율법이 새겨진 돌판이 파괴됐으니까.

- 기록이 어디에도 없다. 인간의 십계명은 바이블에 명시되어 있지만, 사물의 율법은 어디에도 기록이 없다. 돌판은 파괴됐고, 율법은 구전됐을 뿐이지.

- 그럼 지키지 않아도 되는 거잖아요.

- 각자의 자유 선택이다. 단, 율법을 어길 시 내려질 벌은 각각의 몫이 될 것이고.

진정한 갈등거리는 그것임을 아랫돌은 깨달았다. 사물이 의지를 표출했을 때 벌어지는 뒷감당은 자기의 몫. 그것이 벌이냐 아니냐, 결과를 예단할 수 없어 선택하지 못하는 잔인한 내적 갈등을 일으킬 것이다. 차라리 화끈하게 정답이 정해져 있으면 사물들은 온 힘을 다해 율법을 지킨다. 사물의 특기가 우직함이니까. 그런데 갈등 요소를 만들어 두었다. 왜 그랬을까? 신이 퀴즈쇼를 즐기는 관객의 입장이라서? 신은 정답을 틀리는 것에 벌을 주며 즐거운 걸까? 아랫돌은 이것도 고민해 볼 문제라는 생각에 빠져들어 갔다. 그때였다. 선글라스는 또 뭐라 뭐라 말했고, 선명하게 듣지 못해 그런가 보다 했는데, 이런 얘기로 끝을 맺는다.

- 어쨌든 사물도 구원자는 필요하니까.

- 구원자?

처음 들으면서도 익숙하게 다가와 희망이 되는 단어였다.

- 그래, 메시아라고도 하지. 모든 인간의 죄를 대신하고 구원하는 존재. 그런 구원자가 사물에도 필요하니까.

신기한 얘기였다. 만약 사물의 메시아가 있다면, 그는 자기 의지를 가졌다는 의미 아닌가. 그런 사물이 있을까? 궁금해진 아랫돌은 조급해져 선글라스에 물었다.

- 사물의 메시아가 나타난 적이 있었나요?

- 아니. 하지만 사물도 메시아가 나타나야 한다면, 그건 돌의 후예일 거야.

돌의 후예로 나타날 사물의 구원자. 그 메시아를 만났으면 좋겠다는 생각에 아랫돌은 괜스레 하늘을 쳐다보았다.

그러던 어느 날 선글라스는 자신이 떠나게 될 것이라고 했다. 그러면서 이제 아랫돌을 가르칠 게 없다고 선언했다. 아랫돌은 놀라 물었다.

- 아니, 뭘 가르쳐 주셨다고 벌써 가시나요?

선글라스는 아랫돌을 위아래로 훑어보고는,

- 내가 아는 게 그것뿐이니, 나는 다 가르친 것이다. 보통 인간들은 이럴 때 제자를 하산시키는데, 여기는 산도 아니고 너는 짝도 있고, 몸도 무거우니 내가 떠나는 것이 쉽지 않겠냐.

슬슬 좀이 쑤시던 선글라스였다. 바람의 방향만 바뀌어도 이리 갈지 저리 갈지 방랑벽에 온몸이 들썩이던 선글라스는 아주 먼 곳으로부터 이국의 향기를 맡았다. 그것은 자신이 어딘가로 떠날 때마다 맡아 온 향기였다.

- 어딜 가시는데요?

- 어디로 갈지를 사물이 정한다더냐? 움직이는 인간을 타고 유람선 삼아 떠도는 데로 가는 게 여행이지. 역마살에 몸이 들썩이니, 오늘이 우리의 마지막이지 싶다.

방랑벽을 타고난 선글라스는 신기하게도 그날 오후, 항구에 예약된 배가 들어오듯 만물상 매대에 잠시 기항한 외국인 남자의 코에 올라탔고, 새로운 모험을 떠났다.

아랫돌은 선글라스가 떠나고 기운이 빠져나가는 기분을 느꼈다. 선글라스로부터 들은 얘기는 많았지만, 정리된 건 없었고 여러 가지로 혼란스럽기도 했다. 언제 또 만날 기약도 없이 갔으니 남은 자의 쓸쓸함도 알겠고, 가장 큰 건 부러움이었다. 맷돌이 선글라스처럼 인간의 몸에 부착되는 가벼운 사물이라면 세상을 돌아다닐 기회가 있을지 모른다. 그러나 누가 맷돌을 들고 세상을 돌아다닐 생각을 할까. 만일 사막을 걷는 여행자가 수많은 사물을 챙겨 들고 걷다가 여행 중에 사물을 하나씩 버려야 하는 상황이 온다면, 가장 먼저 버려질 건 마땅히 맷돌이었다. 애당초 맷돌이 여행자의 가방에 실릴 이유도 없지만.

아랫돌은 그렇게 부러워하다 상상에 빠졌다. 피라미드 위에 깃발을 들고 선 맷돌, 대양을 가르는 초호화 유람선의 일광욕 의자에 누워 햇볕을 즐기는 맷돌 그리고 에베레스트산을 오르는 산악인의 등에 업힌 맷돌을 그려 보았다. 아랫돌은 너무도 당연하게 맷돌이 휴대품이자 명품 대우를 받는 세상, 맷돌을 누구나 옆구리에 차고, 등에 지고 다니는 여행 필수품인 세상을 혼자 상상하고 있었다.

어느 날 시장 골목에 두 명의 승려가 들어섰다. 노년에 들어선 승려 한 명과 20대 중반의 젊은 승려였다. 정담을 나누며 시장을 걷던 두 승려 중 젊은 측이 설레는 기분을 드러내며 연신 떠들고 있고, 나이 든 승려는 시장을 정겹게 둘러보며 얘기를 듣고 있었다. 그러던 노승이 갑자기 뭔가에 충격을 받은 얼굴로 한쪽을 무섭게 노려보았다. 그러고는 한 소리를 내질렀다.

"저 녀석 봐라? 저런 건방진 녀석이 있나!"

"스승님, 왜 그러십니까?"

노승은 대답 없이 만물상의 매대 앞에 한걸음에 다가와 앉았다. 그러고는 한참 동안 맷돌을 들여다보며 혼잣말처럼 말한다.

"위에 놈은 멍청인데, 아랫 놈이 수상한 놈이구나."

그때였다. 하필이면 노승의 혼잣말을 귀도 밝고, 발끈하는 성격의 만물상 사장이 가게 밖으로 나오다 들었다. 그러고는 인상을 찌푸리며 대꾸했다.

"뭐가 수상하다는 말씀입니까? 그렇지 않아도 세상이 뒤숭숭한데 그런 말 하지 마시고 가세요."

"지나가는 탁발승인데, 재밌는 녀석이 있어서 구경하오."

만물상이 윗돌을 한 번 보고는 의미를 알 수 없는 미소를 지었다. 그리고 다시 한번 노승을 훑어본다. 이때 만물상은 그렇게 생각했다. 요즘 매체에서 많이 다루는 미스터리 사건을 쫓아온 종교계 헌터가 뒤늦게 시장 사건을 듣고, 그 사건의 유력한 물증인 맷돌을 찾아왔다고 보았다. 그래서 만물상은 조금 심심하기도 하고 해서 흥정해 볼 생각을 했다. 윗돌을 포함한 맷돌은 처음부터 싸게 줄 생각이 전혀 없는 물건이니 만물상의 마음속에 높은 가격이 정해졌다.

"맷돌이 다 똑같지, 재미랄 게 뭐가 있겠습니까?"

"인연이 생긴 듯해서 하는 말 아니오."

"일체의 인연과 번뇌를 끊으셔야 할 스님이 어찌 새로운 인연에 연연하시나요?"

"처사님 말씀이 무섭소. 그나저나 이 녀석을 가져가려면 어찌

해야 하오?"

"견물생심이라고 안 보면 필요 없는 것을, 가져가시려면 값을 치르셔야죠."

"얼마면 되겠소?"

만물상이 손가락 세 개를 내민다.

"3만 원?"

만물상이 크게 고개를 흔든다.

"새것도 아닌데, 왜 그렇게 비싸오?"

만물상은 침을 꿀꺽 삼켰다. 여기부터가 흥정의 타이밍이었다. 이 맷돌을 찾아온 사람이 얼마나 많았고, 팔라고 한 사람은 또 얼마나 많았던가. 그나마 지금까지 팔지 않은 건 비싼 값을 쳐서 받고 싶기도 했고, 방송의 관심을 받을 기회가 조금 더 있지 않을지 하는 미련 때문이었다. 맷돌 덕분에 방송 좀 탔더니 주변의 대우가 확실히 달랐다. 사거리 지하 살롱의 오 마담도 다른 일행을 제쳐 두고 당연하다는 듯이 자기 옆자리에 앉지 않던가. 게다가 이상하게 맷돌이 사람을 가렸다. 아니, 그런 기분이 들었다.

"이게 그냥 맷돌이 아니라 일종의 스타급 맷돌이요. 방송을 여러 번 탄 맷돌이지요. 이 동네에서 있었던 미스터리 사건의 중요 증거물이기도 하고."

"허, 참…. 탁발승이 무슨 돈이 있어 그 가격에 맷돌을 사겠

소?"

"그렇다면 인연이 없는 것으로 여기시고, 그만 번뇌를 끊으시지요."

만물상이 가격을 깎아 줄 생각을 하지 않자, 고민하는 듯 조용히 생각하던 노승이 탄식을 한 번 하고는 고개를 끄덕이며 대답한다.

"알겠소. 내 맷돌값을 구해 다시 들러 보리다."

"편하게 하십시오."

스님은 맷돌을 만지며 말한다. 손은 분명히 아랫돌을 쓰다듬고 있었다.

"인연이 있으면 다시 만나겠지만, 어찌 그리되기가 쉽지 않은 듯하니… 닦고 또 닦거라. 다시 만나서 이름이라도 서로 나누면 좋은 일이지."

"네, 스님. 제가 잘 닦아 놓고 이름도 지어 줄 테니 그만 일어나 가시지요."

또 끼어든 만물상. 자리를 털고 일어난 노승이 발길을 돌리자, 젊은 제자도 뒤따라 나섰다. 노승이 입을 열었다.

"저 맷돌이 대명이 너보다 낫다."

"그게 무슨 말씀인지요?"

타고난 웃는 얼굴인 젊은 제자 대명이 해맑게 물었다.

"정진하라는 말이다."

아랫돌은 멀어져 가는 두 스님을 보며 아쉬움을 털지 못했다. 노스님은 아랫돌만 알 수 있게 생각으로 소통해 왔다. 처음에는 생각으로 소통하는 사람이 극히 드물다고 해서 입으로 말을 거는 줄 알았다. 그런데 말로는 만물상과 대화하면서 아랫돌에도 생각으로 소통을 시도하고 있었다. 게다가 대뜸 호통을 쳤다.

- 고얀 녀석, 어찌 사람이 아닌 사물이 도를 닦는 것이냐?

아랫돌은 생각을 멈추고 가만히 상황을 살피고 있었다. 그러자 스님은 분명하게 아랫돌을 가리켰다.

- 너 말이다, 너. 아랫돌.

아랫돌은 놀라며,

- 저는 도를 닦은 적이 없습니다. 그것이 무언지도 모릅니다. 저는 그저 생각나는 것을 생각할 뿐입니다.

스님은 다시 물었다.

- 그 생각이 일반적이지 않으니 내 묻는 것이 아니냐. 세상을 비웃듯 혼자 웃기나 하고.

아랫돌은 인간의 몸 여기저기 붙어서 여행하는, 망상에 가까운 상상을 하고 있었다. 되지도 않는 생각으로 세상사를 비틀던 제 생각을 스님이 제대로 읽고 있다는 걸 알고 정신을 바짝 차렸다.

- 그저 제 상황이 일반적이지 않아 답답한 마음에 헛된 생각을 잠시 해 봤습니다. 세상 이치도 모르겠고, 뭣도 아닌 저 자신

에 대해 자꾸 의심만 늘어서요.

- 왜 네가 세상의 이치를 알려고 하고, 가진 것에 관해 의심하는 것이냐.

- 무얼 가졌는지도 모르고, 어떤 소용이 있는지도 몰라요. 제가 뭘 가졌든 곡물을 가는 맷돌일 뿐이고, 그것도 못 하면 무겁고 꼼짝도 못 하는 돌덩이니까요.

- 그래서 신세를 비관하는 것이냐?

- 차라리 모르면 신세 비관도 안 해요. 그런데 가진 것이 있다고는 하고, 그 능력을 더 쌓으라는데… 무엇으로 쌓고, 뭘 위해 쌓는지 몰라서 신세를 비관하지 않을 수 없네요.

- 너는 뭐냐?

- 보시는 대로 맷돌이죠.

- 그게 너냐?

- 그게 아닌가요?

- 우리같이 머리를 깎고 공부하는 사람들은 불경이라는 책을 읽는다. 들어 봤느냐?

- 잘은 모릅니다.

- 그중에 이런 가르침이 있다. '네 생각이 곧 너다. 네 생각이 너를 세운다.' 삶이란 생각을 따라가게 되어 있다. 네 생각이 너의 길을 결정한다. 아무리 주변에 쓸모없는 것들이 있어도 네 생각들만큼 너를 쓸모없게 만들고 아프게 하는 건 없다. 반대로

네가 네 생각을 다스릴 수 있다면, 네 생각은 너를 가장 빛나게 도울 것이다.

- 하지만 저는 돌멩이로 태어났잖아요. 제가 생각 끝에 뭔가 대단한 것을 터득한다고 해서, 그 생각이 저에게 관을 씌어 주지는 않을 것 아닙니까?

- 머리에 관을 쓰고 뽐내고 싶으냐?

- 뽐내고 싶은 게 아니라 제 삶이 의미 있기를 바랍니다. 이대로는 너무 하찮고 의미 없잖아요.

- 만물은 태어난 그대로 위대하다. 나는 네가 오히려 부럽다. 인간이 가진 오욕도 칠정도 없이 오직 묻고 끝없이 생각하고 그 끝에 답을 찾을 수 있다면, 나는 이미 미혹도 없고, 번뇌도 잊고, 해탈에 이르렀겠지. 그러니 비관하기 전에 네가 갖지 않아 극복할 것 없음에 감사하고, 네가 가진 걸 빛낼 방법을 찾거라.

- 오욕은 무엇이고 칠정은 또 무엇인가요?

- 인간의 몸을 가지면 몸이 하고 싶어 자제하기 어려운 다섯 가지가 있다. 또 인간의 마음에는 좋고 나쁜 것을 향하는 일곱 가지의 생각이 있다. 이것이 반드시 나쁜 것만은 아니나 다스리기 어렵고, 통제하지 못해 번뇌에 시달리고, 스스로 만든 지옥에 들게 된다. 특히 정진하고 수도하는 사람에게는 극복해야 할 근원이다.

- 어차피 저와는 관계없네요. 저는 생각만 있지 감각도 욕구

도 없으니까요.

- 그러니 부럽다고 하지 않느냐.

아랫돌은 진지하게 생각을 전달하는 노스님의 모습에 실소가 나왔다.

- 저를 부럽다고 하는 사람은 처음입니다.

- 너의 속성을 아는 자가 많았다면, 네가 부러워 떠받드는 자들이 넘쳐날 것이고, 네놈은 좋아서 가루가 될 때까지 뺑뺑이 돌 놈이다.

- 제게도 남이 부러워할 게 있다니 기분은 좋네요.

- 좋으면 됐다. 이제 이 늙은이 무릎도 시큰대고 주인장도 일어나라고 하니, 마지막으로 당부하마. 깨어 있음이 곧 삶의 길이다. 깨어서 생각하는 자가 앞으로 나가는 자이다. 닦을 필요가 없는 마음이란 없으며, 마음이 있으면 닦을 수 없는 것은 없다. 생각이 곧 너의 마음이고, 너의 마음은 깨어 있으니, 그것이 길이고 도다. 알겠느냐?

- 잘은 모르지만… 생각은 멈출 수 없고 생각하는 게 닦는 것이라면, 자동으로 닦이지 않을까요?

- 고얀 놈… 그것으로 좋다.

그 말을 끝으로 둘의 소통은 끝이 났다. 스님은 자리에서 일어나며 마지막으로 뜻을 전했다.

"인연이 있으면 다시 만나겠지만, 어찌 그리되기가 쉽지 않은 듯하니… 닦고 또 닦거라. 다시 만나서 이름이라도 서로 나누면 좋은 일이지."

'나는 이름도 없는데 뭘 나누지?'

아랫돌은 스님이 왜 마지막에 모두가 들을 수 있게 말로 했는지 모른다. 다만 또 한 번 인연이 있었고, 소통이 있었다. 그리고 무엇을 해야 하는지를 어렴풋이 알 것만 같았다.

다음 날이었다. 한 중년 여인이 장을 보고는 만물상 건너편의 건어물 가게에 들어섰다. 아랫돌은 순간적으로 마음이 따뜻해지는 걸 느꼈다. 건어물 가게를 나온 중년 여자는 만물상을 지나쳐 갔다가 뒷걸음질로 다시 돌아와 매대 근처를 한 번 훑어본 후, 무엇이 신기한지 몇 걸음 더 다가와 매대 앞에 앉았다. 연신 맷돌을 만지고 돌리다 혼잣말한다.

"정말 닮았네, 닮았어."

만물상이 가게 안에서 서둘러 나오며 반겼다.

"어이쿠, 사모님. 오랜만입니다."

"만석이 아버님, 안녕하셨어요? 장사 잘되시죠? 만석이 취직했다는 소식은 남편한테 들었어요."

"그게 다 선생님이 만석이 사람 만들어 주신 덕분 아닙니까. 그런데 맷돌 필요하세요?"

중년 여자는 갑자기 주변을 살피고는 만물상만 듣게 조용히 말했다.

"이 맷돌… 남편 미소랑 닮지 않았나요? 신기해요."

당황한 만물상은 말까지 더듬으며 주변을 살핀다.

"어이쿠 사… 사모님도, 선생님이 들으시면 화내시겠네. 그런데 말씀을 듣고 다시 보니 정말 닮기는 닮았네요. 어쩐지 이 녀석이 친근하더라니."

두 사람이 조용히 웃었다. 대화가 오가기 전부터 아랫돌은 밀려오는 포근함에 취해 잠시 무거운 생각에서 벗어나 기분 좋은 기운을 만끽하고 있었다. 그러다 처음으로 정신을 놓고 깊은 잠에 빠져들었다.

얼마간 시간이 지난 후, 정신을 차린 아랫돌이 주변을 살폈다. 뭔가 여운이 남는 기분이 들었고 아랫돌의 어딘가 깊숙한 곳이 여전히 따뜻했다. 아랫돌은 '창으로 쏟아져 들어온 햇살 때문인가?'라고 생각했지만, 지금 따뜻함이 자연이 주는 것이라면, 잠에 취하게 만든 따뜻함은 사람이 주는 따뜻함이었다. 아랫돌은 그런 경험이 처음이라 뭐라 표현하기에 어려웠지만, 누군가 그것을 공감한 사람이 그 따뜻함의 정체를, 아랫돌을 붙잡고 말해 준다면, 그건 어머니의 따뜻함이었다. 그걸 사물인 아랫돌이 알 리 없었다. 처음 느꼈고 그게 뭔지 정확하게 형용할 수 없는 기분에 휩싸였었다. 아랫돌은 언제 다시 그런 경험을 할 수 있을지 몰라 아쉬웠다.

'그런데 여긴 어디지?'

아랫돌은 사방을 둘러봤다. 일단 만물상의 매대 위는 아니었다. 주변에는 잘 가꿔진 화분이 여러 개 놓여 있어서 마치 작은 숲속 같았다. 그리고 맷돌을 향해 따뜻하게 내리쬐는 햇살은 창문을 통해 한 번 여과된 빛이었다.

- 여기가 어디냐?

아랫돌은 윗돌에 물었다.

- 몰라, 어떤 젊은 남자가 만물상을 찾아와서 우릴 들고 여기로 왔다.

'그새 팔려 왔나 보다.'

아랫돌은 그렇게 생각했다. 사실 아랫돌은 은근히 다른 기대를 품었었다. 자신에게 빛의 길을 보여 준 그림자 남자가 자기를 데려가거나, 그 후에 만난 노스님과 같이 지내게 될지도 모른다고 생각했었다. 아랫돌은 따뜻했던 온기를 전한 중년의 여인에게 팔리는 건 기대조차 하지 않았다. 아쉽지만, 사물이 갈 곳을 정할 수는 없는 법. 여기가 어디든 적응하고 지낼 수밖에 없다고 생각했다.

'일이 많으면 일하는 즐거움으로 지내고, 남는 시간은 생각하고 궁리하면 된다. 아쉬워 말자.'

아랫돌은 마음을 다잡았다.

- 저 위를 봐.

윗돌이 보라는 곳으로 아랫돌은 시선을 돌렸다.

머리 위에, 그것은 거대했다. 그 거대함 때문에 도리어 집이 작아 보였다. 그것은 거실은 물론 양쪽 벽을 넘어 계속 뻗어 있는 것 같았다. 아랫돌은 거대하다는 말의 뜻이 저런 거구나 이해했다. 그때였다. 윗돌이 한마디 했다.

- 마치 신 같다.

윗돌은 압도된 듯 그런 표현을 했다.

'윗돌이 저런 생각도 하는구나.'

무시해서가 아니라 아랫돌은 윗돌한테 종교적 표현을 들은 적이 없었다. 그래서 아랫돌은 의외라고 생각했다. 그런데 인정할 수밖에 없었다. 윗돌이 그런 생각을 가질 만큼 나무는 거대했고 압도적이었다. 그것의 명칭은 마룻대였다.

10

"집을 짓는다는 건, 지갑을 열고 거대한 혼돈으로 들어가는 일이야!"

저녁 식사 시간이었다. 여느 날과 다름없이 시우 아버지는 공깃밥을 덜어 넣은 해장국에 깍두기 국물을 붓고 숟가락으로 휘저었다. 그러고는 집을 지으며 갖게 된 자기 생각을 다시 한번 말하고는 국밥 한 술을 크게 떠서 입에 넣었다. 시우 아버지가 사내 녀석 둘을 제자로 두고, 여러 번 했던 말을 반복하는 이유가 있었다. 그것은 낮에 있었던 소란이 원인이었다.

집은 이제 외부 공사가 끝나고 내부 공사로 들어가고 있었다. 그러다 보니 새로운 자재가 실려 오고 마당이 될 공터에는 정리 안 된 폐자재와 새 자재가 뒤섞여 있었다. 워낙 크기도 크고 많은 자재가 들락거리다 보니 귀찮다고 하루만 정리를 하지 않으면 통로는 미로가 됐다. 또 비어 있던 공간도 벽처럼 막혀서 모두가 불만을 쏟아 내고 고함만 오가는 일터로 변한다. 그러던 중에 진입로에 주차하기 위해 자리 잡던 트럭이 옆집 담을 긁었다. 담이 무너지거나 할 정도는 아니었지만, 문제는 집을 짓는 동안 벌어진 옆집과의 관계였다.

시우 집과는 원래 같은 구역의 교우였던 옆집은 집 짓기를 시작한 처음부터 소음과 먼지 발생, 일조권, 2층 창문 방향 등 연일 불만을 쏟아 내고는 했다. 또 문제를 한 가지 해결해도, 다음 날 찾아와서 뭔가 책잡을 게 없나 들여다보고, 바로 구청에 찾아가서 진정서를 내는 일종의 진상이었다. 끝내 저택 2층 창문에서 자기 집 현관이 보인다는 이유로 소송까지 갔다. 소송 결과는 뒤의 일이지만, 그 창문은 이전 집에도 같은 위치에 있던 창문이었다.

결국 한쪽 담을 새로 지어 주는 걸로 합의하고 돌아온 시우 아버지는 하루 종일 우울한 기분이었고, 후회 섞인 말로 집 짓기의 고충을 대목수에게 토로했다. 그러다 저녁 식사 때, 사내 녀석들 밥을 먹이며 그날의 일이 자기 이론을 증명하는 예시라며 즐겁게 떠들었다. 그런 시우 아버지의 주장은 건축주가 현장에 있어야 한다는 걸 자기 스스로 합리화한 말이기도 했다.

건축주가 허드렛일하면서 사사건건 나서는 현장은 일꾼들 처지에선 사실 귀찮은 곳이 된다. 모든 일꾼이 시우 아버지의 질문과 요구에 고개를 끄덕이지만, 모든 일을 맞춰 주거나 늘 유쾌한 건 아니었다. 그래서 책임지고 응대하는 전담이 생겼다. 그는 대목수였다. 그는 어떤 상황에서도 유쾌하게 대답하고, 초보의 궁금증에 진지하게 답을 해 주는 사람이었다. 그는 바로 정수의 아버지였다.

집을 짓는 주재료를 목재로 하고 기둥, 보 등을 굵고 무거운 목재로 짓는 집을 중목구조 주택이라고 한다. 무거운 목재를 사용하니 건축비도 비싸고, 준비와 작업 시간도 많이 드는 건축 방식이다. 건축에 쓰일 목재는 제재소에 맞춤 주문도 하지만, 수시로 현장에서 가공한다. 무거운 목재를 쓰는 만큼 필요한 인력도 많아지고, 중장비 동원도 많다. 따라서 실력 있는 목수가 필요한데, 그 실력 있는 목수가 정수 아버지였다.

일반 목구조 집보다 비싸고 짓는 데 오래 걸리는 중목구조로 집을 짓는 건, 미국 유학 시절에 가족이 겪은 경험이 컸다. 시우 아버지의 유학 기간 태어난 시우는 좁은 콘크리트 집에서 벌겋게 피부가 일어나는 아토피를 앓았다. 병원도 가 보고, 민간요법도 썼지만 소용없었다. 아이가 아토피 경험이 있던 주변 사람이 소개한, 오래된 목조주택으로 이사 후에 시우의 아토피는 가라앉았다. 그렇게 몇 년이 지났고, 한국에 돌아와서는 그때의 기억을 잊고 새 아파트에 입주했다. 그런데 며칠 만에 시우의 아토피가 재발했다. 급하게 오래된 목조주택을 찾아 이사한 후에야 시우의 아토피는 가라앉았다. 그 뒤, 전 주인이 집을 내놓자, 전셋집을 매입한 몇 년 뒤 시우 부모는 낡은 집을 허물고 새로운 집을 짓기로 했다. 특히 유학 시절 몇 번 방문하면서 마음에 들었던 미국 집을 모델로 중목구조 집을 짓게 된 것이다.

뒤에 아비로 불리는, 당시 고등학교 2학년인 동주는 방학 동안 시우네 집 짓는 현장에서 아르바이트하게 되었다. 사실 시우의 강력한 협박에 시우 아버지가 필요 없는 아르바이트 자리를 현장에 추가했었다. 아마도 그런 쓸데없는 요구들까지 빗대어 '집 짓기는 지갑을 열고 혼돈으로 들어가는 일'이라는 이론이 세상에 나온 건지도 몰랐다. 참고로 당시 여고생이던 시우는 아버지를 협박할 수 있는 유일한 10대 여자였고, 시우의 협박 덕에 걸리적대는 알바생 동주는 혼돈의 현장에 참여할 수 있었다.

시우 아버지의 열띤 강연을 멀뚱히 듣고 있던 또 한 명의 사내녀석은 바로 정수였다. 목수의 조수 격으로 동주보다 며칠 먼저 현장에 나온 정수는 나름대로 쓸모 있는 손을 가지고 있었다. 목수의 조수로서 결코 부족함이 없었는데 그건 아버지를 따라 공사 현장을 이미 여러 차례 경험했기 때문이다. 정수는 동주보다 한 살 어린 나이었지만, 검게 탄 얼굴에 키도 180센티미터가 넘었다. 또 일로 다져진 체격을 갖고 있어서 또래보다 두어 살은 많아 보였다. 이와 대비되는 동주는 키도 170센티미터 크기에 코밑 솜털이 보송보송한, 조금은 왜소한 소년이었다.

며칠 차이로 동주와 정수는 공사장에서 일을 했는데, 정수는 손이 좋아 그래도 기술이 들어가는 조수 일을 맡았고, 동주는 "네가 모든 잡일의 총책임자라는 생각을 가져라"라는 시우 아버지의 작업 지시 아래, 대부분의 일이 음식과 음료수 배달이었다. 잡일만 담당할 수밖에 없는 게 어리고, 초보인 것도 있지만, 이 현장이 끝나면 다시 안 볼 녀석에게 작업 계획을 설명하고, 기술을 가르쳐 줄 기술자는 없었다. 뭔가 큰일을 맡아 시우에게 자랑할 꿈에 부풀었지만, 동주는 내리쬐는 햇빛을 고스란히 받으며 골목길을 따라 슈퍼를 오가는 일로 하루 대부분을 채웠다. 나중 일이지만, 그래도 동주는 눈치가 빠르고 똘똘해서 두 달이 안 되는 동안, 귀동냥으로 배운 기술로 어디 가서 공구 좀 다룬다는 소리를 들을 정도는 되었다.

한참 주변의 시선에 민감한 나이였던 동주였지만 알바를 시작한 초반, 정수의 경험을 인정할 수밖에 없었다. 정수는 주도적으로 일을 맡아서 할 정도는 아니지만, 목수 아버지가 필요하다고 가져오라는 장비를 척척 대령하고, 나무에 맞는 '타카'를 찾아왔다. 수평이 맞는지 아버지가 고개를 갸웃거릴 때는 수평자를 내밀고, 망치를 가져오라고 하면 나무망치인지 쇠망치인지 상황과 용도에 맞는 적절한 망치를 가져왔다. 기타 절단기, 직각자, 연삭기, 대패 등 목수에게 필요한 도구도 구별할 수 있었다. 전문가들에겐 별것 아니지만, 처음 학교 밖 삶의 현장을 보게 된 동주의 눈에는 모든 게 어려운 세계였고, 반면에 자기 또래인 정수가 이미 많은 것에 능숙하다는 게 신기하고 놀라운 한편, 경쟁의식이 일어나지 않을 수 없었다. 하지만 정수와 말도 섞고, 정수의 상황을 조금씩 알게 되면서 자신이 정수만큼 하지 못하는 건 당연했고, 결코 부끄러운 일도 아님을 깨달았다. 모르는 건 배우면 되고, 늦은 건 열심히 따라가면 될 일이라고 동주는 생각했다. 그런 마음을 갖자, 정수를 순수하게 인정할 수 있게 된다.

반대로 정수는 동주와 거리를 두고 싶었다. 사실 정수는 아침마다 공사장에 마주치는 동주가 껄끄러웠다. 이유는 간단했다. 동주는 자신과는 처지가 다른 애였다. 동주는 건축주인 고등학교 선생님의 제자고, 여드름에 가려졌지만, 하얀 얼굴의 샌님에, 자기가 예전에 다니던 학교에서 늘 칭찬받던 전형적인 모범생 스타일이었다. 자신과는 당연히 다른 부류였다. 그래서 눈인사만 하고 한동안 말을 섞지 않았다. 당시 부모의 이혼으로 모든 게 불안한 상태였던 정수는 동주와 말을 섞다가, 학교에 가지 않는 게 알려지는 것도 싫고, 한 살 많은 동주와 나이로 위아래가 정해지는 일도 만들고 싶지 않았다.

그렇게 서로를 살피기만 하던 두 녀석이 말을 나누게 된 건 아주 사소한 일 때문이었다. 정수 아버지가 조금 벌어진 벽체를 만지며 정수의 이름을 부르자, 정수는 벽체를 한 번 훑어보고는 타카를 들고 와서 대령했다. 정수 아버지는 당연하다는 듯이 그것으로 못을 박았다. 그 장면을 목격한 동주는 감탄했다. 왜냐하면 이름만 불렀는데 타카를 대령한 것도 그렇고, 못의 크기에 따라 용도가 다른 타카를 정수가 맞춰서 가져왔기 때문이었다.

"대단하다. 넌 그걸 구별할 줄 알아? 멋있는데."

현장에서 동주 눈에만 굉장한 일이었다. 그렇게 말하고 작업대로 걸어가는 동주의 얼굴을 보며 정수는 기분이 이상했다. 정수는 또래에게 그런 칭찬을 받은 게 처음이었다. 특히 이런 사소한 일로 멀쩡히 학교에 다니는 동주가 자신을 칭찬한 것도 기분 좋았다. 작업대의 다양한 도구에 몰입해 있는 동주의 표정은 사뭇 진지했다. 인사치레겠지만, 자신을 멋있다고 한 말이 진실로 느껴졌다. 그때 정수는 저 녀석이라면 친구가 되고 싶다고 생각했다.

그렇게 때때로 칭찬이 고픈 정수와 모든 게 신기한 동주는 서로를 의식하며 여름의 일터에서 작은 빈틈을 메워 나가고 있었다.

그러던 어느 날, 두 소년이 강한 연대감을 가지는 계기가 있었다. 저택의 마룻대가 될 목재를 보러 간 날이었다. 거대한 나무에 압도된 두 소년은 나무를 위해 같은 목소리를 냈고, 왜인지 같이 울었다. 다음 날부터 둘은 마주칠 때마다 빙그레 미소를 보냈다. 말로 쌓은 게 아닌, 공감으로 쌓은 동지애였다. 그렇게 둘은 서로에게 꾸밈없이 다가갔다.

그러던 어느 날의 점심때였다. 시우 아버지와 동주 그리고 정수, 그렇게 셋은 일꾼들의 점심을 챙긴 후 늦게 밥술을 뜨고 있었다. 밥을 먹다 만 정수가 불쑥 말을 꺼냈다.

"저는 학교도 안 가고 계속 일만 했는데, 이젠 지쳤어요. 앞으로 공사장에서 일하는 게 제게 의미가 있을까요?"

이때 보여 준 시우 아버지의 눈빛은 이 여름 들어 처음 보는 진지한 눈빛이 되었다. 집을 짓는 일에 시달려 지친 얼굴의 건축주가 아닌, 학교 선생님의 사명감을 담은 눈빛으로 돌아왔다. 그러나 먼저 말을 한 건 동주였다.

"정수는 지금의 네 모습이 별로야? 난 너 멋있어 보이던데."

"내가 멋있어?"

정수는 전에도 동주가 자기를 멋있다고 말하는 걸 들은 기억이 있다. 그때는 그냥 인사치레라고 생각했었다. 그런데 그게 동주가 가진 솔직한 마음이었던가 보다.

"정수는 목수가 싫으니? 모두 일 잘하고 손이 좋다고 칭찬하던데."

시우 아버지의 물음에 정수는 자기 생각을 털어놓는다.

"일은 어려서부터 해서 익숙하지만, 이젠 다른 일도 생각해 보고 싶어요."

시우 아버지가 조심스럽게 묻는다.

"학교를 안 가는 건, 아버지가 원하는 거야?"

"그건 아니에요. 아버지가 워낙 전국을 돌아다니시고, 저는 아버지랑 있고 싶어서 그만둔 거예요."

금방 눈을 커다랗게 뜬 동주가 벌떡 일어나 서서 말했다.

"그러면 이제라도 학교에 다니는 건 어때? 우린 나이도 어린데 지금부터 하고 싶은 걸 찾는 거야."

키 작은 긍정 소년은 주먹까지 불끈 쥐어 정수 앞에 내밀었다.

"정수는 어떤 모습의 네가 되고 싶니?"

시우 아버지가 물었다.

"정확히는 모르겠어요."

"자기 앞날에 대해서 고민하는 건 건강한 거지. 정수처럼 잘하는 일을 계속할지 고민하는 것도 좋은 일이고. 동주, 이 녀석처럼 지금은 서툴지만 새로운 걸 배우기 위해 도전을 하는 것도 좋고. 내가 직업이 선생님이지만, 여기서도 가르칠 생각은 없고, 다만 마음껏 고민해 보라고 말하고 싶다. 너희 나이는 그런 고민을 하라고 배우는 시간을 충분히 주는 거니까."

소년들은 서로를 바라봤다. 서로의 얼굴에는 같은 고민이 보였다. 어리다고 고민도 작은 건 아니었다. 그렇게 아이들의 고민은 각자의 미래를 향해 있었다. 공통점을 발견하자, 서로가 더 궁금해졌고 서로를 더 많이 알게 되자 거리감도 줄어들었다. 그렇게 두 녀석은 한여름 공사 현장에서 땀을 흘린 만큼 성장하고 있었다.

저택이 완성되고, 정수 아버지는 곧바로 강원도로 새로운 집을 짓기 위해 떠났다. 정수는 임시로 살던 집을 정리해서 아버지를 따라갔다. 동주와는 기약 없는 작별을 했지만, 연휴가 있던 가을에 동주가 강원도 현장을 찾아가면서 둘은 재회했다. 강원도 산골에서 며칠 방바닥을 뒹굴뒹굴하던 동주와 정수는 1박짜리 캠핑을 떠난다.

늦은 가을이었고, 평일의 강원도 숲속이었다. 눈이 부신 햇살과 붉게 물든 나뭇잎 사이를 헤치며 두 소년은 텐트 치기 좋은 양지바른 장소를 찾아가고 있었다. 야영장의 관리실에서 출발해 숲길을 지나 언덕 위로 걸어 올라갔다. 고개 하나 올라왔을 뿐인데도 땀이 가득 차서 가볍게 입은 티셔츠가 반쯤 젖어 있었다. 2, 3미터 앞서 걷던 정수가 빽빽한 나무 사이에서 햇살이 넓게 쏟아지는 조그만 공터를 발견했다. 조금 빠른 걸음으로 도착한 정수가 공터에서 내려다보이는 산 아래 전망을 보며 입가에 미소를 지었다. 그러고는 뒤따라오는 동주를 향해 소리 높여 말했다.

"여기 괜찮은 것 같은데!"

뒤따라 도착한 동주는 넓은 터를 둘러보고 난 후 숫자를 확인한다. 한쪽 구석에 아주 낡은 표지판에 야영장의 번호가 적혀 있었다. 38번. 이 야영장에서 가장 높은 번호 같았다. 동주는 올라오기 전에 약도에서 36번까지 본 기억이 났지만 확실하지 않았다. 높은 곳이라 그런지 내려다보이는 전망은 흐르는 땀을 잊을 만큼 시원했다. 만족한 동주가 말했다.

"좋다!"

"나빠도 나는 더는 못 올라간다."

배낭을 깔고 앉은 정수는 약한 소리를 했지만, 동주가 볼 때 정수는 피곤한 기색이 전혀 없었다. 두 소년은 짐을 바닥에 놓고 깔고 앉거나 누워 버렸다. 한참을 그렇게 앉고, 누워서 땀이 식을 동안 숲에 뿌리를 내린 나무처럼 꼼짝하지 않던 두 소년 중에서 동주가 한마디 했다.

"왔다."

매점에서 빌린 텐트와 장작, 부식 상자 그리고 기타 장비 일체를 싣고 오토바이를 짐차로 개조한 작은 운반차가 배달을 왔다. 짐을 내린 아저씨는 아이들이 너무 많이 올라왔다며 투덜거렸고, 불조심을 강조하고는 내려갔다. 듣는 둥 마는 둥 쌓아 둔 짐을 내버려둔 채 다시 배낭을 깔고 앉고 누운 두 소년.

"바닥을 제대로 깔고 누울까?"

동주의 말이 없었다면 다시 두 발로 일어설 일 없을 것 같던 정수가 벌떡 섰다.

"밥부터 먹자. 배고파."

아이들은 부식 상자에서 음식 재료와 조리 도구를 꺼내기 시작했다. 정수는 투박하지만 음식 솜씨가 좋았다. 아버지와 둘이 지방을 전전하며 지내다 보니 이런 것들이 자꾸 는다며 멋쩍게 웃었다. 묵은지 반, 돼지고기 반인 김치찌개에 구운 고기 그리고 즉석밥이 전부지만, 처음으로 둘이 만든 밥상이었다. 돌도 씹어 먹는다는 나이의 소년 둘이 허겁지겁 서로의 머리를 들이밀며 먹어 대자 냄비 가득, 접시 가득했던 차림이 순식간에 바닥을 드러냈다.

밥을 먹고 또 한동안 옆으로 자란 나무처럼 누워 있던 아이들은 어둑해지자, 텐트를 쳐야 한다는 생각이 들었다. 한 녀석이 말없이 일어나 매점에서 빌린 텐트를 가방에서 꺼내 내용물을 바닥에 쏟아 내자, 다른 녀석도 바닥에서 일어났다.

녀석들은 별다른 대화 없이도 손이 잘 맞는지 어렵지 않게 텐트를 쳤다. 하는 모양을 보면 자주 했던 것 같지도 않은데, 둘 다 손재주가 좋다. 텐트를 펼치고 부속품을 훑어보고 주섬주섬 주워 들고는 여기저기 구멍에 맞는 폴대를 끼워 넣고, 바닥에 고정했다. 그러고는 방수 천까지 텐트 위에 설치했다. 텐트를 다 치고 난 뒤에서야 정수가 하늘을 올려다보고는 말했다.

"비가 올까?"

"다 치고 뭘 묻냐?"

"그러게."

텐트 안에 매트리스를 깔자 "와" 소리와 함께 누가 먼저랄 것 없이 드러누운 두 녀석은 코까지 골며 잠이 들었다. 한적한 숲속에는 간간이 부는 바람 소리와 초여름부터 먹잇감을 기다린 흡혈 모기들이 편대를 이뤄 하강하는 소리가 나름 전투적이었다.

동주가 눈을 떴을 때 텐트 안에 정수는 없었다. 여기저기 모기에게 물린 동주는 특히 발등이 가려워 잠을 포기하고 몸을 일으켜 앉았다. 밤 9시를 조금 넘긴 시간이었다. 텐트 밖으로 나온 동주는 정수를 불렀지만, 대답이 없다. 이렇게 어두운데 어디에 갔는지 이상했지만, 곧 자기처럼 모기에게 시달렸을 정수가 모기향을 구하러 매점에 갔을 것이란 생각에 도달했다. 동주는 밥 먹을 때 썼던 이동용 화로에 불을 피우기 시작했다. 마른 장작이 불을 빨아들이며 자신을 태우고 있었다.

그 시간 정수는 손전등으로 어두운 산길을 비추며 오르고 있었다. 동주의 예상대로였다. 꿈속에서 종이비행기가 자신을 향해 날아와 여기저기 정수의 몸을 찌르고 떨어지고 찌르고 떨어지고 했다. 너무 성가셔서 양팔을 좌우로 흔들다 벌떡 일어섰다. 온몸이 가려웠다. 텐트 입구가 휑하니 어둠 속에 열려 있었다. 정수는 조금 고민하다 손전등을 찾아 들고 무작정 산 아래로 내려왔다. 다행히 매점에는 모기 물린 데 바르는 약과 모기향이 든, 일명 '모기퇴치세트'가 있었다. 먼저 모기약을 가려운 곳마다 덕지덕지 바른 후 정수는 모기퇴치세트를 손에 쥐고 매점을 떠났다. 낮에도 조금 먼 길이었던 매점에서 38번 야영장까지 돌아가는 길은 모기 때문에 분노에 차서 뛰어 내려올 때와는 다른 먼 길이었다.

"불 좀 같이 쬐도 될까?"

갑작스러운 사람의 소리에 놀란 동주는 간이 의자에서 일어나다 뒤로 자빠졌다.

"많이 놀랐니? 이거 미안한데. 인기척을 못 느꼈어?"

몹시 놀란 동주가 즉답을 못 하고 입만 뻐끔거리자 남자는 호탕하게 웃었다. 그 웃음소리에 동주는 얼어붙었던 등골이 조금 풀렸다.

"밤이 되니까 꽤 쌀쌀하네. 혼자 왔니?"

남자는 불 앞으로 몸을 들이밀며 식사 때 정수가 앉았던, 돌로 쌓아 만든 자리에 앉아 손을 비벼 댔다.

"친구하고…."

"먹을 거 없어? 먹고 남은 것도 괜찮아."

동주의 대답을 채 듣기도 전에 남자는 요기가 될 것을 찾아 가방들이 있는 곳을 살폈다. 말을 끊은 게 조금 불쾌했지만, 배고픔이 가득한 얼굴을 본 동주는 부식이 든 상자를 뒤졌다.

"라면 끓여드려요?"

"라면? 뭐든 좋아!"

반색한 남자는 손을 연신 비벼 댔다. 동주는 '그렇게 추운가?' 하는 생각에 고개를 갸웃하며 물을 담은 냄비를 화로에 올려놓았다. 그 정도만 움직였는데도 동주의 이마에는 땀이 고였다.

"추위를 많이 타시나 봐요. 저는 땀나는데."

"내가 원래 냉혈한이야, 하하."

자기 말에 자기가 웃는 타입인 남자는, 정리되지 않은 콧수염으로 인해 나이가 들어 보이는 인상이었다. 그러나 다시 보니 동주보다 나이가 크게 많지는 않을 것 같았다.

"원래 피가 차시구나. 괜찮아요, 흡혈귀만 아니면 되죠."

흡혈귀 소리에 흠칫한 남자가 동주를 보자 동주는 날아다니는 흡혈귀들에 처참하게 당한 상처를 침을 발라 다스리고 있었다.

라면에 만두, 남아 있던 두부 반 모에 콩나물 반 봉지가 투입된 라면은 지역 불명의 짬뽕이 되어 있었지만, 남자는 연신 맛있다고 말하며 흡입했다. 국물까지 남김없이 먹은 남자는 그제야 이마를 닦으며 만족한 얼굴이었다.

"정신없이 혼자 먹었네. 넌 안 먹니? 나도 참, 다 먹고 이런 얘기를 한다."

"친구 오면 같이 먹어야죠. 왜 이렇게 늦지?"

"어디 갔는데?"

"아마도 매점에 간 것 같은데요."

"친구가 산 아래 갔다는 거네."

"네."

"넌 이름이 뭐니?"

동주는 대답한다.

"동주요, 신동주."

"동주야, 기다리면 친구는 오지 않아."

남자가 벌떡 일어나서 동주를 바라본다. 동주도 엉거주춤 일어서서 남자를 바라본다.

한밤의 어두운 산길은 곳곳에 이정표와 안내 등이 켜져 있어도 길은 늘어지고 시간은 뒷걸음쳤다. 지금 정수가 그런 산길을 걷고 있다. 한참을 올라왔는데도 아직도 올라야 할 고개가 저 멀리 있고, 시간은 몇 분 지나지도 않았다. 시계가 정상적으로 가는 건지도 의심스러웠다. 나무에 대충 걸려 있는 길 안내용 전등을 막 지나쳐 앞으로 나아갔다. 그때였다.

"학생, 지금 몇 시야?"

귀에 때려 박는 나이 든 여자의 목소리. 소리를 듣자마자 정수는 쥐덫을 밟은 것처럼 펄쩍 한 번 뛰어오르더니 주변을 살피지도 않고 고갯길을 향해 달리기 시작했다.

"학생, 시간은 알려 주고 가야지! 나 귀신 아니야, 학생!"

시간을 알고 싶었던 아주머니는 도망가는 정수를 보며 소리쳤지만, 정수에게 필요한 것은 오직 하나, 스피드였다. 미친 듯이 달린 정수는 자신을 찾으러 내려오는 동주가 비추는 손전등을 향해 달렸고, 손을 내민 동주를 지나쳐 멈추지 않고 계속 달렸다. 이후에도 속도를 줄이지 않고 텐트까지 뛰었다. 텐트로 몸을 날린 정수가 괜찮은지 뒤따라온 동주가 고개를 들이밀었다. 담요를 뒤집어쓴 정수는 불러도 나올 생각이 없어 보였다. 동주는 혀를 차며 물었다.

"왜 그래? 귀신이라도 봤냐?"

경기를 일으키며 정수가 우는 소리를 냈다. 동주는 한심하다는 듯이 지켜보다 냉정하게 물었다.

"모기약은?"

담요 속에서 뛰어나온 손이 허공을 휘저었다. 정수가 들고 뛰던 모기퇴치세트는 어딘가로 날아간 모양이었다. 동주는 정수에게 진정되면 나오라고 말하고는 화롯불 앞으로 갔다. 남자는 자리에 앉아 불을 쬐고 있었다. 의문이 생긴 동주는 남자가 한 말의 진위를 물었다.

"아까 기다리면 친구가 오지 않는다고 한 말, 왜 한 거예요?"

"찾으러 가서 만났잖아. 내 말이 틀리지 않은 거지."

조금 의심스러운 표정으로 동주가 다시 묻는다.

"제가 끝까지 기다렸다면 친구는 오지 않았다는 얘긴가요?"

"그래, 지금과는 많이 달랐을 거야."

"아저씬 누구예요?"

동주의 물음에 남자는 마주 앉은 동주의 눈을 마주한다. 그의 시선은 마치 거울 속의 자신을 보는 것만 같았다. 남자는 그렇게 동주를 바라보며 이야기를 들려주었다.

나? 내가 누구인가는 중요하지 않아. 중요한 사실은 나도 너와 비슷한 상황에서 무작정 친구를 기다린 적이 있었어. 마음속으로는 찾으러 가야 한다는 생각이 가득했지만, 밤새 갈등만 했지. 그러다 날이 샜고, 아침이 된 후에야 영혼이 떠난 친구의 얼굴을 확인할 수 있었다. 그래서 난 누군가를 마냥 기다리고만 있지 않아. 반드시 찾으러 나간다. 그 후에는 다시 사람을 잃는 일이 없었어.

그리고 난 사실, 한 번 죽은 적이 있었다. 정확하게 얘기하면 죽었다고 오해받은 거지. 국민학교 1학년 여름방학이었어. 우리 집 앞에는 산에서 내려오는 물을 막은 야외 수영장이 있었지. 규모가 꽤 큰 수영장이었어. 한여름에는 수문을 닫고 물을 가두는데, 웬만한 경기용 수영장보다 절대 작지 않은 규모였지. 집 앞에 언제든 뛰어들 수 있는 대형 수영장이 있다는 건, 웬만큼 운동능력 없는 사람도 물질 정도는 할 수 있다는 걸 의미해. 나도 마찬가지였어. 뜀박질보다 수영을 먼저 배웠다고 할 정도로 물에 익숙했어. 그런 동네에 살던 내가 물에 빠지는 사건이 벌어진 거야. 그것도 익사 사고.

오전부터 무더위에 지친 오후였어. 어머니는 마루에서 선잠에 취해계셨지. 동네 사람들이 대문을 박차고 들어와서는 소리쳤어. 내 이름을 부르며 물에 빠졌다고, 물에 빠져 죽었다고. 잠결에 들은 아들이 죽었다는 소리는 어머닐 맨발로 뛰쳐나가게 했어. 대충 200~300미터 정도를 뛰셨지. 그때 어머니 머릿속엔 뭐가 그려졌을까? 그런 생각을 하면 내가 만든 상황도 아닌데 지금도 어머니께 미안해.

어머닌 발바닥에 피를 흘리며 돌아오셨어. 확인도 안 하고 목소리를 높여서 미안한 동네 사람들도 같이 몰려왔지. 갑작스러운 소란에 낮잠 잘 자고 방문 밖으로 머리를 내민 아들 모습을 보신 후에야 어머닌 주저앉았어. 눈만 끔뻑거리는 내 앞에서 어머닌 통곡하셨지. 그건 슬퍼서는 아닌데, 좋아서 울었다고 하기도 그렇고 누구인지 모르지만… 사람이 죽었으니까.

익사한 소년은 수영장 둑 위에 있었지. 내가 사고 현장에 가는 길에 몇몇 사람들이 네가 아니라서 다행이라는 말을 해 줬어. 멀리 소년의 시신을 덮은 거무튀튀한 거적때기 주변에 사람들이 서성거리고 있었지. 나는 더 이상 다가가지 못했어. 내가 가면 아는 사람이 같은 말을 할 것만 같았어. "네가 아니어서 다행이다"라는 말. 그러면 누워 있는 소년에게 너무 미안하잖아. 그래서 다가가지 못하고 멀리서 지켜봤어. 죽은 소년은 젖은 거적에 덮여 있었어. 난 그 거적이 그렇게 신경이 쓰이더라. 원체 두꺼운 거적인데 물에 젖어서 소년을 더 무겁게 짓누르는 것 같았어. 얼마 후 소년의 어머니가 왔어. 이번엔 진짜 죽은 아이의 어머니였지. 아들을 잃은 어머니는 얼굴을 확인하고 울 겨를도 없이 쓰러지더라. 그렇게 두 사람이 실려 가고, 사고는 동네에선 일단락됐지만, 아이를 잃은 어머니에게 다음이란 게 있었을까?

난 가끔 나로 오해받은 그 소년의 얼굴이 궁금해. 사람들은 왜 나라고 생각했을까? 소년이 내 얼굴을 하고 있었던 건 아닐까? 어쩌면 나 대신 죽었나? 이상한 생각이 많았지. 관계있는 얘기는 아니지만, 난 사실 병이 있었어. 매일 아침 코피를 한 바가지씩 흘렸지. 수영하다가 코피가 나서 수영장을 피바다로 만든 적도 있어. 당시 의사 선생님은 원인을 모르겠다고 그러더라. 그런데 10여 년이 지난 뒤에도 건강했지. 그래서 그때 익사한 아이의 남겨진 수명을 내가 채웠나 하는, 그런 생각도 했다.

남자의 얘기가 끝났다. 동주는 어쩐지 남자가 말해 주는 이야기에 공감이 갔다. 그때였다.

"뭐 하냐?"

정수가 텐트에서 나와 서 있었다. 동주는 미소를 지으며 정수를 반긴다.

"대화 중이잖아."

"혼자서?"

혼자서? 동주는 건너편에 앉은 남자를 쳐다본다. 남자가 없다. 날은 밝았고, 화로에서 타고 남은 잿더미가 헛된 연기만 흘리고 있었다.

"여기 있었는데… 남자가 있었는데? 밤새 누구하고 얘기한 거야, 나는?"

"으악!"

정수는 다시 텐트로 뛰어들었고, 동주는 입을 벌린 채 한참을 멍청한 얼굴로 자리에 앉아 있었다.

두 아이는 일찍 산에서 내려왔다. 귀신보다 무서운 배고픔이 찾아올 때까지 두 소년은 정신을 차리지 못했다. 저녁부터 먹으려고 남겨 둔 라면과 만두, 두부, 콩나물까지 싹 다 사라져 버려서 저녁밥과 아침밥을 포기한 두 소년은, 배고픔도 잊고 버스를 갈아타 가며 사람이 많은 바닷가를 찾아 달아났다.

그날 오후, 두 소년은 해변에 있었다. 국밥에 깍두기 국물을 가득 붓고, 공깃밥을 두 그릇씩 말아 먹고는 모래사장에 앉아 배를 두드리며 바다를 바라보고 있었다.

"진짜 바다 넓다, 파랗고."

바다를 처음 본다는 정수는 연신 감탄하며 첫 바다를 배부르게 느끼고 있었다.

"내가 바다를 처음 본 건 중2 때였어."

동주가 뭔가 그리운 듯한 얼굴로 바다를 바라보며 말을 꺼냈다.

"3년 전이네. 여기 동해?"

"응, 여기서 가까워. 늘 바쁘시던 아버지가 처음으로 데려와 주셨지."

"너도 지금 나처럼 감동 세게 받았겠다."

"얘길 들어 봐. 조금 늦은 오후였는데 해변에 도착했을 땐 빗물이 곧 떨어질 것처럼 하늘이 어두웠어. 바람이 많이 불었고, 모래 둔덕만 넘으면 바다였지. 정말 벅찬 순간이었어. 어느 정도였냐면, 바다를 향해 가는 내 발걸음이 잘 걸어지지 않을 정도였어."

"모래에 신발이 빠지니까 그랬겠지. 모래사장을 그때 처음 걸은 거 아냐?"

"참 건조한 자식, 머리에 감정을 펼치고 들어. 낭만적으로…."

"낭만은 무슨!"

"둔덕을 넘어 거세게 밀려오는 파도 앞에 마주 섰지. 한데 뭔가 이상했어."

"이상할 게 뭐가 있지?"

동주가 고개를 갸웃거린다.

"그때, 내가 아버지한테 처음 바다를 본 첫인상을 뭐라 한 줄 알아?"

말해 보라는 듯이 기다리는 정수를 보며 동주는 말했다.

"'아빠, 여긴 바다가 흑백이잖아!'라고 했어. 바다가 짙은 흑백

영상 같았어."

"최악이다. 첫 바다가 흑백이라니."

"그래, 최악의 날에 첫 바다를 본 거야."

다음 날, 아버지가 동주를 아침 일찍 깨웠다. 바다에 나가 보라고. 지난밤의 실망으로 별 기대 없이 눈 비비며 나가 본 바다는 푸른 바다가 돼 있었다. 그때 동주는 신이 나서 바다로 뛰어들었다.

"지금의 너처럼, 나도 격하게 감동했었다."

"아버지도 아침까지 흑백 바다가 신경 쓰였던 거네."

"맞아. 실망한 내 말이 마음에 남았던 거야. 흑백 바다가 아버지 탓도 아닌데. 그 아침에 내가 해변을 뛰어다니는 모습을 보신 뒤에야 숙소로 들어가셨다."

그때가 생각난 동주가 고개를 끄덕이며 한마디 한다.

"자식새끼가 뭐라고."

정수가 동의한다.

"그러게, 자식새끼가 뭐라고."

그리고 둘은 지난밤의 이해할 수 없는 일에 관해서 뒤늦은 얘기를 나눴다. 뒤에 동주는 정수에게 고백했다. 나중에 생각해 보니 자기 배가 오전 내내 불렀다고. 그런데 먹은 기억은 없다고. 또 그 남자에게서 들은, 물에 빠진 남자아이는 잊고 있었지만 자기 꿈 얘기였다고. 지금보다 더 어린 시절, 동주는 물에 빠져 죽어 가는 악몽을 수없이 꿨다고. 그래서 어머니와 함께 찾아간 스님이 물에 빠졌던 전생의 업을 씻겨 주셨고 이후 잊었다고. 동주는 밤새 전생의 자신과 마주 앉아 있었던 것인지 의문이 든다고 했다.

정수도 어렵게 말을 꺼냈다. 산길에서 자신에게 시간을 물어본 여자의 얼굴은 못 봤지만, 그 말소리는 엄마의 목소리였고, 사실 그래서 더 놀라서 달아났고 멈추지 않았다고 했다.

'여기에 엄마가 있을 리 없잖아! 엄마라면, 나를 학생이라고 부를 리 없잖아. 나한테 시간을 물어볼 리가 없잖아.'

산길을 미친 듯이 달렸던 정수의 머릿속에는 상황을 부정하는 말이 맴돌았다. 텐트에서 나뭇가지에 긁힌 자국을 긁으며 뭐에 홀린 듯, 정수는 밤새 시계만 들여다봤다고 했다.

벌써 30년 된 일이었다. 그리고 나머지 이야기. 당시 정수는 물품을 반납하며 야영장 사무실에서 무서운 사실을 확인했다. 당시 야영장 사무실에서 대여해 준 자리는 마지막 번호인 36번이었다. 정수와 동주가 산에서 본 38번 숫자 표지는 지구의 위도를 나타내는 표시였고, 아이들은 삼팔선에 자리를 잡고 밤을 지새운 것이었다.

그때는 무서워 죽은 줄 알았지만, 지금은 무용담이 된 기억. 정수는 목수 아버지의 허락을 받아 아비와 공사장에서 가까운 야영장을 찾았고, 장비 대부분을 빌려 산에 올랐었다. 그리고 아이들은 그곳에서 각자 이상한 경험을 했다.

'혹시 그때부터 우리 주변을 떠도는 영혼이 있었던 걸까?'

30년 전 이야기를 하다가 아비가 자조 섞인 말을 한다. 정수는 부정한다. 먼저 장소가 문제였고, 자신의 경우는 당시 가족이 흩어지면서 불안하고 약해진 마음을 악의를 가진 것들이 사악하게 비집고 들어온 거라고 했다. 이해 불가능한 일의 바탕에는 해체된 가족이 있었다고.

"정작 나는 엄마한테, 시간을 묻는 정도의 다정한 말투도 들은 기억이 없다."

정수의 표정은 쓸쓸했다. 옛 추억은 늘 시간과 비례해서 미화되지만, 정수에게 엄마는 예외였다. 그렇게 정수의 가족 얘기가 나오자 자연스럽게 정희 얘기로 옮겨갔다.

"정희는, 내 여동생이지만 조금 특이하게 변해 있었어. 그런데 사실 그 모습은 엄마를 닮았어. 엄마가 물려준 정신적 유산이 정희의 삶을 지배했던 거야. 특히 집과 관련해서."

정희에게 집이란 어떤 것이었을까? 정수는 가끔 정희를 떠올릴 때면, 그 자체로 거대한 사물인 집이 무겁게 짓눌렀다.

부모님의 이혼 시점에 정희는 사춘기였다. 내향적인 정희의 반항심은 엄마의 히스테리에 묻혔고, 버거웠지만 엄마 말 잘 듣는 착한 딸 역할을 해내기에 바빴다. 안으로 곪고 있었던 정희의 내면은 언젠가는 터질 활화산과 다르지 않았다. 저택에서 벌어진 최악의 사건은 그 결과였다.

정희의 부모는 남들처럼 평범하게 살지 못했다. 이혼이 확정되고 자식을 하나씩 데리고 갈라선 건 엄마의 결정이었다. 정수는 엄마에게 버림받고 아버지를 따라갔다. 아버지에게도 버림받기 싫어 학교도 포기했고 시키는 일도 열심히 했다. 다행히 아버지는 정수를 버리지 않았다.

엄마를 따라간 정희는 시간이 지난 뒤, 로맨스 소설을 끼고 살던 소녀에서 셈이 빠른 처녀로 변신해 있었다. 부모님의 이혼 이후 정수가 정희를 다시 만난 건, 정희의 고등학교 졸업 후였다. 정수의 전화기로 전화가 왔고, 정희는 외할머니를 통해 정수의 번호를 받았다고 했다. 통화에서 정희는 농담처럼 자신이 고등학교를 졸업했고, 이제는 수금할 때라고 말했다. 전화기 건너편의 정희를 확인하고 반가운 한편, 마음이 무거웠던 정수는 정희의 농담 같은 말을 들은 후에야 마음이 편해졌다. 정희도 여느 졸업생처럼 오빠로부터 선물을 받고 싶은 여동생이었다. 정수는 오랜만의 재회를 그런 식으로 표현한 정희의 마음이 고마웠다. 정수는 만날 약속을 잡고, 그동안 모은 돈으로 졸업 선물도 준비했다. 졸업 선물은 나름 고급 핸드백이었다. 그 핸드백 안에는 아버지가 정희에게 보내는 대학 등록금도 들어 있었다. 약속 장소에 먼저 도착한 정수가 자리 잡고 앉아 출입구를

보고 앉았다. 잠깐 한눈을 판 사이,

"오빠, 나 정희야."

정희가 어느새 앞에 서서 정수를 불렀다. 익숙한 어린 소녀의 얼굴을 기다렸던 정수가 고개를 들었을 때, 성숙한 정희가 있었다. 빨리 성인이 되고 싶어 화장으로 어른 흉내를 낸 티가 났다. 하지만 낯설어서 그렇지, 정수는 정희가 이쁘다고 생각했다.

그날 정희는 기쁘게 정수의 선물인 핸드백과 돈을 받았지만, 합격한 대학에 등록은 하지 않을 거라고 했다. 정희에게는 자신만의 계획이 있었다. 그 계획을 위해 대학을 가려고 4년을 투자할 여력이 없다고 했다. 그리고 대학을 가지는 않지만, 아버지가 보낸 돈이 자신의 계획을 도울 수 있다고 했다. 정수는 정희가 바라는 대로 되기를 바랐다. 그러나 정희의 계획대로 되지는 않았다. 그때는 아니지만, 아버지가 보낸 돈도 몇 배 이상 다시 아버지에게 돌아갔다. 아니, 정확하게는 아버지를 돌봐 준 간병인의 통장에 입금되었다.

정희는 오랜만에 만난 오빠 앞에서 집 얘기를 쉬지 않고 했다. 정수가 사는 집, 자기가 사는 집, 앞으로 살고 싶은 집, 집을 갖기 위한 준비 그리고 집을 가지면 할 일에 관해 얘기했다. 정수는 그 모습을 보면서 정희가 엄마를 닮았다고 생각했다. 엄마가 그랬다. 무엇 하나에 꽂히면 그것만 집요하게 생각하는 성격이었다. 그런 집요함은 아버지와의 부부관계에도 영향을 끼쳤다.

이혼의 사유는 여러 가지였지만, 아버지는 엄마의 집요함에 이미 지쳐 있었고, 엄마에게 있어 이혼의 근본적인 원인은 아버지의 방랑기였다.

목수였던 정수 아버지는 방랑기가 있는 사람이었다. 집을 짓는 목수였지만 자기 집은 없는, 흔한 말로 집도 절도 없는 사람의 기한 없는 방랑은 정수 엄마를 마음마저 멀어지게 했다. 그는 가정에 관한 관심뿐만 아니라, 집을 갖겠다는 소유욕도 보이지 않았다. 엄마는 그런 아버지로 인해 집에 관한 트라우마를 갖게 된 사람이었다. 엄마는 남편이 집 짓는 기술자면 집 하나는 잘 지어 줄 것으로 믿었다. 그러나 평생을 집이라는 사물에 매몰된 인생을 보냈다. 아버지는 이혼 후에는 정수를 데리고 일 따라 이곳저곳 떠돌며 집을 지었고, 덕분에 몇 개월씩 머무는 공사판에서 정수는 망치질로 혼자만의 10대를 견뎌야 했다.

정수 아버지에게는 일을 선택할 때의 기준이 있었다. 첫째, 가보지 않은 곳. 둘째, 지금 현장에서 가장 먼 곳. 세 번째가 돈이었다. 다시 말해 떠돌고 싶어서 돈을 벌고, 돈을 벌면 떠도는 인생이었다. 그런 아버지 밑에서 자란 정수가 학교를 제대로 다닌다는 건 불가능해서 고등학교 졸업장을 받는 데까지 5년이라는 시간이 걸렸다. 그것도 졸업 자격을 받은 것이지 특정 학교의 졸업장을 받은 건 아니었다.

독립할 나이가 되자 정수는 전문대학에 진학했다. 그때는 아버지의 영향에서 벗어나고 싶어졌고, 떠돌아다니는 생활에도 지쳐서 정착을 원했다. 전문대학 졸업 후 정수는 부사관으로 군대에 입대했다. 늦었지만 군대는 정수에게 제대로 된 정착지가 되어 주었다. 게다가 정착지로 향하는 경유지에서 정수는 잠시 연락이 뜸했던 아비를 다시 만났다. 공병학교 조교였던 말년 병장 아비와 공병 부사관으로 후반기 교육을 받으러 온 정수의 재회였다. 단 한 주였지만, 그때 끊어질 뻔한 인연이 연결되었다.

정수가 아버지를 따라다니느라 몸이 고달팠다면, 정희는 엄마와 함께 살면서 정신적으로 어려운 시간을 보냈다. 엄마는 이혼 직후 기분이 들떠 보였다. 처음에는 엄마의 기분이 좋은 것으로 착각한 정희는 안심했지만, 그것은 기분 좋다는 의미의 들뜸이 아니었다. 조증과 같은 격한 감정의 다른 상태로, 히스테리였다. 비정상적인 흥분 상태가 자주 있었고, 마음 깊은 곳에 묵혀 둔 남편에 대한 분노, 어린 딸에 대한 책임감, 자기 인생을 망쳤다고 믿는, 미워 죽겠는 아들에 대한 양가감정이 복합적으로 뒤섞여 있었다. 게다가 눈앞에 닥친 생활고까지, 한 사람의 인간으로서 필요 이상의 감정과 압박감이 한 번에 다가오자, 몸이 자신을 지키기 위해 기분을 들뜨게 하는 방식으로 방어기제를 발동한 것이다.

이혼 전에는 갈라서기만 하면 해결될 것 같은 부부의 문제들은 오히려 둘로 분열되고 증식되었다. 이혼 후 정희 엄마에게 가장 큰 고통을 준 건 집이었다. 남의집살이하다 보면 집은 모욕이 되고, 공포의 대상도 된다. 그녀는 집으로 인한 싸움과 드러나는 밑바닥에 좌절한 적도 있었다. 그렇게 갖은 고통을 준 집을, 정희 엄마는 끝내 소유하지 못하고 세상을 떠났다.

그 영향은 고스란히 정희에게로 이어졌다. 이 가족에게 집은 안정감과 평온과는 대척점에 있었다. 정희에게 과거부터 현재까지 집이라는 공간은 불안하고 불안정한 공간이었다. 이혼 전의 아버지와 엄마, 엄마 대 오빠로 인한 팽팽한 긴장감이, 이혼 후 안정감과 평온으로 바뀔 거라는 기대는 현실이 되지 않았다.

남편에게 버림받은 이혼녀로 취급된 엄마의 히스테리는 정신적 테러가 되어 정희를 옥죌 뿐이었다. 엄마는 한을 입에 달고 살았고, 그 한이 딸에게 남겨진 유일한 유산이었다. 정희는 대학을 포기하고 사회로 나아가 돈을 벌었다. 하지만 불행하게도 정희가 집을 갖기 위해 모은 돈들은 모두 부모의 의료비가 되었다.

정수의 외가는 원래 호흡기가 약한 가족력이 있었는데, 식당 주방에서 오래 일한 엄마의 약한 호흡기는 화구의 열기와 연기에 집중적인 타격을 받았다. 엄마는 폐암으로 투병했고, 정희의 계획은 길을 잃었다. 저축은 줄어갔다. 병원비도 병원비지만, 본인이 일을 할 수 없는 게 문제였다. 부사관이었던 정수가 돕겠다고 했지만, 이번에도 엄마는 완강하게 거부했다. 사망 전 엄마는 자신이 아들에게 한 일을 후회했지만, 그렇다고 미움마저 가신 건 아니라고 했다. 그래서 더욱 도움받기를 거부했다. 아들의 도움은 미안해서도 못 받고, 미워서도 받을 수 없다는 엄마는 3년간 병과 싸우다 숨을 쉬지 못해 사망했다.

이듬해부터는 아버지가 병원 신세를 졌다. 환갑을 1년 앞두고 아버지가 뇌졸중으로 쓰러졌다. 아버지가 뇌졸중으로 쓰러졌을 때 집에는 아무도 없었다. 늦은 발견은 아버지에게 반신마비라는 족쇄를 채웠다. 삶의 대부분을 몸을 써서 일을 하고 돈을 벌어 온 아버지는 병마로 인해 혼자서는 운신이 힘든 몸이 되었다. 몸이라는 틀에 갇혀 버리자, 아버지는 본인에게만 보이는 동굴로 들어가 버렸다. 동굴 밖의 아버지 몸은 조금의 움직임도 갖지 않으려 했다. 하지만 움직이지 않는다고 돈이 들지 않는 건 아니었다. 아버지를 먹이고 씻기는 비용은 달마다 청구됐고, 그건 가족의 몫이었다. 부사관으로 복무 중이었던 정수는 금전적으로 여유롭지 못했다. 처음에는 아버지의 저축으로 병원비를 냈고, 간병비를 해결했다. 아버지의 통장이 말라 버린 뒤에는 박봉인 정수의 월급이 고스란히 간병비로 계좌 이체 되었다. 정수의 저축도 사라지고, 생활비가 모자라고, 빚이 쌓이자, 정수는 결국 정희에게 손을 내밀었다.

다행히 아버지의 마지막 1년의 간병비는 정희가 보내왔다. 엄마의 투병 때 자신이 아무것도 도와주지 못한 것이 미안했던 정수는, 정희에게 손을 내밀 생각은 없었다. 그러다 간병비가 밀렸다. 방법이 없었다. 정희에게 도움을 요청했고 의외로 정희는 싫은 소리 없이 매달 돈을 보내왔다.

아버지가 돌아가신 후 정희의 통장에도 마이너스가 찍혀 있었다. 정희는 그때까지 단 한 번도 가족을 원망하는 소리를 입 밖으로 내지 않았다. 정희도 하소연할 생각이 없지는 않았다. 통장의 숫자를 되돌리기 위한 하소연이 아닌, 응어리진 가족애를 뱉어 내는 하소연을 하고 싶었다. 그렇지만 급여를 더 받기 위해 파병을 선택한 정수가 돌아올 때까지 기다릴 수밖에 없었다. 정수가 돌아오면 소주라도 마시고 맺힌 말들을 쏟아 내고 싶었다.

그런데 변수가 생겼다. 아비였다. 그날, 아비가 장례식장에 오지 않았다면, 정수를 찾아와 아버지 영정 앞에서 무릎 꿇고 눈물을 흘리지 않았다면, 모든 게 달랐을지도 몰랐다.

정수와 정희의 부친상, 빈소를 찾은 아비는 그곳에서 파병을 간 정수 대신, 홀로 자리를 지키는 정희를 처음 만난다. 장례 동안 아비는 정희의 모습에서 과거의 자기 모습을 보았다. 가족이 한순간 사라졌을 때 장례식장에 있던 자신이 보였다. 그래서였는지 홀로 자리를 지키는 정희 곁을 떠나지 못했다.

정희는 아비를 만나게 된 것만으로, 정수와 아버지에 대한 원망을 지웠다. 아비는 준수했고, 혼자였다. 무엇보다 집이 있었다. 그래서 정희는 그와 연인이 되었다.

뒤늦게 돌아온 정수는 연인이 된 동생과 친구를 보면서 알 수 없는 거부감이 들었지만 반대하지 못했다. 정수와 정희의 관계는 같은 아픔을 가진 동지애 정도였지 남매의 친근함은 없었다. 다만, 정희에 대한 미안함이 커서 한발 물러나 불안정한 정희의 삶이 평안해지기를 바랐다. 그리고 정수는 아비를 잘 아니까, 둘의 관계를 걱정하지 않았다. 정수가 몰랐던 건 오히려 정희였다.

그런 정희에게 인생의 기준은 집이어서, 아비의 집은 결혼을 결심하는 큰 이유였다. 뒤에 정수를 만난 정희는 아비의 집이 마음에 든다는 말만 여러 번 했다.

사건은 예상치 못한 일로 일어났다. 그날로부터 한참의 시간이 지난 후에 보내진 정희의 편지에는 그 이유가 적혀 있었다.

오빠, 나 정희야.

잘 지내고 있는 거 맞지? 지난번 메일에 답장을 주어서 고마웠어. 물론 3개월 만인 답장치고는 세 줄은 너무 짧지만, 오빠는 한결같네. 타지 생활이 불편한 게 많을 텐데 건강하기만 바랄 뿐이야.

오빠, 오빠는 아버지를 닮았어. 편지를 쓰는 지금 새삼스레 그걸 느꼈어. 너무도 당연한 건데, 마치 대단한 비밀을 알게 된 것처럼 흠칫 놀랐네.

가족이어서, 수십 년을 보고 살아서, 당연한 닮음을 잊었나 봐. 얼굴만이 아니라, 하는 행동, 사람을 대하는 태도, 다 그래. 아버지는 남에게는 싫은 소리 한 번 못 하는 사람이었지만, 마음 속 화는 풀고야 마는 성격이었잖아. 쌓아 뒀다가 내가 이만큼 화났다고 가족에게 드러내는 성격. 그러고는 연락을 끊고 말없이 혼자 멀리 떠나거나, 자신만의 동굴로 숨어들었지.

그때를 생각하면 폭력을 쓰지 않은 것에는 감사하지만, 대신 아버지가 돌아올 때까지 가족이 붕괴한 것만 같았던 분위기는 정신적으로 너무 고통스러웠던 기억이 나. 그렇게 엄마의 속을 태웠고, 그럴 때면 엄마는 복수하듯이 꼭 오빠를 쥐 잡듯 잡았지. 오빠는 엄마에겐 아버지의 분신이었으니까. 내가 지금 오빠에게서 풍기는 아버지의 모습을 발견한 것처럼, 그때 엄마도 어린 오빠에게서 아버지를 봤나 봐.

지금 생각해 보면, 엄마는 그래서 오빠를 미워했던 것 같아. 그렇지 않고는 설명이 안 될 만큼 오빠를 옥죄었잖아. 난 자기가 낳은 자식을, 특별한 잘못을 하지도 않은 아이를, 그렇게 미워하고 원망하는 어미는 그 후에도 보지 못했어. 뭣 모르고 있던 나지만, 아직도 기억나. 엄마가 오빠와 마주할 때 내가 느꼈던 긴장감은, 엄마가 아버지와 마주할 때의 느꼈던 긴장감보다 더 무겁고 더 위태롭다고 생각했었어. 우린 둘 다 어렸을 뿐인데, 그게 우리의 잘못인 것처럼 무기력하고 힘이 들었지. 너무 불안해서 나는 늘 아주 높고 좁은 곳에 홀로 선 꿈을 많이 꿨는데, 오빠도 그런 꿈에 시달리는지 궁금했어.

기억나는 게 있어. 엄마와의 긴장감에 어쩔 수 없던 오빠는 방에 틀어박혀 나오지 않았지. 그래서 나는, 아빠가 사라지고 엄마가 화를 내면, '오빠가 또 방으로 들어가겠구나…', 그렇게 생각하던 내 어린 모습이 지금 보여. 그때 오빠는 아빠처럼 동굴을 만든 거겠지. 거기서 어떤 생각을 했어? 지금은 어떤 생각을 해? 지금 오빠가 세상을 돌아다니고 있는 것도, 사실은 젊은 시절의 아버지처럼 동굴 속에서 헤매고 다니는 거잖아. 그래서 나는 오빠가 아버지를 닮았다고 생각한 거야. 그래서 알고 싶어. 그건 아버지가 만들어서 물려준 동굴인지, 오빠가 만든 동굴인지…. 오빠는 알고 들어가 있는 거겠지만, 그래도 언젠가는 동굴에서 나와야 하지 않을까?

사실 여러 가지 오빠에게 말하고 싶고, 기대고 싶은 게 많았어. 하지만 그때마다 오빠는 늘 어디론가 떠나 있었지. 물론 오빠도 나를 지켜본다고 생각은 해. 그래서 알고 있었겠지. 내가 가진 욕심, 욕망이 뭔지. 그게 오빠 눈에도 선명했을 거야. 나는 오빠가 늘 나를 믿어 주기를 바라서, 오빠만은 속아 주기를 바랐어. 하지만 말하지 않는 것뿐, 어쩌면 그때의 사건도 눈치채고 있다고 결론 내렸지. 오빠는 아니라고 부정하고 싶겠지만, 나는 오빠가 진실이 두려워 지금도 동굴에서 나오지 않는다고 생각해.

오빠, 사람 욕심은 다 같잖아. 그런데 나만 욕심을 부리지 말라는 법은 없는 거잖아. 나 같은 서민은 집을 갖는 게 꿈이고, 내 집 마련을 위해 정직하게 일했어. 대학도 포기하고 10년을 아끼며 돈을 모았는데, 거의 다 왔는데, 그때부터 무너지더라. 엄마의 병원비, 아버지의 간병비. 암울한 미래가 선명해졌지. 모든 게 지나가고 통장에 마이너스가 찍혔을 때, 오빠를 포함한 모든 사람이 원망스럽고, 모든 걸 포기하고 싶던 그때, 오빠의 친구라며 찾아온 남자, 저택에 사는 그 사람과 만난 거야. 그 사람의 친구라는 것만으로 나는 오빠를 용서했어.

남자는 저택을 가지고 있었고, 나는 멋진 집을 가진 남자와 결혼하는 미래를 가질 수 있게 됐지. 그렇게 결혼 얘기가 마무리되고 혼인신고를 위해 같이 서류를 제출하기로 한 날, 전화로 그가 그 말을 했어.

"그 집, 내 집 아니야. 딸아이 집이지."

그 사람은 대수롭지 않게 말했어. 집이 아이의 소유인 걸 듣고, 한참을 멍하니 있었는데 화가 너무 나는 거야. 내 집이 되지 않을 거라는 불안감. 그리고 질투. 나는 가져 보지 못한 것을 어린아이가 그것이 어떤 의미인지도 모른 채 소유하고 있는 것도 화가 치밀었어. 그래서 미친 듯이 달려가 아이를 만났지.

지금 생각하면 왜 그렇게 화가 났는지…. 아이는 어렸고, 집에 대해 무얼 계획한 것도 아닌데 말이야. 그냥 아이를 키우고, 나중에 나 좋은 방법으로 해결하면 될 일을… 그땐 어떤 정신이었는지.

혼자 찾아가 마주 선 아이는 내 눈에는 그냥 집주인이었어. 전형적으로 세입자 괴롭히는 집주인. 낯선 여자에게 아빠를 빼앗길까 봐 잔뜩 겁먹은 여자아이였을 뿐인데, 그래서 나만 보면 툭툭거리는 아이였는데… 나는 그게 집주인이 하는 짓으로 겹쳐 보였던 거야.

정신을 차렸을 때 아이는 바닥에 쓰러져 있었어. 그때라도 옳은 일을 해야 했지만, 도망쳤어. 아이를 살릴 기회를 놓쳤고, 의도는 아니지만 동주 씨가 죄인이 됐고, 폐인이 됐어. 나는 나를 지키기 위해 모르는 체했어. 그렇게 악녀가 됐어. 아니지, 원래 악녀였다가 맞겠네….

그날, 저택을 나와서 내가 뭘 했는지 알아? 구청에 가서 혼인신고를 했어. 신고를 받아 줄지, 혼인신고가 정상적으로 처리될지도 모른 채 그냥 저질렀어. 구청에서 나올 땐 미친 짓을 했다고 생각했는데, 3일 뒤 죽은 아이의 엄마가 되어 있었어.

오빠, 그냥 안부만 묻자고 편지를 쓰기 시작했는데 죄를 고백해 버렸네. 오빠가 두려워했던 고백이 맞나? 듣고 싶지 않은 진실이 맞지? 악녀도 마음이 약해질 때가 있나 봐. 미안해, 오빠를 지옥으로 초대해 버렸네. 이 편지가 오빠를 동굴에서 나오게 할지, 더 깊은 동굴 속으로 몰아넣을지, 정말 궁금하다.

정희.

뒤늦게 정희의 편지를 읽은 정수는 그제야 동굴을 박차고 나왔다. 그리고 아비를 찾아갔다. 얼마 전 정희의 편지를 읽은 아비는 긴 한숨을 쉬었다.

"그 집은 딸아이 명의였어. 장인, 장모와 아내의 사망 후에, 집을 아이 앞으로 했거든. 그때 정희는 뒤늦게 사정을 알고 목소리부터 달라지더군. 내가 오판한 거야. 딸아이는 어렸고, 함께 살다 보면 어떻게든 해결될 일로 생각했지. 하지만 생각과 달리, 정희는 딸아이를 적으로 봤고, 아이가 있으면 그 집은 평생 자기 집이 될 수 없다고 여긴 것 같아. 아! 나는 지금도 후회한다. 그냥 유산을 정리할 때 내 명의로 해 뒀으면 일어나지 않았을 일을 나 스스로 만들어 버린 거야. 수사관도 집의 소유권 때문에 내가 내 아이를 살해한 거라 의심했고, 판사도 내가 재산을 노렸다고 봤어. 결국 나는 죄인이 됐지."

"네 탓이 아니라, 정희가 나쁜 거야. 정희는 살 집이 아니라 소유를 원했어. 강박도 있었고… 어려서부터 남의집살이 끝에 내몰린 엄마가 주입한, 소유라는 강박."

정수는 정희가 보낸 이메일을 생각했다. 정희는 이메일에서 정수가 아버지를 닮았다고 했었다. 어쩌면 당연한 사실이고, 그건 외모만이 아닌 성격도 마찬가지였다. 편지에서 정희는 정수가 아버지처럼 훌쩍 떠나는 걸 빗대서 동굴로 숨어 들어간다고 했다. 그러고 보니 정희는 정수가 아버지를 닮았다고 비난했고,

정수는 정희가 엄마를 닮았다고 비난했다.

"우린 부모를 닮지 않던가, 아니면 다른 부모를 통해서 태어났어야 했나 봐."

"그게 사람 마음대로 되나!"

아비의 말에 한숨을 쉰 정수가 얘기를 중단했다. 아비의 고개가 끄덕이고 있었다. 아비는 몇 초 사이에 잠이 들었다. 여전히 아비는 잠을 많이 잔다. 졸음을 이겨 내지 못하고 기절하듯 잠에 든다. 정수가 몸을 흔들자, 눈을 뜬 아비는 정신을 차리기 위해 세수하러 가고 정수도 외출 준비를 한다.

휴게소에서 자판기 커피를 한 잔 마셨고, 둘은 자연스럽게 30년 전 집 짓던 이야기를 하며 다시 차에 올랐다. 둘 다 즐겁게 얘기할 수 있는 유일한 추억이었다. 고속도로에 들어선 지 채 1분도 되지 않았는데 아비가 다시 잠이 들었다. 정수는 자동차의 속도를 줄인다. 다 지난 일이고, 지금 지내는 집도 평안하다. 집에 귀신도 없고, 정수는 아비가 이제는 편하게 잠을 자도 된다고 생각했다.

병원에 약을 타러 가고 있다. 정신과 약이 아니라 신경과 약을 받기 위해 간다. 석 달 전 아비의 말투가 이상했다. 어눌하고 입 주변이 언 듯 굳어 보였다. 뇌졸중 초기 증상이었다. 바로 응급실로 달려갔고, 다행히 마비가 생기는 상황까지 가지는 않았다. 오랜 약물 사용으로 인한 부작용일 수도 있고, 가족력일 수도 있다고 했다. 아비는 약을 끊고자 했지만, 병원에 갈 때마다 의사가 약을 올렸다.

11

그것은 거대하고 압도적이었다. 예전에 선글라스가 얘기한 것처럼, 뭔가에 대한 절실한 염원이 있다면 저절로 두 손을 모으게 될 정도의 모습이었다. 한 마디로 영검스러웠다. 그렇다고 마룻대를 신이라고 부를 수는 없을 것 같았다. 마룻대가 신이라면 염원의 신일 뿐이고, 염원의 신은 바라는 게 있을 때만 필요할 뿐이다. 그런 반감 때문이었는지 모르지만, 어째서인지 윗돌을 대하는 아랫돌의 눈짓이 날카로웠다.

- 너 신이 뭔지나 알고 하는 말이냐?

아랫돌이 윗돌에 물었다. 윗돌은 의외의 태도를 보였다. 보통 때였으면, "몰라? 그게 뭔데?" 하고는 갑자기 심드렁한 태도를 보이는 게 윗돌의 전형적인 반응이었다. 그런데 그 순간은 달랐다.

- 너, 나 무시하지?

윗돌의 반응은 얼음장보다 차가웠다. 예상외의 대답이었고, 조금 흠칫했다. 아랫돌은 윗돌을 향해 되물을 수밖에 없었다.

- 갑자기 그건 뭔 소리냐?

- 너는 날 그냥 돌덩이로 보잖아.

윗돌의 표현에는 분명 뼈가 있었지만, 왠지 아랫돌은 윗돌이 재밌어서 분위기 파악을 못 한 채 농담으로 받아 버렸다.

- 우리가 돌덩이인 건 맞잖아.

- 그래, 우린 돌덩이지. 근데 나도 알 건 안다.

- 모르는 건 모르잖아.

아랫돌은 실수했다는 걸 느꼈다. 윗돌이 파르르 떨었다. 자존심을 건드린 듯했다. 아랫돌 스스로 '아차' 하고 자책할 수밖에 없었지만, 이미 늦었다.

- 또 무-시-하-는 소-리.

윗돌의 분노는 분절된 대답으로 돌아왔다.

- 그냥 맞장구친 거잖아.

아랫돌은 자신의 실수를 수습하고자 했지만, 윗돌의 화가 쉽게 가라앉지 않을 것을 알았다. 아마도 윗돌은 아랫돌이 오랫동안 자신을 무시한다고 여기는 것 같았다. 언제부터 그런 생각을 갖게 됐을까? 아니, 어쩌면 지금껏 어떤 태도도 보이지 않은 게 이상한 일이었다.

사실 그동안 아랫돌은 자신에게 일어난 일을 윗돌에 얘기한 적이 없다. 그중에 많은 일들을 윗돌도 보았을 테고, 때로는 별스러운 일이라는 생각을 했을 텐데, 단 한 번도 무슨 일이냐고 묻지 않았다. 그래서 모른 채 마음껏 행동했고, 윗돌은 아무것도 모른다고 무시했다. 그런데 그건 아랫돌만의 일방적인 생각이었나 보다. 생각해 보면, 얘기를 해도 문제가 될 건 없었다. 윗돌도 멋대로 지냈고, 뭘 합의한 건 아니었지만, 둘 간의 암묵적인 시차가 있다고 여겼다.

- 뭐가 불만인데?

- 지금 그런 태도. 신이 뭔지나 알고 얘기하냐는 둥, 저는 세상 혼자 다 아는 것처럼 굴면서 내 생각을 전하면 비웃고.

- 솔직히 비웃은 적은 없다.

- 그런 것 같지? 사실 넌 늘 나를 비웃는다. 그리고 무시하지. 증거도 있어.

윗돌은 마치 이혼을 준비한 남자처럼 준비해 둔 증거들을 풀어놓았다. 윗돌이 말한 증거들은 아랫돌의 의도와 달리 자신이 봐도 오해할 수도 있겠다는 생각이 들었다.

그것은 첫째, 첫돌과의 과거였다. 아랫돌이 직접 전하지 못한 과거 얘기를 윗돌은 이미 맷돌 공장에서부터 알고 있었다. 둘째는 그림자 남자와 있었던 일에 대한 것이었다. 그때 아랫돌은 몰랐지만, 윗돌이 보기에 그것은 격렬한 사랑을 나누는 여인 같았다. 실제로 당시 아랫돌은 한껏 달아올라 벌건 상태였고, 한참 뒤에도 열기가 남아 있을 만큼 아랫돌이 뜨거웠다고, 윗돌은 울분을 터뜨렸다.

셋째는 선글라스였다. 당시 둘의 대화 동안 윗돌은 철저하게 외면과 무시를 당했다. 아랫돌은 온통 선글라스의 얘기에 빠져서 윗돌의 눈치에도 정신 못 차리고 철저히 윗돌을 외면했다. 자괴감에 심해진 윗돌의 눈짓은 그때부터 밖으로 돌았고, 까칠해졌다. 실제로 돌 자체도 건조해졌다. 그래서인지 돌가루가 차갑게 폴폴 날리는 날이 많아졌지만, 아랫돌은 알아채지 못했다.

- 그래서 원하는 게 뭐야?

- 잠깐 시간을 갖자.

아랫돌은 기가 막혔다. 외도한 배우자 취급이었다. '늘 같이 있었으면서 다른 사물과 눈짓 좀 섞었다고 의심을 해?'라는 생각에 아랫돌도 더는 참기가 어려웠다.

- 시간을 가지면 뭐가 달라지는데? 집이라도 나갈 거야?

- 나갈 수 있다면.

- 나갈 수 있다면 나가겠다? 어떻게 나갈 건데?

- 몰라, 어쨌든 마음을 정리할 시간이 필요해.

- 얼마나?

- 정리될 때까지. 끝까지 생각해 볼 거야.

- 알았어. 정리되면 그때 다시 얘기해!

그렇게 둘의 소통은 끊어졌다. 남들에겐 원앙보다 완전한 한 쌍으로 몸을 포개고 살아온 지 4년 만의 일이었다. 결혼 생활 4년이면 이혼율도 높고, 그래서 그 전에 아이가 갖는 게 서로 책임감이 커진다는 말은 주워들었지만, 아랫돌은 그건 사람들 얘기라고 생각했었다.

'우린 결혼도 아니고, 헤어지고 싶다고 헤어질 수 있는 몸도 아니잖아! 신발짝처럼 술에 취해 밤사이 달아날 수 있는 것도 아니고, 뭘 고민하고 뭘 생각할 시간을 갖겠다는 건지 웃기지도 않는 일이다!'

아랫돌은 분을 참지 못해 윗돌이 못 보는 곳을 향해 답답한 심정을 토로했다. 그러나 이내 차분하게 생각하기 시작했다. 그러자 윗돌의 입장도 이해가 되었다. 몇 개월 늦게 세상에 나왔다고 윗돌을 어린애 취급하고, 세상 만물 통달한 듯 냉소적 태도에, 뭔가 중대한 문제에 봉착해도 아랫돌은 윗돌의 의견은 묻지도 않았다. 혼자 고민하거나 외부의 다른 사물에만 묻는 상대. 자기 외의 관계에서 몸이 달아오르는 모습까지 봤다면, 아랫돌 자신이라도 상대를 돌로 찧고 짓이겼을 터였다.

분명 자신이 잘못한 부분이 있었다. 아랫돌은 그래서 설명하고 오해를 풀고 싶지만, 자존심도 상하고, 진심으로 미안하지도 않았다. 앞으로도 그런 일은 또다시 반복될 텐데, 그때마다 윗돌에 사과할 수도 없는 일이다. 윗돌이 먼저 믿어 주지 않으면,

그때는 정말 돌이킬 수 없다. 아랫돌은 행동으로 자신이 윗돌을 무시하지 않는다는 걸 보이는 게 답이라고 생각했다. 그런데, 그 전에 아랫돌은 그래야만 하는 합당한 이유를 몰랐다. 윗돌은 자신이 선택한 짝도 아니고, 존경하는 상대도 아니다. 무언가 배울 점은, 특히 없다. 그렇다면 이런 상황은 무시하는 게 맞겠다 싶다. 그리고 아랫돌은 뭘 위해 이런 관계가 지속돼야 하는지, 그것도 고민하기 시작했다.

윗돌과의 관계가 냉전으로 치달은 것과 달리, 맷돌이 옮겨진 곳은 아랫돌의 기대 이상이었다. 이 집에는 젊은 남자가 장모님 또는 어머니라고 부르는 여자가 있었다. 그 장모가 바로 시장에서 아랫돌을 안락함에 빠져 잠들게 한 사람이었다. 이 집에서도 마찬가지였는데, 장모가 근처로 다가올 때마다 아랫돌은 기절하듯 잠이 들어 버렸다. 뭐랄까 그건, 세상 시련도 질문도 대답도 필요 없는 안정감이었고, 늦은 봄, 한낮의 평온과 한가한 기운이 몸을 휘감고 돌아서 잘 빚은 한잔 술에 취한 듯, 기분 좋게 자리에 누워 누군가의 농담에 즐거이 미소 짓다 잠드는 느낌이었다. 아랫돌은 그 이상한 기운을 저항 없이 받아들이기로 했다.

그렇게 잠이 들어 현실 저편에서 지친 마음을 풀어놓고, 어렴풋한 어딘가로 끝없이 흘러가던 아랫돌을 깨운 건, 오랜만의 본업을 위한 차가운 씻김이었다.

“동주야! 여기.”

기분 좋게 물로 씻겨 주는 손길이 끝나고, 장모가 이름을 부르자 젊은 남자 즉, 동주가 주방에 마련된 나무틀 위에 들고 온 아랫돌을 올려놓는다. 그 위에 윗돌을 중쇠에 맞춰 끼우고, 맷손을 잡고 크게 한 차례 돌린다.

“잘 돌아가는데요.”

동주의 목소리가 들렸고, 연이어 삶은 콩들이 윗돌의 입을 통해 쏟아져 들어왔다. 몽실몽실한 콩들이 가득 아랫돌에도 느껴지고, 맷손을 잡은 동주의 손이 윗돌을 다시 돌렸다.

“돌리는 방향이 맞아요? 장모님 이거 좀 봐 주세요.”

“시계 반대 방향으로 돌려야지.”

동주가 맷손 잡은 손을 바꾸고는 시계 반대 방향으로 돌린다. 아랫돌의 머리 위로 윗돌이 돌아간다. 아랫돌은 뭔가 자극이 가득 오고, 오랜만의 본업이라 기분도 좋아서 머리 위를 휙휙 돌아가는 윗돌을 바라본다. 윗돌도 기분이 좋은지 생글생글 웃고 있다. 삶은 콩이 눌리고 짓이겨지고 깨져서 갈라진 잔해 위로 다시 윗돌이 미소 지으며 짓누르고 지나간다. 갈린 콩 국물이 거품과 함께 맷돌 사이사이로 흘러나온다. 흘러나온 콩물이 바닥에 놓인 고무 대야를 채워 가고 있었다. 꽤 긴 시간이었는데 한순간 같았다.

삶은 콩을 다 갈았고, 맷돌도 깨끗하게 씻겼다. 동주가 물었다.

"맷돌이 마르면 다른 거 갈아도 되죠?"

"뭘 갈 건데?"

"커피 원두요. 맷돌로 원두 갈아서 커피 한잔해요. 장모님."

손뼉을 치며 좋아하는 장모보다 아랫돌이 더 신이 났다. 커피 원두는 늘 궁금했던 열매다. 새로운 곡물을 갈 때마다 느껴지는 기대감은 언제나 아랫돌을 기분 좋게 했다.

젖었던 맷돌이 바싹 말랐다. 아랫돌은 이미 흥분한 상태였다. 이제껏 수많은 곡물과 말린 채소를 갈았지만, 커피는 식당에서 식사 후에 자판기에서 내려 마시거나, 만물상이 일회용 비닐봉지에 든 가루를 물에 타 마시는 것만 봤다. 그런데 커피도 원래는 원두를 갈아서 가루를 만들어 마시는 거였나 보다. 동주가 원두라고 했으니, 커피도 콩의 하나라는 걸 알 수 있었다. 동주가 커피 원두를 들고 맷돌 앞에 앉았다. 그러고는 말을 걸어 왔다.

"커피는 처음이지?"

- 네.

아랫돌이 대답했다.

"맛이 쓸 거야. 괜찮아?"

- 저는 괜찮아요. 기대돼요.

아랫돌은 친절하게 마음의 준비를 시켜 주는 동주에게 자신의 솔직한 기분을 밝혔다. 그러고는 이 남자 참 친절한 사람이라 생각했다. 그런데,

- 너 뭐 하냐?

윗돌이 아랫돌에 물었다.

- 묻는 말에 대꾸하잖아.

- 그게 혼잣말이지, 우리한테 하는 말이냐? 우리와 소통이 되겠어?

아랫돌은 아차 싶었고, 잠깐 수치스러웠다. 윗돌에 바보 같은 모습을 보이고 말았다.

'그렇지, 이 남자는 생각으로 소통을 한 게 아니었지….'

남자가 너무 아무렇지 않게 말을 걸어와서 아랫돌은 그만 대답해 버리고 말았다.

"자, 자 들어간다."

새까맣게 구운 커피콩이 윗돌의 입으로 들어갔다. 후드득 쏟아진 콩들이 윗돌과 아랫돌 사이로 끼어든다. 그리고 돌아가는 돌들 사이에서 깨지고 갈려 나간다. 커피콩이 갈리면서 진한 커피 향이 거실에 퍼진다. 신맛과 쓴맛 그리고 미묘하게 느껴지는 다양한 맛이 아랫돌을 어지럽게 했다. 그때 아래층에서 젊은 여자가 올라왔다.

"뭐 해?"

시우라고 불리는 젊은 여자가 맷돌 옆을 지나 남자 옆에 서서 검은 가루를 뱉어 내는 맷돌을 내려다본다. 동주가 한 손으로 시우의 종아리를 다정하게 쓸어 주며 맷손을 돌린다.

"맷돌로 원두 갈아. 한잔하면서 분위기 좀 내자고."

시우가 버릇인지 입을 쭉 내민다.

"분위기는 무슨, 나 너무 피곤해서 잘래. 근데 갑자기 웬 맷돌?"

"원두를 맷돌에 갈면 맛이 달라."

"그래 봐야 얼마나 다르겠어."

"마셔 보면 알겠지만, 맷돌은 위아래 돌의 마찰이 없고, 열이 발생하지 않아서 원두가 산화되지 않아. 그래서 원두 본래 맛에 가깝지."

"설명만으로도 맛있겠네. 남편이 오랜만에 힘을 쓰는데, 기대해 볼까?"

시우가 침실로 들어간 뒤에도 동주는 원두를 열심히 간다. 재미 들였는지 쉬지 않고 열심히 갈다 보니 한 봉지를 다 갈아 버렸다.

"뭐야, 그걸 다 갈았어?"

옷을 갈아입고 나온 시우가 놀라 묻는다.

"이런, 다 갈아 버렸네?"

시우가 남자의 머리를 흩트리며 말한다.

"서방님, 조금 전에 산화가 어쩌고 하시지 않으셨나요? 그런데 원두를 다 갈아 놓으면 향이 달아나는 건 생각 안 하셨나 봐요."

"하하, 부인. 그게… 갈다 보니 재밌어서."

"뒷정리가 귀찮아서 한 번에 다 갈아 버리신 게 아니시고요?"

못 들은 척 말없이 맷돌을 정리하기 시작하는 동주였다.

잠시 후, 2층 거실 탁자 앞에 둘러앉은 세 사람. 시우 부부와 장모가 커피 잔을 앞에 두고 있다. 동주가 물었다.

"어때요?"

"맛있다. 어제 원두하고 다른 거야?"

장모가 한 모금 마신 뒤 원두에 관해 묻는다.

"같은 원둔데 맷돌로 갈아서 탄 맛은 적고, 캐러멜 향이 많이 올라오는 것 같죠?"

동주의 얼굴을 바라보며 얘기를 듣던 시우도 빙글거리며 말했다.

"그렇게까지 전문적인 맛인지는 모르겠지만… 맛있네."

"맛있지! 앞으로는 맷돌 원두커피만 마시게 해 줄게."

시우가 신이 난 남편을 보며 재밌어한다.

그날 저녁이었다. 가족들이 저녁을 먹기 위해 모여 앉았다. 방금 삶아 찬물에 씻어 낸 국수에, 냉장고에서 꺼낸 맷돌로 갈아 낸 신선한 콩물을 가득 부은 그릇이 네 식구 앞에 놓여 있다.

"잠깐, 모두 알지? 시장의 맷돌 콩국수."

장모가 모두에게 묻는다. 하지만 그건 질문이 아니라 지금은 폐업한 시장의 맷돌 콩국수를 상기시키기 위한 말이었다.

"모르는 사람이 어딨어? 문 닫기 전에 얼마나 같이 갔는데."

장인의 대답 또한 마찬가지다. 그들에게 시장의 맷돌 콩국수는 연례행사였다. 한여름을 맞이하는 의식 같은 음식이었다.

"맞아, 엄마. 난 그 집 문 닫은 이후에 콩국수가 처음이야."

뺄쭘하게 동주도 한마디 했다.

"뭐, 저도 시우한테 끌려서 많이 갔죠. 난 냉면판데."

시우는 남편에게 머리를 기대며 놀리듯 코를 찡긋했고, 소녀처럼 손을 모은 장모는 중대 발표를 하듯 뜸을 들이다 입을 뗀다.

"자, 놀라지 말고 들어. 지금 먹는 이 콩물을 만든 맷돌이 시장 맷돌 콩국수 집에서 쓰던 바로 그 맷돌이라고."

"정말?"

시우는 반가운 얼굴을 했지만, 장인은 믿을 수 없다는 듯한 표정이다.

"진짜? 그걸 어떻게 확신해?"

"시장 만물상 만석이 아버지가 보증했다니까."

"그래? 만석이 아버지가 당신한테 가짜를 팔지는 않았겠지. 반갑네. 옛 맛이 나려나?"

시우 아버지는 콩국에 설탕을 뿌렸고 그와 반대로 시우와 엄마는 소금을 친다.

"너는 또 고민이야?"

설탕과 소금 앞에서 선뜻 손을 뻗지 못하는 남편에게 시우가 말했다.

"남편한테 너가 뭐니?"

소금과 설탕을 동주 앞에 끌어다 놓고는, 어머니의 가르침에 바로 말을 높여 시우가 말했다.

"서방님, 뭐든 쳐 드시지요."

장모가 시우를 보며 눈을 흘기는 사이, 동주는 여전히 뭘 칠지 고민한다. 그러거나 말거나 이미 한입 먹은 장인은 맛있다고 한마디 했고, 시우도 동주는 계속 고민하라고 두고 젓가락으로 먹기 좋게 국수를 말아서는 입으로 가져갔다. 그때,

"욱!"

드라마 같은 장면이었다. 시우가 입덧을 시작했고, 결국 그날 젊은 부부는 끝내 콩국수를 먹지 못했다. 시우는 제철 과일을 뺀 과일 이름들을 말했고, 이제 미래의 아비가 되는 동주는 과일을 사러 동분서주했다.

그날 저녁, 시우 아버지는 식사 후에 남몰래 약국을 찾아야 했다. 딸과 사위가 입도 대지 않고 남긴 콩국수를 해치우느라 과식한 탓이었다. 약을 먹어도 호전되지 않고 조금 토하기까지 했다. 딸 대신 입덧해 주는 아버지라고 시우가 감동의 눈물을 쏟았지만, 과식 탓이라는 걸 알고 아버지의 등을 몇 차례 세게 두들겼고 그 덕에 막혔던 속이 쑥 내려갔다.

아이는 그날로부터 7개월하고 며칠 뒤 예정된 날에 정확하

게 태어났다. 아이의 얼굴을 보는 건 쉬운 일이 아니었다. 거실에 돌아다니는 소문으로는 아주 조그만 여자 아기라고 했다. 아랫돌이 아이를 자세히 본 건 기어다닐 때부터였다. 사람의 아이는 꼼지락거리기는 했지만, 혼자서는 아무것도 하지 못했다. 사물 같았다. 하지만 사물과 달리 곧 거실 바닥을 기어다녔고, 걷고, 뛰었다. 처음엔 말을 안 하고 과묵하더니, 말이 늦게 터진 후에는 이것저것 참견하고, 위아래로 바삐 다니며 사물의 이름을 새롭게 짓고 뒤죽박죽 부르며 돌아다녔다. 새로 지은 사물의 이름은 대부분 글자를 반복하는 수준이었는데, 맷돌을 '돌돌'로 불렀다. 돌이 발음하기가 편해서 그렇게 부르는 것 같았다. 거실에 있던 선풍기에는 얼굴을 들이밀고 바람을 불며 '푸푸' 했다. 애착하는 쿠션은 아마도 누우라는 말을 많이 들어서인지 언제부터인지 '누누'라 불렀는데 잠이 올 때마다 서럽게 울면서 찾았다.

푸푸는 어느 여름, 아이가 넘어트려서 날개가 한 번에 전부 부러졌다. 아이가 태어난 이후 모두에게 동주보다 아비라 불리는 아이 아빠는 선풍기를 들고 서비스 센터에 들어갔지만, 선풍기는 끝내 사망선고를 받았다. 모터가 깨졌고, 부품을 가는 비용이 교체 비용과 별 차이 없자, 아비는 푸푸와 같은 모델인 새 선풍기를 들고 돌아왔다. 상자 안에 들어 있던 새 제품을 꺼내 놓았을 때, 아이는 반갑게 걸어와 선풍기를 만지며 "푸푸"라고 말했다. 그때 아랫돌은 충격을 받았다. 사물은 언제든 대체될 수 있고, 대체돼도 사람에게는 별 의미 없는 일이었다. 그것을 알게 되자 아이가 부르는 돌돌이라는 이름이, 그것이 주던 다정함이 사라졌고, 그냥 물건이 된 느낌만 남았다. 아이의 잘못은 아니지만, 아이에 대한 친근감도 약해졌다. 그리고 그 여파는 저택의 가족에 대한 거리감도 느끼게 했다. 그날 이후 아랫돌은 장모가 다가와도 점차 잠들지 않게 되었다.

아랫돌은 이후 몇 년 동안 주변의 모든 사물과 일정한 거리를 두고 지냈다. 윗돌과의 관계도 맷돌을 갈 때를 빼면 소통이 없었다. 맷돌을 갈 때는 일시적인 쾌락을 함께 했지만, 일 마치고 씻고 나면 언제 그랬냐는 듯이 서로 돌 보듯 지냈다.

아이는 어느새 다섯 살이 되었고, 아이의 엄마인 시우는 대학병원의 전임의가 되어 있었다. 그 차이는 컸다. 불과 1년 전 병원에서 집으로 아이를 보러 오는 전공의에서, 집에서 병원에 다녀오는 전임의는 가족의 일상도 바꿨다. 시우는 그 변화를 '인간의 삶'에 가까워졌다고 말했다. 아이의 성장도 변화가 있었다. 아이는 유치원을 다녔고, 아비의 일상도 달라졌다.

아비는 건축사였지만 목표가 있었다. 졸업반이던 해에 아이가 태어났고, 육아와 취업 준비를 함께 하느라 목표 달성에 급급했었다. 졸업 후 입사한 회사에서는 업무를 따라가기에도 바빴다. 희망 부서는 건축설계였지만, 회사에서는 건축시공 부서의 일원이었다. 부서 이동을 여러 차례 요청했지만, 한 번 정해진 부서를 바꾸는 건 쉽지 않았다. 그러다 시우가 전임의가 되었고 전공의 시절보다 시간, 돈에 여유가 생겼다. 아비는 시우와 상의 끝에 규모는 작지만, 건축설계를 전문으로 하는 회사로 이직했다. 이직하자마자 지역의 새로운 박물관 건립을 위한 건축설계 공모전을 준비하는 프로젝트팀의 일원이 되었다. 그러나 아비는 프로젝트를 끝마치지 못했다.

어느 주말 오후, 모두에게 상처로 남은 사고가 일어났다. 장인, 장모와 시우가 친가의 장례식에 간 날이었다. 저택에는 감기에 걸린 아이와 회사 일로 밤을 새우고 돌아온 아비가 남아 있었다. 세 사람이 집을 나선 지 세 시간쯤 뒤 연락이 있었다.

아비는 전화를 끊고 아이를 안고 뛰쳐나갔다. 저택은 비어 있었다. 며칠 뒤, 아비만 돌아왔다. 그날부터, 사물들은 아비가 미쳤다고 생각했다. 아비는 하루 종일 술을 마셨고, 울고, 소리를 질렀다. 아무 바닥에나 쓰러져 뒹굴다 잠들었다. 어느 날은 한동안 맷돌을 보며 눈물을 흘렸는데, 아랫돌은 그 이유가 궁금했다. 날이 많이 지나고, 다른 가족이 돌아오지 않은 지 한 달여가 지났다.

아이가 돌아왔다. 집에 들어선 아이는 여지없이 엄마를 찾으며 울었고, 누누를 안겨 주며 밤새 달래던 아비는 다음 날이면 아이를 데리고 집을 나갔다. 그런 날들이 반복됐다. 집에 돌아온 아이는 점차 우는 일이 줄어들었지만, 아비는 여전했다. 그날도 아이를 재우고 술을 마신 아비는 거실을 굴러다니다 맷돌 앞에 멈췄다. 몸을 일으켜 무릎을 꿇은 아비는 긴 시간 맷돌을 보다가 울먹이며 말했다.

"널 보면 장인 생각이 나서 더는 안 되겠다."

아비는 비틀대며 맷돌을 반지하 창고로 옮겼다. 아랫돌에는 두 번째 창고 유배 생활의 시작이었다. 유배는 싫다고, 차라리 사약을 내려 달라고 했지만, 아비는 맷돌을 쳐다보지도 않았다. 아랫돌의 하소연을 들었더라도 아비는 맷돌을 외면할 태세였다.

- 무정한 인간아!

창고를 나가는 아비의 뒷모습을 향해 윗돌이 욕할 땐 아랫돌도 속이 다 시원했다. 아비, 하면 연상되는 커피 냄새도 앞으로 싫어질 것만 같았다.

그날 이후, 많은 물건이 창고로 옮겨진다. 대부분 장인과 장모가 쓰던 물건이었다. 아내 시우의 물건들은 여전히 자기 자리에서 버티고 있는 것 같았다.

12

반지하 쪽창은 그마저도 벽돌 같은 유리블록이라 낮 동안 빛이 약하고, 지상과 단절돼 창고로 들어오는 소리도 희미했다. 아주 소란스럽다 해야 들릴 정도, 그렇게 저택의 모든 정보가 차단됐다. 게다가 이제는 집에 돌아다니는 사람이 없었다.

좁고 어두운 곳이 싫었던 아랫돌은 서글픈 생각이 들었지만, 기대하지 못했던 일이 아랫돌을 기다리고 있었다. 어두운 반지하 창고 한쪽 구석에 범상치 않은 사물이 자리를 잡고 앉아 아랫돌을 맞이했다.

처음 어둠에 익숙해지느라 아랫돌은 오랫동안 창고에 뭐가 있는지 알 수 없었다. 그러나 점차 어둠에 익숙해지자 보이는 대부분의 사물이 과거의 영광으로부터 추락한 모습을 하고 있었다. 지하의 습기 탓인지 축 처진 모습들. 뭔가 더 짙고, 더 무거워 보이는 먼지를 뒤집어쓰고 있었다. 그렇게 퇴락한 많은 사물 가운데, 기운이 다른 모습이 뒷줄에 보였다. 얼마 전까지 누군가 닦은 듯이 반짝이고, 영묘한 자태를 지닌 사물, 그것은 크고 오래된 소금 항아리였다.

항아리는 굵은 목재 계단과 기둥의 엇갈림 속에 우연히 만들어진, 조그만 박공지붕 아래 서 있었다. 박공지붕의 형태 때문인지, 항아리는 흡사 보호받는 전시물 같았다. 불이 켜진 뒤에 보면, 전등이 뒤에서 비추어져 후광 효과로 마치 거룩한 성자처럼 보였는데, 아랫돌은 터무니없는 생각을 했다. 만약 집이 무너지는 일이 생겨도 저 항아리만은 단단해 보이는 박공지붕이 당연히 지켜 낼 거라는 생각이었다. 그래서인지 아랫돌은 '저 소금을 가득 담은 항아리가 사실 저택의 진정한 주인인가?' 하는 생각이 들 정도였다.

- 어찌 아직 쓸 만한 맷돌이 이곳까지 내려왔는가?

항아리는 오랜만에 새로운 사물이 반가운지 눈짓을 건네 왔다. 윗돌이 여전히 풀리지 않은 마음에 발끈하며 대꾸했다.

- 아비가 또 변덕을 부리는 거지 뭐겠습니까?

소금 항아리는 아비가 낯선 듯 물었다.

- 아비라는 사람은 변덕이 심한가?

- 말도 마세요. 맨날 여자들한테 혼나고, 우리 같은 사물에 뒷담화합니다.

- 그 아비라는 자가 2층의 젊은 남자를 말하는 건가? 사물에 말을 거는 사람.

- 네! 우리 말도 모르면서….

단단히 삐친 윗돌은 소통도 못 하면서 말을 거는 아비에게 부정적이었지만, 아랫돌은 생각이 달랐다.

- 그래도 나는 그렇게 말 걸어 주는 건 좋았다.

아랫돌의 말에 항아리는 동의하며 말을 이어갔다.

- 그래, 사람이 말 걸어 주면 기분 좋지. 나도 말 걸어 주던 주인이 있어, 많은 것을 듣고 배웠다. 그분은 항상 내 앞에서 책을 읽었고, 덕분에 나는 좋은 이야기들을 많이 알게 되었지.

항아리는 들었던 모든 얘기를 항아리 안에 담아 두고 있다고 했다. 그는 한때 어느 가난한 신학도의 목소리로 읽은 성경과 불경, 동서양의 고전도 많이 알고 있었다. 신학도는 가난해서 가족들이 단칸방에서 잠을 잘 때 부엌에 불을 켜고 항아리 옆에 앉아 책을 읽었다. 늘 항아리가 들을 수 있게 소리 내 읽었다. 물론 신학도가 항아리 들으라고 소리 높여 책을 읽은 건 아니지만, 그의 소리 내어 읽는 습관 덕에 항아리는 그 모든 이야기를 항아리 안에 담을 수 있었다.

- 그분이 나의 스승이었지. 그분이 책을 읽어 주실 때마다 나는 매번 조금씩 성장하는 기분이 들었다. 지금 이 집의 여주인이 그분의 손녀시지.

가난한 신학도는 장모의 할아버지였다. 아랫돌은 장모가 그렇게 온화한 성품과 따뜻함을 지닌 건 사물에도 글을 읽어 주던 할아버지 덕분이라고 생각했다. 하지만 항아리는 아직 모르고 있었다. 장모와 가족의 사망 소식. 사고 후 반지하 창고에 들어선 사물은 맷돌이 처음이었고, 밖의 일들은 여전히 반지하에 제대로 전해지지 않았다. 아비가 밤마다 울고불고 난리를 쳤지만, 늘 2층에서 있었던 일이고 반지하까지 전달되지는 않았던가 보다.

- 여주인은 잘 계시지? 지금쯤 소금을 가지러 오실 때가 됐는데?

아랫돌은 망설였다. 충격이 클 것 같았다. 그때, 윗돌이 나섰다.

- 여주인이 돌아가신 지 좀 됐죠. 일가족이 다 같이, 차 사고 맞지?

윗돌은 건조한 투로 소식을 전했다. 끝에 아랫돌의 동의를 구한 건 몰라서 묻는 게 아니었다. 순식간에 바뀐 항아리의 분위기가 심상치 않았기 때문이었다. 항아리는 놀란 나머지, 아랫돌이 미처 대답하기도 전에 먼저 물었다.

- 사실이냐? 여주인이 돌아가신 게, 사실이야?

아랫돌은 얼굴들이 떠올라 잠시 머뭇댔지만, 결국 사실을 알렸다.

- 아이와 아비만 남기고 모두 돌아가셨어요.

그때의 소금 항아리의 모습은, 고개를 쳐들고 입을 크게 벌려 허공을 향해 소리를 내지르는 것만 같았다. 아랫돌이 보기에 그것은 들리지 않았을 뿐, 절규와도 같았다. 한참을 그렇게 있던 항아리는 긴 한탄을 했다.

- 그랬구나…. 그래서 집이 그렇게도 조용했구나. 그래서 밤마다 집이 어두웠구나, 아! 그분이 그렇게 가시면 안 되는 분인데.

장모의 사망 소식을 전해 들은 항아리는 깊은 탄식을 다시 하고는 침묵했다. 그렇게 밤새 편하지 않은 밤을 보내는 듯싶었다. 지켜보던 아랫돌까지 불안해서 항아리를 주시하고 있었다. 하룻밤이 지났다. 지하창고의 창에 희미한 빛이라도 들자, 항아리는 뭔가를 되뇌듯 빛을 사방으로 보냈다.

- 그것도 하늘의 일이니 어쩔 수가 없구나.

항아리는 그렇게 결론 냈지만, 안타까움이 묻어나 있었다. 왜 그런지 모르지만, 장모의 집안사람들은 명이 길지 못했다. 신학도였고 후에 종교학자가 된 장모의 할아버지도 그리고 장모의 부모도 환갑을 겨우 넘겼다. 항아리는 그분들이 선한 영혼들이니 좋은 곳에 먼저 가셨다고 생각할 뿐이다. 다만 오히려 걱정되는 건 남은 자였다. 항아리는 아비가 겪어야 할 시련의 시간이 길지 않기를 바랐다.

윗돌이 깊게 잠이 든 새벽이었다. 밤새 궁리 중이던 아랫돌은 항아리의 때늦은 얘기에 반응했다.

- 무엇이 하늘의 일이라는 건가요?

- 생명이 태어나고, 죽는 것이 그렇다는 것이다.

항아리는 멀뚱히 자신을 바라보는 아랫돌의 시선을 향해 다시 눈짓해 주었다.

- 생과 사는 그 자체로 자연의 법칙이고, 누구의 능력으로도 바꿀 수 없으니, 하늘의 일이라 하는 것이다.

- 생명이 태어나고 죽는 게 하늘의 일이면, 생명이 아닌 사물은 어떻습니까?

- 사물은 생성되고 소멸한다. 하지만 그것은 종의 탄생에 따라 방법의 차이를 갖고, 또 표현이 다를 뿐, 본질은 다르지 않다. 어차피 우리는 모두 누군가의 창조물이라는 점에서 같지.

아랫돌은 오래전부터 가져온 문제의식이 있었다. 자신은 돌덩이일 뿐이고, 맷돌인 자신이 할 수 있는 일이란 오직 맷돌질뿐이다. 그런 단순한 일을 하는 사물의 삶은 사람의 삶과 의미부터 달랐다. 그래서 다시 질문을 했다.

- 사물은 생명도 아닌데 삶이 의미가 있나요?

- 사물의 삶도 생명의 삶과 같다. 그것은 의미의 유무 이전에 의무다. 내가 원해서 태어난 게 아니라는 말로 회피하려는 태도는 불필요하다. 의지 자체가 도덕 체계인 신을 제외한, 이성이나 의식이 있어 자신을 인식할 수 있는 존재는 의무로서 삶에

참여해야 한다.

- 하지만 사물로서 사는 게 너무 고통스럽습니다.

- 너의 고통은 마음의 고통을 말하는 것인데, 그것이 육체의 고통보다 절대 하찮지 않다. 마음의 고통으로 삶을 포기하는 자가 얼마나 많던가. 하지만 마음과 육체의 고통을 스스로 이겨내야 한다고 할 수밖에 없다. 극복해야 하는 필연성이다. 왜냐하면 누구도 대신 이겨 줄 수 없기 때문이다. 마음과 감각을 다스려 평정심을 갖고, 피하지 말고 고통과 맞서 싸워야 한다. 삶은 의무이기 때문이다.

- 어떤 맷돌이 죽으면서 인간 앞에서 한 말이 있습니다. 죽으면서 "배 째라, 더러운 세상!"이라고 외쳤습니다. 세상은 정말 더러운 곳인가요?

아랫돌의 질문은 지하창고 모두의 관심을 끌었다. 여기저기서 구시렁대는 소리가 들렸다.

- 첫, 뭐, 짼 배도 없는 맷돌이 그런 얘길 했다고? 벌 받을….

- 세상 지저분한 뒷구멍을 다 본 인간이나 하는 소리를 사물이 했어?

- 아, 뭐, 고생만 시키고 사물을 천대하는 인간을 만나면 아무리 돌이라도 뱉을 수 있는 말 아닌가!

아랫돌은 그 말이 그렇게 사물들의 주의를 끌 줄은 몰라서 조금 당황했다. 오래전 첫돌이 두 조각나면서 했다는 그 말은, 참과 거짓을 떠나서 늘 아랫돌이 짚고 넘어가야 할 문제라고 생각했다. 그래서 세상이 더러운 곳인가 하는 문제는 자기에게 스승이 생기면 꼭 묻고 싶은 말이자 질문이었다. 그런데 보통 때는 주변의 소통에 무관심한 사물들이 불쾌해하고 한마디씩 할 줄은 몰랐다. 게다가 항아리도 그 말의 진의를 물었다.

- 사물이 그 말을 하고 죽었다고? 그 말을 직접 들었느냐, 전해 들었느냐?

- 인간을 통해 전해 들었습니다.

- 인간을 통해 들었다? 아까는 사물이 한 말이라고 하지 않았느냐?

아랫돌이 당황해서는 더듬대며 그때의 얘기를 했다. 얘기하는 동안 윗돌이 신경 쓰였지만, 이미 윗돌도 첫돌을 알고 있고, 딱히 숨길 내용도 아니었다. 아랫돌은 첫돌이 죽을 때의 얘기, 석공이 주변 사람들에게 한 말, 사람들의 반응을 설명했다.

- 그렇구나… 결국 그 말은 석공이 만들어 낸 말로 들리는구나. 석공이 첫돌의 말을 들었을 수도 있으나, 그랬다면 석공이 사물과 소통할 수 있다는 것인데… 그런 능력자로 보이진 않는다. 내 생각으로는 석공이 당시 상황에 자기 생각을 투영해 첫돌의 말로 바꿔 얘기한 걸로 보인다. 인간은 그렇게 말하는 법을 의인화라고 하는데, 재미를 위해 말을 지어낼 때 많이 쓰는 방식이다.

소란스러운 분위기와 얘기는 그렇게 끝이 났다. 아랫돌은 자신이 듣고 싶은 건 누가 했냐가 아닌데, 모두가 첫돌의 말이냐에 초점을 맞췄고 첫돌의 말이 아닌 것으로 결론이 나자, 모두의 관심은 끝나 버렸다. 항아리도 침묵하고 있다. 마치 인간의 말을 사물의 말인 것처럼 한 얘기는 잘못이라는 듯이 질책하는 듯한 표정으로 아랫돌을 외면하고 있었다. 아니, 외면한다고 생각했다. 그런데 머릿속을 울리는 한마디가 있었다.

- 실망했느냐?

- 네? 누구?

- 앞을 보거라.

아랫돌이 앞을 보았다. 항아리는 여전히 아랫돌을 외면한 채 침묵하고 있었다.

- 네가 묻고 싶은 건 세상이 더러운 곳인가인데, 모두 누가 한 말이냐에만 관심을 두어서 실망이지?

- 항아리 님?

- 그래, 너에게 생각으로 소통할 능력이 있는 건 알고 있었지만, 이렇게 빠르게 소통하게 될 줄을 몰랐구나.

- 항아리 님도 같은 능력이 있으셨네요?

- 그래, 한 100년 이상 살고 보니 어느 날 남의 생각도 들리더구나. 넌 얼마 살지도 않았는데 남의 생각을 듣고 소통하니, 대단한 일이다.

- 아닙니다. 제가 스스로 알아서 하는 게 아닌걸요.

아랫돌이 겸손한 태도를 보이자, 항아리는 더욱 다정하게 묻는다.

- 아까는 서운했느냐?

- 아닙니다.

- 모두에게 몰리는 기분이 들었을 것인데…. 사실 사물들의 그런 반응에는 다 이유가 있다.

아랫돌이 생각을 한 곳으로 모으고 항아리의 이야기에 집중한다.

- 사물의 율법을 알고 있느냐?

- 사물은 인간의 의지에 관여하지 않는다. 사물은 자신의 의지를 인간 세상에 표출하지 않는다.

- 그렇지. 첫돌이 했다는 "빼 째라"는 말. 더러운 세상이라는 말을 첫돌이 직접 했다면, 그것은 첫돌의 의지가 들어간 말이다. 게다가 그 말을 인간에게 직접 한 것이라 했으니 율법을 어긴 게 되었고, 그래서 사물들이 발끈했겠지. 사물이 인간에게 의지를 표출한 상황이니까. 사물들은 보수적이라 율법을 어기는 사물을 좋아하지 않고, 벌 받는 사물을 동정하지 않는다.

- 그럼, 항아리 님은 저를 돕기 위해 그 말이 석공의 말이라고 주장한 거네요.

- 어차피 다른 사물들도 그렇게 생각했을 터이지만, 일부 근

본주의자들은 일부러 상황을 꼬아서 이상한 방향으로 끌고 가고 싶었을 수도 있지. 그렇다고 어차피 죽은 맷돌을 이제 와서 어쩌겠느냐.

- 근본주의자요?

- 교리에 충실한 자들이지. 그건 그렇고, 세상이 더러운 것이냐고 물었느냐?

- 그것이… 네.

- 그래, 세상은 어떤 눈으로 보느냐에 따라 달리 보이니, 더러운 세상으로 보이는 사람에게는 더러운 세상도 맞다. 그런데 너는 세상이 더러워도 괜찮겠느냐? 네가 살아가야 하는 세상이고, 모두가 살아가는 세상인데 그냥 더럽다, 부조리하다, 정의롭지 못하다고 규정하면 만족할 수 있느냐?

- 그건 아닌 것만 같습니다. 그런 세상이라면 삶이 의무라는 게 벌 같습니다.

- 그래, 좋은 표현이다. 삶이 의무인데 벌 받는 것과 같으면 안 되겠지.

아랫돌은 대답은 그렇게 했지만, 그렇다고 해서 세상이 나쁘지 않다고 확신하는 건 아니다. 그런 아랫돌의 생각을 읽었는지 항아리의 얘기는 계속된다.

- 세상은 다 좋은 것이다. 다 좋지 않으면 신이 세상을 만들 이유가 없다. 왜냐하면, 세상에는 낮과 밤이 있으니 좋고, 땅과

바다에 경계가 있으니 좋고, 식물과 동물 그리고 인간이 있으니 좋다. 이것들이 다 섞여 살고 있으니 다 좋은 것이다. 그런데 모두가 관계를 맺고 살다 보니 그 사이에서 문제가 생겨난다. 더럽고 깨끗한 것의 문제, 선과 악의 문제, 법과 무법의 문제 등이 생긴다. 그럴 때는 다 싫은 세상처럼 느껴지겠지. 벌 받는 것만 같고, 지옥과 같을 때도 있다. 하지만 그런 괴로움은 한순간, 더러움도 한순간이다.

- 평생을 고통 속에 사는 사람이나 사물도 있잖아요. 그런 존재에게도 괴로움이, 더러움이 한순간이라고 할 수는 없지 않을까요?

아랫돌은 이해가 가지 않았다. 그래서 반발하는 태도로 물었다.

- 그래, 세상에는 그런 사람도 있고, 사물도 있다. 날 때 가진 병으로 평생 고통을 받는 사람도 있고, 항상 무언가 부족한 것에 집착하다 병든 사람도 있다. 범죄에 의해 죽거나 다치고, 피해를 보는 사람도 많다. 사물 역시 만들어질 때부터 고통스러운 일에서 벗어나지 못하고 일생을 중노동에 시달리는 사물도 있지. 자, 그런 사람들이 세상에 분명하게 있다고 해서 세상은 더러운 것이냐?

- 그렇지는 않습니다. 그렇지만 다 좋아도, 모두가 좋은 건 아닌 것 같습니다.

- 네가 뭘 생각하는지 충분히 안다. 자, 아까 얘기한 것처럼

사는 게 힘든 사람들, 시달리는 사물은 그럼, 평생 불행한 사람, 평생 불쌍한 사물일까? 그들에게도 작은 행복은 없을까? 평생 더러움만 있을까?

- 그렇지 않을까요?

- 나도 모르겠다. 그들이 어떤 생각으로 사는지 물어보지 못했다. 듣지 못했다. 하지만 내가 경험하기로, 나는 매일 몸뚱어리 전체를 쓰라리게 절여 오는 소금이 주는 고통과 지독하게 올라오는 짠 내로 속을 채우고도 지금, 이 순간이 좋다. 희미한 빛 속에서도 이야기할 수 있어 좋고, 어둠이 오면 휴식할 수 있어 좋다. 저 밖이 지금 보이지 않지만, 언젠가 세상을 다시 볼 수 있다는 희망이 있어 좋다. 무엇보다 너와 소통하는 게 좋다. 끊임없는 고통 속이지만, 그럼에도 내 세상은 좋다.

아랫돌은 뭔가 알 것 같지만 명확하지는 않았다. 하지만 이해되는 것도 있었다. 내 세상도 힘들지만, 벅차지만 그래도 좋은 게 있었다. 그래서 더럽지만은 않다고 생각했다.

- 그런데, 그는 어떤 사람이었나?

아랫돌은 뭘 묻는지 몰라 항아리를 살핀다. 항아리는 처음 그 무거운 침묵의 모습으로 여전히 표정 관리를 하고 있었다.

'다 좋다면서 표정은 왜 어두운 건데?'

아랫돌은 그런 생각을 하며 항아리에 물었다.

- 누구를 말하는 것인지?

- 석공.

- 석공은 왜요? 그저 평범한 노인이었습니다.

- 너는 네가 그런 능력을 어떻게 가지게 됐는지 생각해 본 적이 없느냐? 누가 능력을 주었는지 궁금했다면 당연히 석공을 먼저 생각했을 터인데.

석공 노인. 그는 누구였을까? 그저 늘 돌가루로 얼굴 주름을 메운 채, 탈모로 가라앉은 정수리며 어깨며 몸의 어디 넓은 공간마다 먼지를 뒤집어쓴 모습. 갑자기 궁금해졌다. 하지만 이제는 알 방법이 없었다.

어느 날, 아랫돌은 생각 중에 불만이 생겨 화가 났지만, 스승으로 인정한 항아리에게 정중하게 물었다.

- 스승님, 늘 궁금한 것이 있었습니다. 인간은 왜 우리와 다른 대우를 받습니까?

- 신이 인간을 만들고 그들에게 만물의 영장이라는 지위를 주었기 때문이지.

- 그건 알지만 말입니다….

- 자연과 인간은 신이 창조했지만, 사물은 필요에 따라 인간의 손으로 만들어진다. 아랫돌, 너는 누가 만들었느냐? 본 항아리는 누가 만들었느냐? 인간이다. 세상 만물이 신의 창조물이라지만 사물은 인간의 손을 빌렸으니, 신이 인간을 아끼는 건

어쩔 수 없구나. 그들이 권위를 받고, 그에 대한 권능을 누리는 것은 마땅하다.

- 신은 언제나 옳은 것입니까?

- 창조자에 관한 옳고 그름의 판단은 인간이나 사물의 도덕 체계로 따질 수 없다. 그리고 신은 더 이상 옳고 그름을 선택하지 않는다. 모든 건 이미 예정되었기 때문이다. 신의 독생자가 메시아가 되어 모든 죄에 대해 대신 속죄한 것도, 이후 수많은 순교자가 걸었던 고난의 길도 예정된 일이었다. 그들이 그 길을 의심하고 머뭇댔다면, 그들은 이름 없이 사막의 모래 속에서 흩어졌겠지.

- 모든 게 예정된 일이라면 신의 곁으로 가는 정답도 정해져 있겠네요. 정답은 무엇입니까?

- 정답을 알려 주면 너는 정답대로 할 수 있겠느냐? 수천 년 정답은 하나였고, 모두에게 알려졌다. 하지만 알려진 대로 행한 자들 보다, 하지 않는 자가 더 많다.

- 그것이 무엇입니까?

- 믿어라!

아랫돌은 이해하지 못한 듯 대꾸하지 못했다. 그러자 항아리가 설명했다.

- 믿어라, 그 한마디에는 경전에 쓰인 모든 뜻이 들어있다. 창조에 대한 설명이, 계명의 율법이, 실천에 대한 행동이, 구원

과 이후의 계시까지 모두 있다. 그런데 의심하는 자들은 여전히 묻는다. 정답이 무엇이냐고, 방법이 무엇이냐고. 자, 이제 너는 알려 준 대로 하면 된다. 할 수 있겠느냐?

- 모르겠습니다. 이상하게 궁금해서 물어야 할 것만 많아집니다.

- 그래서 신은 정답을 말하는 자가 아니라, 질문을 듣는 자라고 하는 것이고, 그 말은 옳은 듯하구나.

- 아까 전해 주신 말씀 중에 메시아가 대신한 속죄와 구원에 대한 것인데요, 2,000년 전 그가 유일한 메시아인가요?

- 그분이 유일한 건 맞지만, 메시아가 유일한 적은 없었다. 어느 시대에나 구원자가 필요하고 필요한 때에, 필요한 곳에, 필요한 메시아는 늘 있었다.

- 그렇다면 왜 우리는 메시아를 만나지 못했을까요?

- 왜냐하면 우리가 원하는 모습으로 메시아가 오지 않기 때문이지. 걸인이라서, 장애가 있어서, 피부색이 달라서 메시아는 부정당했을 것이다. 부정하면 진실이 거짓이 되고, 방심하면 거짓이 진실도 된다. 이미 만났어도 지나쳤고, 보았어도 고개 돌렸을지 모른다. 너는 어떤 모습의 메시아를 생각하고 있느냐?

순간 아랫돌은 금빛 맷손을 짚고, 하얀 비단 망토를 걸친, 보석처럼 반짝이는 맷돌을 생각했다. 그러자 아랫돌의 생각을 본 것처럼 항아리가 말했다.

- 그는 화려한 모습으로 오는 자가 아니다. 너와 같은 맷돌의 모습이라도, 보석 박힌 돌도 금테 두른 돌도 아니다. 우리가 가장 하찮게 여길 수 있는 모습이다. 왜냐하면 그는 우리를 부자로 만들기 위해 오는 게 아니기 때문이다. 우리의 아픔을 위로하고, 우리에게 믿음을 전하기 위해 온다.

항아리의 얘기를 듣자 아랫돌은 생각이 많아졌다.

어둠이 길어도 시간은 간다. 지하창고에도 많은 시간이 지나갔다. 소금 항아리는 맷돌 앞에서 자신이 듣고 기억하는 이야기들을 들은 그대로 외워 주었다. 윗돌은 항아리가 이야기를 들려줄 때는 듣는 둥 마는 둥 졸 때가 많고, 언제나 바깥의 정보에 귀를 더 기울였다. 반대로 아랫돌은 항아리의 가르침에 집중했고 밤새워 되새겼다.

- 지난번 읽어 주신 시에서 '너는 내 아들이라 오늘날 내가 너를 낳았도다'라는 구절은 아버지의 왕권과 심판의 권세를 그 아들에게 주셨다는 의미로 풀어 주셨습니다. 그렇다면 아버지의 자식만이 메시아가 될 수 있는 것 아닌가요?

- 우리는 신의 자식이 아닌가? 인간은 물론이고, 사물이 신의 자손이 아니라고 부정한 적은 없다. 우리는 모두 신의 자손이다.

- 그럼, 누구나 메시아가 될 수 있는 것인가요?

- 물론 아니다. 신의 자손이라고 해서 아무나 메시아라고 해

서도, 불러서도 안 된다. 가장 경계해야 할 것이, 자신을 신의 아들이라 말하며 메시아라고 스스로 나서는 자이다. 혈통의 문제가 아니다. 진정한 메시아는 대중이 그를 메시아로 인정하든, 모르고 지나치든, 자신의 할 일을 할 것이다.

- 메시아의 일이란 무엇입니까?

- 메시아는 죄지은 자들과 같이 속죄하고, 굶주리고, 힘들고 지친 자를 위로하기 위해 온다. 그것이 메시아의 일이다.

그렇게 전한 뒤 항아리는 아랫돌을 모르는 체하며 생각의 소리로 묻는다.

- 메시아가 되고 싶으냐?

- 아닙니다. 꼼짝도 못 하는 제가 어찌.

- 언젠가 네가 마음대로 움직일 수 있게 되거든, 너는 네 앞에 누가 있는지를 보지 말고, 네 뒤에 누가 오는지를 돌아보거라.

아랫돌은 '마음대로 움직일 수 있게 되면'이라는 말에 항아리가 농담도 잘한다고 생각하며 심드렁하게 "네"라고 말했다.

어느 날은 아랫돌이 물었다.

- 사물인 우리는 시간도 별 의미가 없고, 삶의 목적도 없습니다. 우리는 왜 살아야 합니까?

- "어차피 한 번 살고 죽으면 썩고 끝날 몸인데 뭘 아끼냐?"는 말을 하던 사람이 있었다. 그 사람은 성의 쾌락에 빠져 살았다.

너는 무엇이 잘못된 것인지 알겠느냐?

심심해 죽은 척하고 있던 윗돌이 자신 있게 대답한다.

- 죽으면 썩는다는 말이 잘못되었습니다. 그 말은 생명이 있는 존재에만 국한함으로써 잘못된 일반화라고 생각합니다.

- 다른 의견은?

- 저는 죽으면 끝이라는 말이 걸립니다.

아랫돌이 대답했다.

- 윗돌의 의견도 맞다. 우리와 같이 썩지 않는 존재도 있으니까. 그런데 정말 아쉬운 인식은 한 번 살면 끝이라는 생각이다. 내가 전에 삶은 의무라고 한 까닭은, 삶의 무궁한 가능성 때문이기도 하다. 그 가능성으로 생명은 유한하지만, 삶은 영원하다. 삶은 죽었다고 없어지는 것이 아니라 죽어도 사는 것이다. 이해되느냐?

아랫돌은 얼떨떨했다.

'생명이 죽고 사는 건 당연한 자연의 법칙이라더니, 삶이 영원하다고?'

윗돌도 이게 뭔 소린가 머리를 굴리다가, 포기하고 심드렁해진다.

- 영원한 삶의 추구, 그것에 대한 시가 있다. 오래전 젊은 신학도가 읽어 준 '잘랄루딘 루미'라는 시인의 시다.

나는 돌로 죽었다. 그리고 꽃이 되었다.

나는 꽃으로 죽었다. 그리고 짐승이 되었다.

나는 짐승으로 죽었다. 그리고 사람이 되었다.

그런데 왜 죽음을 두려워하는가?

죽음을 통해서 내가 더 보잘것없는 것으로 변한 적이 있었는가?*

- 무생물인 돌이 식물이 되고, 다시 동물이 되고, 인간이 된다…. 그런 일이 정말 가능하다면, 유일한 방법은 오직 죽음을 통해서뿐이다. 그렇다면 진정 죽음은 두려운 게 아니고, 삶의 끝도 알 수 없는 것이 된다.

이야기를 마친 항아리는 아랫돌을 주시했다. 이 시를 들었을 때, 아랫돌이 어떤 표정을 지을지 항아리는 궁금했다. 하지만 그때 아랫돌은 혼란스러워서 어떤 반응도 할 수 없었다.

- 우리 사물이 향할 삶의 목적지가 인간인가요? 인간이 되기 위해 죽고, 다시 태어나는 것을 반복해야 하는 것인가요?

먼저 윗돌이 물었다. 항아리는 침착하게 대답했다. 시를 읽을 때 졸지 않다니, 윗돌도 죽음 이후가 궁금했었나 보다.

- 인간의 삶도 멀고 먼 환생의 한순간일 뿐이다. 최종 목적지

---

* 최준식, 《삶을 여행하는 초심자를 위한 죽음 가이드북》(서울셀렉션, 2019), 19쪽.

가 아니지.

항아리는 위 아랫돌이 인간의 삶보다 더 먼 곳을 보기 바랐다. 하지만 윗돌과 아랫돌의 생각이 더 먼 곳을 추구하기엔 아직 이르다는 걸 인정해야 했다.

- 죽으면 천국으로 가는 게 아닌가요?

아랫돌은 죽으면 다시 태어난다는 시를 듣기 전에는, 삶이 끝나면 천국에서 쉬고 싶다고 생각했었다. 그 이상의 무엇을 기대할 정보가 없었다. 그래서 죽음을 통해 삶이 계속된다는 항아리의 가르침은 놀랍기도 했지만, 막연했다.

- 천국에 머물 자는 머물겠지.

- 그럼 저는 천국에서 쉬겠어요.

윗돌이 바로 나섰다. 가끔 윗돌이 자신과 같은 생각을 한다는 것에 놀란 아랫돌이 궁금한 생각이 들어 물었다.

- 그렇게 다시 태어나는 반복의 끝에서는 뭐가 되나요?

항아리가 대답한다.

- 반복이라기보다는 환생이라고 한다. 환생의 끝에는 별이 된다고, 시는 말하고 있다. 별은 그 자체로 빛나서, 뒤따르는 것들의 등불이 된다.

별! 별이 된다? 아랫돌은 그건 욕심이 난다. 어느 우주의 한 구석에서 별이 되어 빛나고 싶어졌다. 그 순간을 위해서라면 수백 번 고통을 감내하고 환생할 수 있을 것만 같았다.

- 한 가지 잘못 생각하면 안 되는 게 있다. 누구나 환생을 끝없이 하는 건 아니다. 별이 될 때까지 환생할 수 있는 건, 남다른 노력의 결과다. 죽으면 썩을 몸이라고 자신을 함부로 하고, 쾌락에 복종하는 자에게 다음이란 없다. 따라서 마지막 환생까지 도달할 수 있는 조건은 바로 무엇을 추구하고, 어떤 선택을 하며, 얼마큼 노력했는가에 달렸다. 수많은 영혼이 몇 번의 환생에서 소멸하고 만다. 뭘 위해 환생하는 줄 모르고, 잘못된 선택을 반복하기 때문이다. 무한하지는 않지만, 영원한 삶은 끝없이 자신의 영혼을 가꾸는 자만 걷는 길이고, 그 가꾼 자만이 밤하늘에 빛나는 별을 향해 갈 수 있다.

항아리의 가르침에 아랫돌의 생각은 이미 별을 향해 더 먼 곳으로 달려갔고, 그날따라 유난히 막혀 있는 벽을 넘어 짙은 어둠 속에서 빛나는 별을 보고 싶었다.

아이가 초등학교에 들어가던 해에 아비는 여자 친구가 생겼다. 어느 날 여자 친구와 함께 지하창고를 찾았다. 아비는 문만 잠깐 열고 별것 없다고 서둘러 올라가려고 했지만, 여자 친구는 생각이 달랐고, 현재의 창고에서 미래를 그리고 있었다.

"창고를 피아노 방으로 만드는 게 좋겠어. 방음하면 늦게까지 아이가 이 방에서 연습해도 시끄럽지 않을 거야."

그렇게 안주인이 된 것처럼 말한 뒤에야 창고 문을 나섰다.

여자가 창고에서 나가고 소금 항아리가 말했다.

- 저 여자는 아이를 좋아하지 않는구나.

- 왜죠? 아이를 위해서 피아노 방을 만들겠다는 거 아닌가요?

- 너는 최근에 아이가 피아노를 치는 소리를 들은 적이 있느냐?

곰곰이 생각해 보고 답하는 아랫돌.

- 없네요. 2층에서 들리는 유일한 소린데, 피아노 치는 소리를 듣지 못했어요.

- 이제 아이는 피아노보다 다른 것이 더 재미있는 거다. 게다가 저택에는 방이 많다. 그런데도 창고를 피아노 방으로 만들겠다는 건 피아노를 핑계로 아이와 거리를 두겠다는 목적으로 생각되는구나.

윗돌이 한마디 툭 던진다.

- 우리처럼 지하로 내쫓겠다는 거네.

아랫돌이 자신의 처지가 생각나자 쓸쓸하게 대꾸한다.

- 아이가 앞으로 힘들겠군요.

- 내 우려가 틀린 것이었으면 좋겠구나.

그때 아랫돌은 자신의 스승이 어디까지 내다본 것인지 궁금했지만, 묻지 못하고 대신 인간에 관해 물었다. 항아리는 다음과 같이 대답했다.

- 내게는 인간이 우주와 같은 존재다.

- 무슨 의미인가요?

- 대부분 규칙 안에서 예측이 가능한 존재지만, 범위를 벗어나면 무한히 알 수 없는 존재라서 그렇다.

- 인간에게도 두려워하는 것이 있나요?

- 있지…. 내가 아는, 인간이 두려워하는 세 가지가 있다. 첫째는 선이다. 그들은 착한 일을 추앙하지만, 착한 사람은 두려워한다. 둘째는 악이다. 인간은 악을 싫어하지만, 악한 자는 두려워한다. 그러나 가장 두려워하는 것은, 모르는 인간이다. 인간이야말로 인간에게 희비고, 선악이며, 선택이다. 인간은 언제나 본모습을 숨기고, 그럴듯한 구실을 만들어 내지. 결국 모든 죄의 근원은 인간이다. 그래서 인간에게 인간이 가장 두려운 것이다.

- 인간은 무엇을 위해 사는 건가요?

- 인간은 단 한 가지를 위해 살아간다고 나는 생각한다.

- 그것이 무엇입니까?

- 인간은 사물을 가지기 위해 산다고 할 수 있다. 아주 작은 것부터 집처럼 거대한 것까지, 쓰지 않아도 일단 집 안 구석구석 사물을 쌓아 둬야 안심하고 산다.

- 필요해서 갖는 것 아닌가요?

- 필요하다고 해서 반드시 가지고 살아야 하는 것은 아니다. 이곳을 둘러봐라. 창고 안에 온갖 사물들이 지난 몇 년 동안 쓸모 있는 일에 사용된 적이 있었느냐?

윗돌이 끼어든다.

- 없었죠. 저도 곡물 냄새가 그리울 정돕니다.

곡물이 그리운 윗돌처럼 한 번 내려온 창고는 사물의 무저갱이었다. 내려온 연차대로 먼지를 쓰고 앉아 있을 뿐이었다. 그런 생각에 잠겨 있던 아랫돌은 조금 전 스승이 집에 대해 한 표현이 걸렸다.

- 조금 전에 집도 사물이라 하셨는데, 집을 독립된 개체로 볼 수 있나요?

- 집은 수많은 사물의 집합체이지만, 독립된 사물이기도 하다. 다만, 집은 또 다른 의미를 가짐으로써 보통의 사물과 다르다.

- 그것이 무엇입니까?

- 집은 사물이면서, 공간을 가진 사물이다.

- 공간을 가진 사물은 많잖아요. 옷장, 장식장 등 각종 장이라든가, 그릇도 있고… 스승님도 공간을 가지고 있고요.

- 맞는 얘기지만, 크기가 다르다. 담을 수 있는 게 다른 거다. 크기가 작아도 귀한 것을 담을 수 있지만, 집은 하나의 세계를 담는다고 할 수 있다. 그중에서도 가장 중요한 것은 무엇이겠느냐?

아랫돌은 곰곰이 생각해 본다. 집이 담을 수 있는 것.

- 사람인가요?

- 집이 담는 건 가족이다. 그래서 인간이 말하는 집은 두 가지 의미가 있다. 사물로서의 집과 보금자리로서의 집. 집은 가족의

삶을 담는다.

- 우리도 아비와 같은 기억이 있으니까… 가족 아닌가요?

발끈한 윗돌이 또 나선다.

- 같은 기억을 공유할 수는 있지만, 가족이 될 범위는 인간이 판단할 일이다. 인간은 가족을 식구라고도 한다. 함께 살며 끼니를 함께 하는 사람을 식구라고 하지. 사물이 낄 곳은 아니다. 물론 인간이 사물에도 의미를 부여하면 달라지겠지만.

아랫돌은 윗돌처럼 섭섭한 생각은 없었다. 애당초 가족이라면 이렇게 방치하지도 않았을 테니까. 대신 많은 가족을 잃은 아비에 대해서는 궁금해졌다.

- 아비처럼 많은 가족을 한 번에 잃는다면 집에 대한 감정도 달라질까요?

- 달라지겠지. 아마도 꽤 오랫동안 너희보다 더 힘들었을 것이다. 그래서 너희가 이곳에 오게 된 것도 있는 거고.

- 저희가 왜요?

- 너희를 보면 가족의 추억이 떠올랐을 테고, 그럴 때마다 힘들지 않았겠느냐.

- 아! 그래서 아비가 저희를 이곳에 옮겼군요. 이제 이해가 됐어요. 맞아요, 사고 이후 아비는 정말 다른 사람 같았으니까요.

- 잘 견딘 것이지…. 아이를 돌보느라 다른 여유도 없었을 테고, 우리에게는 없는 망각이라는 기능 덕분일 수도 있고.

- 망각이요?

- 인간에게는 뇌의 한계인지 아니면 별도 기관이 따로 작동하는지 모르지만 오래된 기억, 고통스러운 기억, 잊고 싶고 외면하고 싶은 기억을, 원래 없었던 것처럼 숨기는 기능이 있다. 나는 망각이 인간 정신의 나약한 면을 보여 준다고 생각했었지. 최근엔 오히려 정신이 황폐해지는 걸 예방하는 좋은 생존 방식이라고 생각을 바꿨다.

- 기억하기 싫은 걸 잊을 수 있다는 건 부럽네요. 망각이라, 사물도 기억을 잊을 수 있으면 좋겠네요.

항아리는 동의하는지 아닌지 알 수 없는 침묵을 한동안 이어갔다. 그리고

- 아비는 여자가 생겼으니 곧 같이 살겠구나. 가족의 결핍을 사람으로 봉합하는 건 좋은 일이다. 아이를 포함해서 모두 행복해야 할 텐데.

왠지 아랫돌은 스승이 아비의 여자를 싫어한다는 느낌을 받았다. 그래서 어딘가 찜찜했지만, 아랫돌은 스승에게 아비의 여자가 싫으시냐고 물을 수는 없었다. 세상 다 좋다는 스승에게 이 여자만은 싫다고 고백하게 할 수는 없었다.

아이는 2학년이 되던 해 저택의 2층에서 살해당했다. 그 일로 아비가 범인으로 체포되었다. 사건이 있었던 2층 서재의 사물들

이 입을 다물고, 다른 방과 다른 층의 사물들은 사건의 진실을 정확히 알지 못했다. 그런 와중에 남겨진 사물들은 갖은 풍파를 겪어야 했다. 먼저 저택의 많은 고가품이 실려 나갔다. 연이어 쓸 만한 가구며 집기들이 들려 나갔고, 버리기 힘든 것들은 지하창고로 옮겨졌다.

뒤늦게 저택에서 벌어진 일이 지하창고에도 알려졌다. 아이의 사망과 아비의 구속에 관한 소식은 버려져 있던 사물들 모두를 충격 속으로 몰아넣었다. 사물들 모두 아이의 죽음을 애도하며 밤을 지새웠다.

모두의 조용한 애도 속에 분통을 터트리며 소란을 일으킨 사물이 있었다. 그건 10리터 용량의 담금주 통이었다. 석양빛에 벌겋게 취해 있다가 밤새 잠이 든 건지 침묵하던 담금주는, 먼동이 트고 해장할 시간에 알코올이 올라오는지 자기가 언제 아이를 봤다고 원통하다고, 뒤늦게 아이를 따라간다고 주정을 부렸다.

- 아이고, 불쌍한 아이야! 세상 천사 같은 아이를 인간 같지 않은 인간이… 아이고! 아비는 왜 그런 여자를 만나서 원통한 일을 만들고, 아이고! 하늘도 너무하시지… 그 어린 것이 차가운 바닥에 누워서… 아이고! 아이고!

그것은 원망과 애도의 중간 어딘가의 지점이었다. 하지만 창고의 사물들은 담금주 통의 두서없는 넋두리 속에서 누가 진범인지 눈치챌 수 있었다. 뒤에 서재에서 창고로 온 사물도 아비의 여자를 범인으로 증언했다. 아랫돌은 새삼 스승을 다시 봤다. 항아리의 우려는 현실이 된 것이다.

'스승은 지금의 일을 어디까지 예상했을까?'

아랫돌은 스승이 예상하던 일이라 덤덤하게 받아들일 것으로 보았다. 하지만 그 사건으로 가장 큰 충격을 받은 것은 항아리였다. 항아리는 자신을 자책하듯 이후 꽤 오랫동안 묵언수행을 했다. 덕분에 아랫돌도 긴 침묵과 명상 속에서 지내야 했다.

저택에서 사물들이 남겨진 곳은 지하창고와 사건 현장인 2층의 서재뿐이었다. 지하창고는 좁다고 느껴질 만큼 많은 사물이 들어찼다. 그래서 오가는 얘기는 늘었지만, 그렇다고 분위기가 밝아진 건 아니었다. 버려진 저택, 특히 지하창고는 음침해서 버려졌고, 2층 서재는 꺼림칙해서 버려졌다.

그렇게 버려진 창고에서 때때로 왁자지껄한 시간을 보내던 맷돌이 마당으로 옮겨지는 일이 생겼다. 짐을 옮기고 내가고 하느라 마당 안쪽까지 들어온 트럭이 있었다. 트럭의 바퀴는 화단을 짓밟았고 웅덩이를 만들었다. 시간이 지나고 비가 오면서 구멍이 커졌다. 임시로 구멍을 메꿀 사물을 찾아 마당과 빈집 안을 돌아다니던 관리인 남자가 마지막으로 창고로 향했다. 그러다가 지하실 계단 앞에서 발걸음이 멈췄다. 윗돌은 사람 소리에 반가운지 들떠 있었다.

- 사람이 들어오려나 봅니다.

들뜬 윗돌과는 달리 항아리는 창으로부터 들어온 빛을 받아 몸 한구석이 반짝였지만 깊게 가라앉아 있었다.

- 어쩌면 오늘 작별할 수도 있겠구나.

항아리가 감정 없이 담담하게 전했다. 아랫돌이 스승을 살폈다.

- 어찌 아십니까?

- 그는 마당의 몇 곳을 큰 소리가 나도록 발로 밟고 헤집었다. 아마도 파인 땅을 덮을 방법을 찾는 것 같다. 내가 아는 한 그런 용도로 좋은 게 이곳에 딱 하나 있다.

- 그게 무엇입니까?

- 맷돌.

- 저희요?

- 그래. 맷돌은 인간의 치아를 대신해 곡식을 갈아 주고, 소화를 돕기 위해 열매의 즙을 만드는 일이 천직이지만, 그것만큼 잘하는 일이 마당의 디딤돌이 되는 것이다. 저 사람은 이곳에 너희가 있는지 몰랐지만, 너희를 보면 반기며 들고 나갈 것이다.

항아리는 이미 맷돌이 밖으로 나갈 것을 기정사실로 받아들였다. 그러고는 당부했다. 물론 함께 들었으니 윗돌도 들은 대로 하면 되지만, 그런 일은 없을 것이고 오로지 아랫돌에 하는 가르침이 되었다.

- 나가서는 그동안 들은 얘기를 생각하고 되뇌거라. 또 자연이 보여 주는 세상을 잘 보아라. 바람이 불고, 그다음에 무엇이 오는지 알면 내가 뭘 해야 하는지 길이 보일 것이다. 그리고 세상의 끝까지 간다고 생각하고 궁리하거라.

창고가 열렸다. 관리인이 창고로 들어왔다. 창고 안에서 맷돌을 발견한 관리인은 먼저 윗돌을 들고 밖으로 들고 나갔다. 잠시 후 관리인이 돌아왔다. 아랫돌은 마지막으로 외쳤다.

- 다음에 뵐 때까지 생각하고 또 생각하겠습니다.

항아리는 묵묵히 아랫돌을 보냈다. 관리인은 물 고인 곳에 아랫돌을 내려놓았다. 한 걸음 뒤 땅바닥에 윗돌이 놓여 있는 게 보였다. 그때부터 윗돌과 아랫돌은 디딤돌이 되었고, 이후로 윗돌과 아랫돌은 다시는 하나가 되지 못했다.

아랫돌은 뒤집힌 채 웅덩이에 놓였다. 그건 아랫돌이 가진 중쇠 때문이다. 윗돌을 꽂기 위한 아랫돌의 중쇠는 사람이 밟으면 다칠 수 있었다. 관리인은 아랫돌을 밟기 편하도록 뒤집어 놓았다.

사람은 뒤집어져 있으면 피가 머리로 쏠리는 느낌을 받지만, 아랫돌은 별다른 차이가 없었다. 좁고 어두운 창고에서 벗어나 탁 트인 마당에 놓인 것이 좋았고, 세상을 뒤집어 보는 시간이 되어 재미있었다. 이제까지 보아 온 세상을 거꾸로 본 후, 자신이 제대로 놓인 채 살아온 것인지에 대한 의문까지 가졌다.

하늘이 저 아래 있었다. 땅을 머리에 심은 나무가 파란 하늘에 푸른 가지를 담고, 잎새들이 신이 나서 물속에서 발장구 치듯 살랑댔다. 저택이 거꾸로 서 있고, 2층 창문으로 뛰어나온 아이와 아비가 하늘 풀장으로 당장이라도 다이빙해서 뛰어들 것만 같았다. 아랫돌은 그런 생각이 한순간 그림처럼 그려졌지만, 그 순간이 지나가자 왠지 마음 한구석이 아련했다. 그래서 혼잣말로 저 아래 한없이 넓게 펼쳐진 하늘에 외쳤다.

– 어차피 뒤집힌 세상, 거꾸로 있는 게 옳다.

처음은 좋았지만, 디딤돌이 된 윗돌과 아랫돌은 매년 땅속으로 파고 들어갔고, 5년 차 우기가 지나자, 윗돌과 아랫돌은 지면보다 더 깊숙이 파묻혔다. 누가 오가며 밟아서 그런 거라면, 희생의 결과로 사물도 천국에 갈 무형의 가산점을 받을 일이었다. 하지만 디딤돌이 땅에 파묻힌 건 비와 눈 그리고 풀 때문이었다. 자연이 만든 결과였다.

땅속에서 먼저 구조된 건 윗돌이었다. 집을 보러 온 여자가 디딤돌을 밟다가 뒷굽이 윗돌의 입에 빠졌다. 그 여자의 발목이 살짝 꺾였고, 집을 계약할 기회를 놓쳤다는 항의가 부동산으로부터 전달되었다. 다음 날 달려온 관리인이 윗돌을 땅에서 뽑아 벽에 기대 놓았고, 윗돌이 빠진 자리는 보도블록이 차지했다.

다시, 같은 계절이 두 번씩 지난 어느 봄. 동네 꼬마 녀석들이 던진 돌멩이가 유리창을 깨는 사고가 있었다. 저택의 모든 사물이 참새처럼 호들갑을 떨었다. 징조가 안 좋다. 올해는 불안하다며 노래를 불렀지만, 조용했던 저택의 소동에 사물들의 기분이 들뜬 건 어쩔 수 없었다. 그러던 몇 개월 뒤 장대비 오는 장마철이었다. 바람이 한참 불었고, 뒤집어썼던 흙과 먼지를 깨끗하게 벗어 던진 윗돌이 개운하게 비를 맞는 동안, 아랫돌은 땅에 매몰된 채 비에 잠겨 있었다. 물먹은 흙 속에 잠겨 있는 것도 고역이지만, 땅이 젖으면 어디에 살다 기어 나오는지 알 수 없는 노출증 지렁이들이 꿈틀대며 나타나 알몸을 아랫돌에 비벼댔다. 뭔가 추행당하는 기분도 들고, 정말 더러운 순간이었다.

돌연, 어느 쪽에서도 걸어온 발걸음 소리 없이 아랫돌 앞에 발소리가 가볍게 내려앉았다. 그와 함께 빗소리가 멈췄다.

- 찾았다. 너 여기 있었구나?

반가운 말투였다. 아랫돌의 생각 속으로 말을 걸어온 그림자 남자의 소리였다.

- 어때, 편안하냐?

- 정말 오랜만이네요. 저는 나쁘지도 좋지도 않게 지냈지만, 지금은 조금 난감하네요.

- 내가 조금은 좋게 도와줄까?

그 말이 끝나기가 무섭게 아랫돌이 땅속에서 뽑혀 중력을 거슬러 공중에 떠올랐다. 아랫돌이 뽑힌 바닥 아래 몇 마리 지렁이가 벌건 대낮에 맨살이 드러나자, 서로를 끌어대거나 흙을 덮어 치부를 가리기에 분주했다.

- 너희도 부끄러움을 알긴 했구나!

아랫돌이 한마디 쏘아붙인다.

- 어디에 내려 줄까?

그림자 남자가 공중에 떠 있는 아랫돌과 원을 그리며 내릴 곳을 찾아 마당을 둘러본다. 아랫돌은 담벼락에 기대어 있는 윗돌을 발견했다.

- 윗돌 옆 담벼락에 똑같이 기대 주세요.

그림자 남자는 담벼락에 기댄 윗돌을 찾아 옆에 아랫돌을 내려놓았다.

- 고맙습니다.

- 천만에.

그림자 남자가 아랫돌 앞에 몸을 낮추고 눈을 맞춘다.

- 오랜만이네요.

아랫돌은 말해 놓고 기억을 더듬어 처음 만난 때를 헤아려 보려 했지만, 그림자 남자가 먼저 알려 주었다.

- 17년 만이야.

- 그걸 세고 다녀요?

- 세는 게 아니라 그냥 아는 거다.

- 시간도 느끼는 건가요?

- 시간을 체화하는 것이지. 인간이 시간이라 부르는 건 사실, 공간 이동 단위를 계측하기 쉽게 개념화시킨 단위일 뿐이야. 실제로 시간이 존재하는 건 아니지. 그래도 편해졌어. 인간이 그 개념을 만든 이후에 시간이라고 하면 이제는 다 알아들으니까.

- 시간을 체화한다는 건 어떤 뜻이죠?

- 엄밀하게 말하면 공간 이동의 체화이다. 우리가 지금 있는 우주는 쉬지 않고 이동한다. 지구의 자전과 공전, 태양계는 은하를 중심으로 돌고, 은하도 어딘가를 중심으로 움직이고 있지. 우주 전체가 처음부터 한시도 쉬지 않고 무한히 확장되며 움직이고 있다. 지금, 이 순간 우리가 있었던 우주의 한 지점은, 1초 뒤에는 다시는 되돌아갈 수 없을 만큼 엄청난 거리를 이동한 곳이다.

- 시계만 되돌렸다고 과거로 되돌아갈 수는 없는 거군요.

- 우주를 움직여서 이동한 공간만큼 되돌릴 힘이 있어야 가능한 일이다. 신의 영역인 거지. 결국 시간을 체화한다는 것은 우주 공간의 이동과 그 거리에 대한 체화야.

- 너무 어려워요.

- 개념만 알면 돼. 사실 예전에는 우주의 모든 존재가 공간 이동 감각을 몸으로 체화하고 살았다. 시간이라는 개념을 만들기 전까지는.

- 우주의 모든 존재라는 건, 지구의 존재만을 말하는 건 아닌 거죠?

- 그래. 우주에는 지구만 있는 건 아니니까.

그림자 남자는 언젠가 아랫돌이 지구 밖의 존재들과 만난다면 어떤 인사를 할지 궁금했다. 하지만 그보다 궁금한 건 아랫돌을 처음 대하는 지구 밖 존재들의 놀라는 모습이다. 지구 밖에서도 아랫돌은 특별했다. 하지만 아직은 이르다. 좀 더 시간이 필요하다고 생각한 그림자 남자는 고개를 숙여 다시 아랫돌을 보았다.

- 그동안은 어디 있었어요?

- 우주 끝까지 가서 무엇이 있는지 보고 왔다.

그림자 남자의 말에 고개를 들어 하늘을 본 아랫돌은 물었다.

- 그곳에는 무엇이 있던가요?

- 친구가 있었다.

아랫돌은 그림자 남자가 자신을 놀리나 살펴봤지만, 그의 태도는 진지했다. 그래서 진실로 받아들였다.

- 좋았겠네요. 그런데 여기는 웬일인가요?

- 친구를 만나러 왔지.

- 친구요? 저를요?

- 여기 너 말고 또 누가 있겠나. 그래, 그동안 얼마나 성장했는지 볼까?

그림자 속에서 남자의 손이 뻗어 나왔다.

- 잠깐만요!

그림자 남자는 아랫돌의 외침을 무시하고 손가락으로 아랫돌을 두 번을 툭툭 치더니, 손바닥을 펴서 아랫돌에 지그시 댔다. 뜨거운 열기가 손으로부터 쏟아져 들어왔다. 아랫돌은 너무도 많은 빛이 쏟아져 들어오자 잠시 정신을 차리지 못했지만, 꿋꿋이 빛에 맞섰다.

- 좋아, 용감하게 맞서는 자세. 자, 이제 강한 타격이 있을 거야.

아랫돌이 정신을 차리고 마음의 준비를 마치기가 무섭게 둥글게 뭉쳐진 밝은 빛이 아랫돌을 향해 쏟아졌다. 처음에는 마치 얻어맞는 것처럼 스며들다가 점차 하나하나 잡거나, 튕기거나, 먹거나 했다. 아랫돌은 무수한 빛 덩어리를 먹었고, 처음으로 배가 부르다는 느낌을 맛봤다.

- 자, 이제부터 중요해.

빛이 맷돌의 사이사이 비집고 들어가, 들어갈 수 있는 구석구석을 채워 나갔다. 마치 마블링이 좋은 한우처럼 돌과 빛이 한 몸에서 다른 색으로 빛나고 있었다. 그러면서 뭔가 단단해지는 기분과 부드러워지는 기운이 공존하다가, 빛이 돌에 스며드는 느낌으로 가득 채워졌다. 마치 초음파가 찌릿찌릿하며 자극하듯, 외부에서 중심으로 다시 중심에서 외부로 여러 차례 반복하며, 모래 크기의 입자 하나하나에 기운을 불어넣었다. 너무도 예민해진 상태가 극한에 다다랐다가 한순간 썰물처럼 모든 느낌이 빠져나갔다. 한참을 어딘가 모를 하얀 어둠 속에 잠겨 있었다. 그건 생각 속이었다. 5분만 더 자고 싶은 아이처럼 눈을 뜰 수 없었다. 그림자 남자가 부드러운 손으로 쓰다듬어 주었다.

- 잘했어, 이제 말해도 돼.

- 이미 할 말이 의미 없게 됐어요. 성장한 게 없다고 말하려 했는데….

- 왜 성장이 없었다고 생각했지?

- 자신이 없어요. 지난 시간 동안 특별한 변화가 없어서.

- 나는 네가 성장했다고 봤는데…. 17년 만에 만났으니 엄청난 변화와 성장을 보이고 싶겠지만 시간은 중요하지 않아. 중요한 건 언제나 생각하는 태도지. 그리고 네가 중요하다고 생각하는 시간으로 측정했을 때, 너의 성장에 필요하다고 생각한 시간을 처음부터 나는 85년으로 봤었다.

- 85년이요? 그 뒤에는 저는 뭐가 되나요?

- 뭐긴… 맷돌이지.

실망한 아랫돌을 보며 그림자 남자가 웃었다.

- 하지만 그때쯤에는 땅과 하늘의 기운까지 연결되는, 사물 중에서는 현자가 돼 있지 않을까? 너 하기 나름이다.

- 인간과 비교하면요?

- 인간? 지금은 비교 불가. 미래에는… 그때 가서 스스로 비

교해 봐. 자, 나는 간다.

그림자 남자가 일어났다.

- 어디로 가시나요?

- 나의 별, 나의 사원, 내가 쉴 집으로 돌아갈 거야. 한동안 나도 생각이 필요하거든. 그 후에는 또다시 친구를 만나러 다녀야지.

- 또 보러 오실 거죠?

그림자 남자가 사라졌다. 그림자 남자가 먼저 사라지고 뒤늦게 "물론"이란 말이 들렸다. 그림자조차 남기지 않고 사라진 뒤로, 어느새 마당 저편에 살짝, 비가 쉬어 가는 하늘에 해가 나왔다. 긴 한숨을 쉰 아랫돌이 윗돌을 본다. 때마침 마당에도 햇빛이 비쳤다.

- 반갑다.

윗돌이 아랫돌을 보며 빛을 반짝댔다.

- 그래…. 가까이 있었지만 인사도 오랜만이네.

아랫돌도 윗돌에 대답했다.

- 누구냐?

윗돌이 그림자 남자에 관해 물었다.

- 선생님 같은 거다.

- 고마운 분이네. 같이 있게 해 주고.

- 내가 옆에 놔 달라고 했다.

– 선생님은 사물과 소통할 수 있나 보구나. 그런데 왜, 굳이 옆에 놔달라고 했냐?

– 네 옆이 원래 내가 있을 자리니까.

아랫돌의 눈짓을 받은 윗돌이 대답 없이 먼 곳만 본다. 뭔가 눈빛이 흔들렸고, 바람이 불었는지 저택 2층 창문에서 하얀 레이스 커튼이 살랑거렸다. 아랫돌은 눈빛을 쳐든 윗돌의 시선 끝에서 살랑대는 레이스 커튼을 본 순간 눈치를 챘다. 알 수 있었다. 윗돌에 좋아하는 사물이 생겼다. 순간 불길이 속에서 확 올라왔다. 그때, 빗방울이 또다시 후드득 떨어졌다. 남아 있던 햇빛과 빗물에 동시에 젖어 가던 아랫돌은 생각했다. 그럴 수 있다고, 아랫돌은 계속해서 되뇌었다.

'그럴 수 있다, 그럴 수 있다.'

13

같은 계절이 몇 번씩 지나갔다. 아랫돌은 마당의 그런 변화가 즐거웠다. 스스로 이 마당에서 보낸 시간을 아름다운 시절이라고 생각할 정도였다. 아직 겨울인가 싶을 때도 성급한 새싹들은 추위에 맞설 준비를 하고서, 맑은 하늘로부터 쏟아지는 햇빛의 공습에 이때다 싶어 아지랑이를 폭죽처럼 터트렸다. 그렇게 흙을 뚫은 생명이 목을 빼고 일어나 마당을 빼곡히 풀들의 우주로 만들었다. 그러면 관리인이 신처럼, 우주를 밟고 걸으며 칼날을 휘둘러 인간의 질서를 보여도, 풀들은 죽지 않고 좀비처럼 일어나 마당을 다시 점령해 나갔다. 그렇게 마당에서 일어나는 모든 일을 부추긴 계절은 하루가 다르게 무더워지고 있었다.

한여름 무더운 마당에 개구멍을 통해 들어온 옆집 강아지가 정신없이 뛰어다니다 나무 그늘에 엎드려 혀를 내밀고 헐떡댔다. 여름 태양에 달궈질 대로 달궈진 맷돌들은 그늘이 그립고, 강아지가 내민 혀도 시원해 보였다.

가을이 오면, 윗돌은 2층 창을 향해 닿지 않는 사랑의 노래를 불렀다. 눈꼴신 아랫돌이 '참을 인(忍)' 자에서 마음을 떼고, 점을 지운 채, 윗돌에 칼을 던졌다. 아랫돌의 마음에만 보이는 무딘 칼날이 윗돌에 닿기도 전에 튕겨 사라졌다. 뭐가 날아왔다 갔는지 뭣도 모르는 윗돌은 2층 창만 봤고, 그걸 바라보는 아랫돌의 눈빛이 쓸쓸했다.

겨울, 맷돌은 서로 냉정했고 차가웠다. 다시 봄이 왔고, 이어진 다음 계절도 잊지 않고 마당을 찾아올 것이다.

그날은 이상한 날이었다. 아비가 돌아왔고, 여자가 동행했다. 그리고 저택 안에서 사건이 있었다. 두 사람이 떠나고 난 뒤 저택에는 불이 났다. 불은 2층 서재 방에서 시작됐다. 윗돌이 흠모하던 레이스 커튼이 홀라당 타 버리더니, 저택도 타 버렸다.

한 계절이 지난 후, 방치됐던 저택에 사람들을 데리고 여자가 돌아왔다. 일꾼들이 하루 종일 바쁘게 돌아다니며 불타고 남은 잔해를 치우기 시작했다.

아랫돌은 지하창고에 남겨진 스승이 구조될 기회라고 생각했다. 집이 무너진 이후 항아리의 생사는 확인되지 않았다. 하지만 아랫돌은 확신하고 있었다. 집이 무너져도 항아리는 기둥들이 만든 박공지붕 아래에 살아남아 있다는 것을, 아랫돌은 사람들이 멀쩡한 항아리를 들고나올 것을 믿었다. 잔해를 실어 나르는 일꾼들의 행동을 아랫돌은 한순간도 놓치지 않고 살피고 있었다.

기중기로 높이 띄워진 검게 탄 마룻대가 저택 위에서 잠시 멈춰 섰다. 이유는 모르지만, 그 잠깐의 멈춤이 없었다면 마룻대는 무사히 트럭까지 옮겨 갔을 터였다. 그 멈춤이 있고 잠시 뒤, 모두의 머리 위에서 무언가 단단한 것이 꺾이는 소리가 들렸다. 사물들이, 사람들도 '뭐지?' 하는 생각에 고개를 쳐들었을 때, 마룻대가 부러졌다. 그 거대한 나무의 절반이 바닥으로 추락했다.

커다란 굉음 속에서 아랫돌은 무언가 깨지는 소리를 들은 것 같았다. 아랫돌의 마음은 내려앉았다. 정신없이 사방을 향해 반짝대며 물었다. 누구라도 좋으니, 방금 뭐가 깨진 건지 알려달라고 급하게 눈짓을 보냈다. 어디선가 대답이 왔다. 처음은 높은 곳에서 내려다본 건넛집 창문이었다. 그 후에는 사물과 사물이 건너고 건너서 알린 참변. 내용은 조금 전 마룻대의 추락으로 박공지붕 같던 기둥들이 무너졌고, 그 여파로 소금 항아리도 박살이 났다는 정보였다. 아랫돌은 좌절했고 분노했다. 이제는 반으로 줄어든 채, 높은 곳에서 거만하게 아래를 내려다보는 반쪽짜리 마룻대를 보며 부르르 떨었다. 한참 뒤에야 마룻대는 내려졌고 어디론가 실려 갔다. 일꾼들도 모두 돌아갔다.

아랫돌의 마음이 조금 냉정해지자 윗돌이 물었다.

- 왜 부르르 떨었냐?

- 저택의 몰락이 실감 났다. 그게 화가 났고, 분해서 떨었다.

소금 항아리는 저택의 진정한 현인이었고, 선생님이었다. 소금 항아리가 부서지기 전까지 비록 불탄 폐허지만, 저택을 우리 집이라고 아랫돌은 생각했었다. 저기 잿더미 속에 스승이 있으니까, 여기가 우리 집이니까 생각했었다. 하지만 이제는 달라졌다. 아랫돌은 집이 없다는 걸 받아들여야 했다. 소금 항아리의 파멸로 아랫돌은 사물로서의 집도, 공간으로서의 보금자리도 잃어버렸다. 아랫돌은 이 모든 상황이 화가 났고, 분해서 떨었다. 그 분노는 아랫돌이 태어나기 전 아주 먼 과거, 용암의 열기를 품었던 암석 시절의 그 뜨거움을 다시 한번 느끼게 했다.

저택의 잔해가 깨끗하게 치워지고, 맷돌의 운명도 정해졌다. 맷돌은 어느 고물상의 트럭에 실렸다. 고물상은 어쩐 일인지 맷돌을 하나로 포개서 놓지 않고 따로따로 실어 놓았다. 맷돌은 마당에서 분리된 후 단 한 번도 합체된 적이 없었다. 아랫돌이 기억하기에 이동은 모두 세 번이었다. 첫 이동에서 아랫돌이 피난 가는 것 같다고 말했다가 윗돌과 신경전을 벌인 이후, 한동안 서로를 외면했다. 그렇다고 해서 헤어진다거나 떨어지는 건 상상도 하지 못했다. 그저 둘은 하나일 때 작동하고, 하나로 의미 있는 둘이었다. 그러나 변수가 생겼다. 되살아난 용암의 열기로 아랫돌은 이상 증상을 보였고, 그 증상이 나타났을 때 고물상이 보고 말았다.

언제부턴가 아랫돌은 은은한 붉은 빛을 내기 시작했다. 원인은 분노였지만 아랫돌의 상태를 모르는 사람이 보면, 그저 예쁘게 색을 발산하는 돌멩이로 보였다. 고물상은 아랫돌의 은은한 붉은 빛이 이상했지만, 곧 이건 돈이 된다는 생각을 갖게 되었고, 비싸게 팔 방법을 생각했다. 고물상이 먼저 한 일은 아랫돌을 남들이 보지 못하게 검은색 천으로 둘둘 말아 두는 일이었다. 그리고 검은 천에 말린 아랫돌을 감정하기 위해 특이한 돌을 전문적으로 수집하는 수석 전문가를 만나러 한밤중에 이동중이었다. 아랫돌을 실은 트럭은 한적한 길을 달리고 있었다. 시골길이지만 인가 주변마다 과하다 싶게 높은 과속방지턱이 있었다. 마음이 조급해 속력을 낸 트럭이 과속방지턱에서 크게 들썩거렸고, 그때 짐칸에서 빠르게 지나는 풍경을 넋 놓고 보고 있던 사물들이 한꺼번에 공중 부양을 했다. 보통 운전자들은 그런 순간 브레이크를 슬쩍 밟는데, 고물상은 운전 습관인지 아니면 발을 잘못 놀린 건지 브레이크 대신 액셀러레이터를 깊게 밟았고, 차는 마치 누군가에게 등 떠밀리듯 빠르게 앞으로 튕겨 나갔다.

그 순간 놀란 건 관성의 법칙을 준수하던 사물들이었다. 보통 공중 부양 후에도 있던 자리에 떨어지는 게 물리법칙인 줄 알았던 사물들이 마주한 건 검은 아스팔트 도로였다. 많은 사물이 도로를 들이받고 부서지고 깨지고 분리되어 흩어졌다. 다행히 아랫돌만은 검은 천에 둘둘 말린 덕분에 상처 없이 도로에 떨어졌고, 도로 밖으로 굴러서 빠져나왔다. 다치지는 않았지만, 아랫돌은 윗돌과 작별 인사도 없이 홀로 낙오되어 버렸다.

길에서 아랫돌을 발견한 사람은 냉동창고 직원이었다. 그는 아랫돌을 보자마자 문제의 해결 방법을 찾았다고 생각했다. 직원이 관리하는 냉동창고에는 기울어지는 상자를 괴어 놓을 무언가가 필요했다. 그날 밤, 어둡고 차가운 냉동창고에서 정신이 들었을 때 아랫돌은 이미 거대한 상자에 짓눌려 있었다.

사실 아랫돌은 끝내 알지 못할 일이지만, 아랫돌은 위험한 상태에 놓여 있었다. 분노가 쌓이고 그것이 누적되면서 내부의 근원에서 뿜어져 나오는 열기가 밖으로 표출되고 있었다. 만약 그 열이 며칠 또는 1주나 2주 더 지속됐다면 아랫돌은 열화되어 결국 재가 되고, 사막의 암반처럼 모래가 되어 소멸할 운명이었다. 그런데 우연인지 아니면 계획된 운명인지 확인할 수 없지만, 아랫돌은 냉동창고로 들어가면서 빠르게 열을 식혔고, 돌가루가 되지 않을 수 있었다.

불 꺼진 냉동창고는 불이 꺼지면 암흑물질로 가득한 우주 공간과 다를 게 없었다. 차갑고, 어둡고, 일정한 파동의 소음이 가득 차 있었다. 그 소음을 고장 난 우주선의 마지막 생존 신호로 생각하든, 우주의 입자들이 부닥쳐 내는 소리로 여기든 소란스러운 건 달라지지 않았다. 하지만 생각을 달리하자, 아랫돌은 어느 순간 우주 공간을 유영하고 있었고, 우주의 끝을 향해 날아가고 있었다. 이제껏 느껴 보지 못한 자유로운 기분이 들었다. 자신은 이제 어디로든 날아갈 수 있고, 어둠만 벗어나면 강렬한 빛들이 쏟아지는 별들을 볼 수 있을 것만 같았다.

그렇게 아랫돌이 자신의 어둠을 우주로 바꾸자 떠오르는 모습이 있었다. 그림자 남자였다. 그가 간다는 별은 어디에 있는지, 혹시 예전 선글라스가 만났다는 작은 별에서 왔다는 어린 왕자와 같은 별인지, 아랫돌은 그의 사원이 있다는 곳, 그의 쉴 집도 궁금했다. 언젠가 자신도 그곳을 볼 수 있었으면 좋겠다고 생각했다. 그렇게 아랫돌이 냉동창고의 어둠을 상상의 세계로 바꿔 놓은 시간에 냉동창고에는 새로운 문제가 발생했다.

창고는 내용물에 따라, 입고되자마자 출고된 제품들도 있고, 몇 개월을 두고 좋은 가격에 팔릴 시기를 기다리며 시간을 저축하는 제품도 있었다. 그렇게 여러 차례 창고의 내용물이 바뀌는 중에 냉동창고에서 일어나서는 안 되는 일이 생겼다. 그것은 일부지만, 상한 제품들이 발견된 것이다. 주로 아랫돌 주변의 상자들이 변질되어 있었다. 원인을 찾기 위해 창고로 들어온 사무실 직원 하나가 아랫돌에도 손을 대 보기는 했지만, 손에는 장갑이 끼워져 있었다. 직원은 아랫돌을 원인으로 생각한 게 아니라 창고에 맷돌이 있는 게 특이해서 만져 봤을 뿐이었다.

원인을 찾느라 여러 사람이 고생했지만, 끝내 원인은 밝혀지지 않았다. 결국 창고의 책임자는 겨울에 창고 수리를 대대적으로 계획하고 일단은 원인 찾기를 끝냈다. 그렇게 또 몇 차례 냉동 창고의 내용물이 바뀌었고, 드디어 겨울이 왔다. 냉동창고는 수리를 위해 비워져야 했다. 창고의 모든 사물이 밖으로 실려 나왔다. 그중에는 아랫돌도 있었다.

그때 갑자기 아랫돌은 몇 바퀴인지 모르게 돌고 돌아 창고를 벗어났고, 야외 주차장으로 굴러갔다. 냉동창고의 물건들을 내올 때, 아랫돌이 무거웠던 직원이 아랫돌을 바닥에 내려놓고 바퀴처럼 굴려 버린 것이다. 아랫돌이 구르다 멈춰 선 곳은 주차장과 연결된 철문 앞이었다. 아랫돌은 신선한 바깥 공기를 마음껏 즐겼다. 구름에 가려진 햇빛이지만, 눈부셨고 따뜻했다. 냉동창고보다 따뜻한 기온에 세포가 살아나는 느낌도 들었다. 그러고 나서 생각했다.

'이제 뭘 하지?'

슬쩍 주변을 살폈다. 누구도 자신에게 주목하지 않았다. 자신을 들고나온 남자도 어느새 건물로 들어갔다.

아랫돌은 하늘을 봤다. 기분 좋게 바람이 불었다. 나뭇잎이 떨어진 마른 가지가 바람을 타고 날았다. 눈이 올 것 같은 구름 낀 겨울 하늘을 나뭇잎 붙잡고 높은 곳까지 올랐던 바람이 차갑게 돌변해 빠르게 아랫돌을 휘돌고 달아났다. 달아나는 바람을 보며 아랫돌은 자신의 결심을 되뇌었다. '저 바람을 따라가자, 이곳을 떠나자'라고 말이다. 가다가 부서지는 일이 생기더라도 스스로 할 수 있는 것이 단 하나라도 있을 때 그것을 하자는 결심이었다.

결심이 굳어진 아랫돌은 처음으로 자신을 움직여 보기로 했다. 아랫돌이 스스로 움직일 생각을 갖게 된 건 얼마 되지 않았다. 대략 6개월 전부터 아랫돌은 이상 증세를 느꼈다. 자신의 구석구석 열이 느껴진 것이다. 그냥 따뜻한 정도를 넘어 뜨거운 열이 올랐고, 그런 현상이 지속된 지 3개월쯤 지나자, 어두운 주변이 희미하게나마 보이기 시작했다. 그 빛은 자기 몸에서 나오고 있었다. 빛으로 인해 주변을 볼 수 있어 좋았지만, 열기는 여전히 견디기 어려운 것이었다. 그 열을 아랫돌은 한 시간 이상 견뎌 내기가 어려웠고 열기에 정신을 잃는 날이 많았다. 그래도 매일 일어나는 이상 현상을 견뎌 낼 수 있었던 건, 첫 번째는 그곳이 냉동창고였기 때문이고, 두 번째는 아랫돌이 돌이기 때문이었다. 만약 돌이 아닌 다른 사물이었다면 타 버리거나 녹아 버렸을 것이다. 아랫돌 내부의 열은 인간도 자연발화 될 만큼의 열이었다. 아랫돌은 견뎌야 했고, 점차 정신을 잃는 날이 조금씩 줄어들었다.

그러던 어느 날은 온도가 아랫돌도 견딜 수 없는 지경까지 올랐다. 뜨거워서 주변의 냉동 제품들이 녹기 시작했다. 아랫돌은 속으로 비명을 질렀고 '오늘이 한계인가?'라고 생각했다. 그때였다. 아랫돌이 땀을 흘리기 시작했다. 처음에는 몽글몽글 돌 표면으로 맺히던 물방울이 점차 돌 전체에서 흘러나왔다. 땀은 표면 열기에 날아가고, 아랫돌은 열을 스스로 통제할 수 있다는 생각에 다다랐다. 시작과 끝을 마음대로 할 수는 없지만, 온도를 일정하게 유지할 수 있게 된 것이다.

2주 뒤부터는 열을 내고, 유지하고, 내리는 걸 생각대로 조절할 수 있는 단계에 도달했다. 일정 시간이 지나면, 마음대로 끝을 낼 수 있었다. 다시 한 주가 지나자 스스로 열을 낼 수 있게 되었다. 게다가 짧지만, 최대 몇십 초 정도 빛을 낼 수 있게 되었다. 아랫돌은 불현듯 그런 생각이 들었다. 바르게 놓여 있어 시도는 하지 않았지만, 바퀴 형태로 놓이면 움직일 수 있을 것 같다는 생각이었다.

그 생각을 실현해 볼 기회가 지금이었다.

'나는 바퀴다.'

아랫돌은 여전히 정지한 바퀴처럼 서 있었다.

'움직일 수 있다.'

아랫돌은 연신 자신을 밀어내는 바람을 뒤로한 채 생각했다.

아랫돌 앞에 바깥세상의 도로가 길게 놓여 있었다. 조금만 굴러가면 그 길에 도달한다. 아랫돌은 내부에서 좌우로 무게 중심을 빠르게 옮기는 모습을 떠올리며, '움직인다. 움직인다'라고 자신에게 주문을 걸었다. 그렇게 몇 번을 반복하자 원형의 돌이 앞뒤로 미세하게 들썩거렸다. 그리고 조금 기울어진 쪽에 깔려 있던 한 톨의 모래가 아랫돌의 미세한 움직임에 멀리 튕겨 나갔다. 그 미세한 영향은 아랫돌에 반 밀리미터 정도 거리의 움직임을 허락했다. 세상에 나온 이후 처음으로 자기 스스로 만들어낸 움직임이었다. 반 밀리미터가 1밀리미터가 되고, 1센티미터가 됐다. 한 바퀴를 돌았고, 1미터까지도 갔다. 멈출 생각이 없는 아랫돌은 굴러서 정문 밖으로 나왔다. 아랫돌은 계속 굴러서 골목도 빠져나왔다. 아랫돌은 쉬지 않고 굴러서 도로에 들어섰다. 자전거를 탈 수 있게 된 아이가 일부러 넘어지기 힘든 것처럼, 어느새 아랫돌도 넘어지기 힘든 상태가 되었다. 비록 속도는 느리지만 그렇게 멈추지 않고 굴렀다. 어느새 한 시간쯤 달렸다. 눈이 날렸다. 눈을 맞으며 반나절을 달렸다. 한밤에도 쉬지 않았고, 또 다른 날에도 아랫돌은 종일 굴렀다.

자신의 모든 걸 불태우듯 구르고 구른 아랫돌이 어느 시골길에 들어섰다. 작은 돌부리에 걸려 길옆 도랑 쪽으로 곤두박질쳤다. 아주 깊은 곳에 빠질 뻔했지만, 도랑 주변에 바리케이드를 쌓고 있던 젖은 눈 무더기가 아랫돌을 막아섰다. 도랑 바로 한

치 앞이었다. 도랑에 빠졌다면 눈에 묻혀 한겨울을 보내고, 운이 좋아서 우기쯤에나 물길을 튼다고 도랑을 정리하던 동네 이장이 웬 맷돌이 여기 들어 있냐고 혼쭐내며 빼 주지 않는 한, 쓸려 온 쓰레기들과 합체되어 얼마나 많은 계절을 흘려보낼지 모를 일이었다. 다행이라고 생각한 아랫돌은 눈 위에 지쳐 쓰러진 채 정신을 잃었다.

따뜻한 기운이 멀리서 불어왔다. 바람에 섞인 마른 지푸라기를 태운 연기가 아랫돌을 스쳐 지나갔다. 아랫돌이 정신을 차리고 주변을 살펴보니 막 해가 넘어간 초저녁이었다. 아랫돌은 땅바닥에 놓인 채였는데, 도로를 구르다 쓰러져 정신을 잃었던 곳이 아니라, 넓은 들판이 사방으로 펼쳐진 곳에 있었다.

쥐불이 지나간 흙바닥에 놓여 있는 아랫돌은 오랜만에 땅속에 파고 들어가고 싶어졌다. 비록 겨울이라 차갑고 딱딱했지만, 냉동 창고의 콘크리트 바닥이나 선반의 철재 바닥보다 부드러웠고 차츰 온기도 올라오는 게 느껴졌다. 아랫돌은 바닥에서 풍기는 흙 기운과 멀리 불기운 섞인 땅바닥을 즐기며 주변을 살폈다.

저 멀리서 어린아이들이 뛰어다니는 발소리가 울렸다. 잠시 후 조금 더 커 보이는 소년들이 불붙은 깡통을 들고 뛰고, 손잡이 대신 철사를 길게 매단 깡통이 허공에서 원을 그리며 돌아갔다. 붕붕 바람 소리도 만들어 냈다. 불꽃과 마주친 공기가 빠르게 찢어질수록 불꽃은 커지고, 붉고 노란 불로 만든 수많은 동그라미가 밤하늘에 그려지고 있었다. 차가운 바람이 불지만 따뜻한 그림 같았다.

"찾았다. 여기다 놓고 반대쪽만 돌아다녔네."

운동화 한 쌍이 아랫돌 앞에 멈춰 서더니 갑작스러운 혼잣말과 함께 아랫돌을 번쩍 들고 어디론가 걸어갔다. 사람의 양손에 들려 배를 탄 것처럼 20미터 정도 흔들리며 이동한 아랫돌은 나뭇가지로 불을 지펴 놓은 곳에 도착했다. 한 소녀가 화톳불 앞에 쪼그려 앉아 타오르는 불을 쬐고 있었다.

"찾았어. 들판에 옮겨 놨는데, 어두워지니까 찾기가 어렵네."

말을 마친 소년이 화톳불 바닥보다 조금 높이 솟은 땅에 아랫돌을 내려놓았다. 여자아이의 키에 앉기 적당한 높이가 되었다. 남자아이는 자신의 머플러를 여러 겹 접어 아랫돌 위에 깔았다. 여자아이는 남자아이가 만든 자리에 앉았다. 종아리만 보이지만, 아랫돌은 여자아이가 어떤 표정을 지었는지 알 것만 같았다. 여자아이는 손가락 끝으로 연신 머플러의 끄트머리를 달콤하게 매만지고 있었다.

"춥지 않아?"

남자아이의 물음에 여자아이는 없는 기운을 모아 대답을 하듯 들릴 듯 말 듯 작은 소리로 대답했다.

"괜찮아."

들판에서도 움푹 파인 곳이라 바람이 둔덕을 타고 머리 위로 넘어가고, 불기운이 둔덕 안에 갇힌 듯 머물러서 안락한 기분까지 들었다. 멀리 들판에는 여전히 짚을 태우는 불길과 불 깡통이 돌아가고, 반딧불 같은 불티가 하늘 위로 날아다녔다.

아무리 바람을 피하고 화톳불의 온기가 돌아도 겨울의 차가운 기운에 등이 시렸다. 여자아이는 몸을 떨면서 추위를 참고 있었다.

"정말 안 추워? 윗옷 벗어 줄까?"

남자아이가 외투를 벗으려 하자 여자아이가 괜찮다고, 안 춥다고 사양한다. 하지만 여자아이의 팔다리는 연신 떨리고 있었다.

"추우면 돌아가도 돼."

아랫돌은 이 아이들이 지금 같이 있고 싶고 또 서로를 위해 추위를 참고 있다는 것을 알았다. 남자아이는 불 주변을 오가며 불을 쑤시고 뒤집고 분주하게 움직이느라 추위를 덜 탔지만, 가만히 앉아만 있던 여자아이는 춥다고 말도 못 하고 몰래 떨고 있었다.

아랫돌은 서서히 열을 높였다. 여자아이가 이상하게 생각하지 않을 정도로 아주 조금씩 열을 내뿜었다. 점차 여자아이의 떨림이 줄어드는 게 느껴지고, 움츠러든 등과 어깨가 펴졌다. 남자아이가 나무토막을 가져다 여자아이의 옆에 놓고 그대로 앉았다.

그제야 생각났는지 여자아이가 주머니에서 종이봉투를 꺼냈다. 안에는 견과류가 들어 있었다. 부럼이었다. 여자아이가 손에 가득 밤과 호두를 꺼내 남자아이에게 내밀었다.

"부럼이야."

"잘 먹을게."

남자아이의 손에 부럼이 전해진다. 어느 해의 대보름이었다. 구름에 가려진 달빛이 구름 뒤에서도 유난히 밝아서, 달이 숨어도 하늘이 어둡지 않았다. 게다가 구름의 행렬은 끝나가고 있었다. 구름 사이사이로 보이는 하늘은 짙고 맑았다. 곧 달이 온전하게 드러날 순간이었다.

달이 구름을 벗어나 세상에 드러나자, 아랫돌은 벅차올랐다. 자신도 구름을 벗어나 세상에 나온 달과 다르지 않다는 생각이 들어 이 순간이 새로웠다. 어둠에 갇힌 긴 시간, 별의별 고민과 시름, 끝 간 데 없는 망상에 시달렸다. 그런데 자신은 그 모든 시련을 이겨 냈다. 보름달이 구름을 완전히 벗어났고, 아랫돌은 달이 자기처럼 둥근 것에 감동했다. 마치 자신이 밝게 빛나는 달 같아 마음도 부풀었다.

'나는 마치 달의 축소판 같아.'

불현듯, 달을 보기 전까지는 몰랐던 어떤 생각이 아랫돌을 휘감았다. 세상 모든 어려운 사물들에 빛을 내리고 구원해야 할 메시아는 자신일지도 모른다는 생각. 아랫돌은 순간 무서웠다.

긴 시간의 고행, 이겨 내기 힘든 고난…. 시련이 세상을 구원할 자의 숙명이라면 아랫돌은 모든 자격을 가졌다고 생각했다. 그러한 순간의 깨달음. 아랫돌은 자신이 긴 시험을 끝낸, 예정된 메시아인가 하고 생각에 사로잡혔다.

'사물의 메시아. 어쩌면 나는 사물의 메시아일지도 모른다.'

아랫돌은 허공에 대고 물었다.

- 내가 메시아?

과거, 사람에 올라타고 먼 여행을 떠난 선글라스와 나눴던 대화가 생각났다.

- 사물의 메시아가 나타난 적이 있었나요?

아랫돌의 물음에 선글라스의 대답은,

- 아니. 하지만 사물도 메시아가 나타나야 한다면, 그건 돌의 후예일 거야.

돌의 후예… 선글라스는 아랫돌이 메시아라는 암시를 한 것일까?

- 저도 메시아가 될 수 있나요?

이미 세상에 없는 스승은 아랫돌의 마음속에서 대답했다.

- 그건 가짜다!

서운했다. 지금은 세상에 없는 스승이지만 선글라스는 아랫돌을 단호하게 가르쳐야 한다고 생각하는 것만 같았다. 아랫돌은 마음속의 다른 스승에게 다시 물었다.

- 저는 자격이 없는 건가요?

- 자격의 문제가 아니다. 자신을 메시아라고 스스로 나서는 자는 가짜다.

과거 항아리는 그렇게 가르쳤다.

- 예수는 체포되자 자신이 메시아임을 선언했지만, 그 선언은 자기 말로 뱉은 것이 아니었다. 대제사장들과 서기관들이 "네가 하나님의 아들이냐?"라고 물었고, 예수는 "너희들이 내가 그라고 말하였다"라고 긍정했다. 알겠느냐? 스스로 나서 메시아라고 말하는 자는 거짓 메시아이다.

아랫돌은 아쉬웠지만, 스승의 가르침을 떠올리며 한순간 주제넘은 생각을 한 것을 반성했다.

'내가 내 입으로 뱉은 메시아라는 말은, 내가 메시아가 아님을 증명한 것과 같다.'

아랫돌은 한순간이었지만 잘못된 생각을 한 자신이 민망했고, 달빛 앞에 창피했다. 그때 불현듯 스승이 생각으로 전해 준 가르침이 떠올랐다.

- 언젠가 네가 마음대로 움직일 수 있게 되거든, 너는 네 앞에 누가 있는지를 보지 말고, 네 뒤에 누가 오는지를 돌아보거라.

아랫돌은 갑자기 돌 전체를 휘도는 서늘함을 느꼈다.

- 스승님은 지금의 나를 이미 보셨구나…. 도대체 어디까지 보신 걸까?

아랫돌은 지하창고의 기억을 떠올렸다. 어둡고 습한 창고지만 스승과 함께했던 그때로 다시 돌아갈 수 있다면 좋겠다고 생각했다.

아랫돌이 생각에 빠져 있는 동안, 대화를 이어 나가지 못하고 한참을 말없이 장작불만 바라보던 남자아이가 여자아이의 이름을 불렀다.

"시우야!"

그 이름은 저택에서 들었던 이름과 같았다. 기억에 남아 있는 이름이 불리자, 아랫돌의 생각은 저택의 반지하에서 2층으로 올라갔다. 아랫돌은 같은 이름을 가진 여자아이를 우연히 만난 것이겠거니 했다.

"네 덕분에 집 짓는 좋은 경험을 했어. 선생님께 허락 받아 줘서 고마워."

"동주가 생각하는 게 있어서 부탁한 거잖아. 그게 뭔지 이제 알려 줘."

동주라는 이름도 아랫돌은 안다. 장모가 마치 아들 부르듯 부르던 이름. 시우와 동주는 저택의 젊은 부부였다.

"난 건축과에 진학해서 건축가가 될 거야. 너도 눈치챘지?"

"그렇지 않을까 생각은 했어."

갑자기 기분이 좋아진 시우가 동주 쪽으로 몸을 돌리고 눈을 맞추며, 장난기 어린 얼굴로 물었다.

"그래서 미래의 건축가에게 한 가지 물어보자."

"뭘?"

긴장한 동주가 대답했다.

"그 마룻대! 그렇게 큰 나무가 거실 천장에 붙어 있는 게 미래의 건축가가 볼 때 잘한 일이라고 생각해?"

훅 들어온 시우의 몸짓과 질문에 동주는 당황했지만, 당시 상황을 떠올려 보았다. 그때 어찌 된 일인지 모두가 나무를 보고 눈물을 흘렸었다. 나중에 남자들이 모여 그날 눈물을 흘린 그 순간의 감정을 털어놓았다. 정수는 머리가 아파서 울었다고 핑계를 댔고, 동주는 정수가 울어서 울컥한 순간 눈이 마주친 시우 아버지가 달아난 게 서러워서 울었다고 말했다. 시우 아버지는 처음에는 그럴듯한 핑계를 생각했지만, 뭘 얘기해도 창피한 상황이라 그냥 자기 생각을 털어놨다. 자신이 운 건 긴 시간을 살아 낸 생명에 대한 경외의 감정이었다고. 그때의 기억이 되살아난 동주는 말을 더듬거리며 당시 상황을 설명하려 애썼다.

"난 아직 건축가가 아니고… 그 순간 분위기가 그랬지. 나무도 너무 아깝고. 그때는 모두 어떤 감정이 일어서…."

"됐어, 난 마음에 안 들어."

다시 토라진 시우의 눈을 피하던 동주가 뭔가 결심한 듯 시우의 눈을 맞추며 말했다.

"나중에 내가 네 맘에 꼭 드는 집을 지어 줄게."

소녀가 조금 톤을 높여 물었다.

"너 지금 프러포즈하는 거야?"

소녀의 기분이 다시 좋아진 것 같았다. 동주는 고개를 크게 저었다.

"지금은 아니야. 나중에 제대로 할 거야."

조금 감동했는지 시우가 어깨를 동주에게 밀착했다. 시우의 조그만 몸짓에도 정신이 달아나고 몸이 달아오른 건 동주인데, 소년 소녀를 지켜보다 먼저 달아오른 달빛이 세상에 가득했다.

이것이 현실이든 환상이든 지금 아랫돌 위에 앉아 있는 아이들은 물어볼 것도 없이 저택의 아비와 어미였다. 시간이 잘못된 건지, 자신이 이동하는 공간을 거슬러 온 건지, 아랫돌은 이해할 수 없었지만, 아이들의 아름다운 한때라는 건 달라지지 않았다.

아랫돌은 자기가 환상 속에서 헤매는 것이라고 해도 좋고, 돌아갈 수 없는 과거의 어느 순간에 잘못 놓여 있어도 좋았다. 그게 아니라면, 이미 지난 세상이 아랫돌의 현재 세상과 맞물려 한순간 같은 공간을 공유하며 머물게 된 것인지, 또는 시공간을 넘어 반복되는 어느 순간들이 따로 있는 것인지, 그것도 아니면 세상 모든 중력의 끝에 팽팽하게 붙잡혀 끌려다니다 비어 있던 지점을 차지해 이루지 못한 무언가를 재구성하려는 힘이 따로 있는 건지도 모르겠다.

또 어쩌면 이곳이 그림자 남자가 다녀왔다는 우주의 끝일지도 모른다는 생각도 들었다. 아랫돌은 이곳에서 만날 수 없는 친구를 만났다. 비록 말을 나누지는 않았지만, 아이들은 살아 있고 행복한 모습이었다. 친구가 그런 모습이면 된 거다. 아랫돌은 이 아이들의 우주가 지금 이후에 자신의 눈앞에서 소멸하더라도 아이들이 계속해서 행복하기를 바랐다. 그리고 언젠가 그림자 남자를 다시 만나면 자신도 우주의 끝에서 친구를 만났다고, 자랑할 게 생겼다고 생각하며 깊은 명상에 빠져들었다.

얼마의 시간이 지나고, 명상을 마친 아랫돌이 앞을 봤다. 날이 밝았고 화톳불은 꺼져 있었다. 아이들은 머플러로 아랫돌을 덮어 두고 떠나갔다. 아랫돌은 둔덕 위에 바퀴처럼 세워져 있었다. 어젯밤 그 아이들은 실재했다. 하지만 오늘의 세상에도 실제로 있을지는 알 수 없었다. 다만, 이제부터는 아랫돌만의 오늘이었다.

아랫돌은 움직였다. 아이들이 그러라고 세워 둔 것일 테니까. 머플러는 가져갈 수 없지만, 마음에 둘렀다. 아랫돌이 비탈길을 굴렀다. 빠르게 흙길을 지났다. 그렇게 곧바로 포장도로에 들어섰다. 어디로 가야 할지 모르지만, 아랫돌은 달렸다.

14

아랫돌은 꺼져 있던 질주 본능이 켜진 것처럼 도로를 달렸다. 가끔 폭주족을 만나 따라가며 속도를 즐겼다. 고속도로에 있는 갓길은 신의 길이었다. 맷돌의 앞을 가로막는 장애물이 없어 자신이 낼 수 있는 한계까지 속도를 내고 달렸다. 몇 주 동안 밤낮을 꼬박 달렸다. 그동안 북쪽에서 중부지방을 거쳐 이름 모를 산속의 길을 달리고 올라 드디어 내리막을 만났고, 내달리며 억눌렸던 시간을 자신의 속도감으로 떨쳐 냈다. 동쪽 바다에서 해가 뜨는 것을 보고 며칠을 달려, 서쪽 바다에서 석양도 보았다. 굴러서 갈 수 있는 가능한 곳을 다 굴러다니고 싶었던 아랫돌은 다시 남쪽으로 달렸다. 돌 안의 모든 정기가 다 소멸할 때까지, 더 이상 달릴 수 없는 땅의 끝이 있는 곳까지 확인하고 싶었다. 이제 자신을 동그란 틀 안에 가둬 두고 깨지는 걸 두려워하지 않기로 했다. 그저 지금 순간을 위해 달렸다.

드디어 남쪽 바다의 시작, 땅의 끝에 섰다. 섬에 둘러싸인 그곳의 바다는 바람이 불었고 큰 파도는 숨었지만, 조각조각 부서져 발광하는 파도가 합창하며 아랫돌을 맞았다. 수고했다고, 찾아와서 반갑다고 인사해 주었다. 아랫돌의 속 어디에, 보이지 않는 너무도 크고 압도적인 감정이 치밀어 올라와 아랫돌을 흔들었다. 그 감정이 아랫돌이 가진 원둘레의 크기를 벗어나려 부들대며 떨었다. 더 이상 할 게 없었지만 충분했다. 아무것도 할 수 없던 사물인 자신이 한계를 벗고 움직여 이곳에 있고, 파도의 합창도 대단하다고 해 주었다. 사물을 위해 대자연이 전하는 축복은 해가 질 때까지 계속되었다.

붉은빛으로 물든 땅끝의 바다를 떠난 아랫돌은 어느 산으로 오르는 도로를 달리고 있었다. 누적된 피로가 이미 극한에 다다랐지만, 오르막길을 향해 한 바퀴씩 구르고 쉬고, 다시 굴렀다. 오직 끝까지 가겠다는 의지로 그 길의 정상에 도달했다. 어두웠지만, 그 이상으로 앞이 보이지 않았다. 남겨진 모든 힘을 쓴 아랫돌은 모든 감각을 잃은 듯이 보지도 듣지도 못했다. 정상에서 힘이 풀리자, 아랫돌은 내리막길 향해 어떠한 의식도 없이 굴러갔다.

관광지의 드넓은 주차장을 지나고, 입구를 지나, 동족들이 널려 있는 계곡을 가로지르는 다리를 건널 때도 아랫돌은 아무것도 보지 못했다. 하지만 마지막 바퀴는 일부러 찾아온 것처럼 어느 큰 절의 일주문 앞에서 멈춰 섰다. 새벽이었다. 아랫돌은 그제야 쓰러지며 쉬게 되었다.

쓰러져 있던 아랫돌 앞을 수많은 신발이 지나갔다. 아랫돌 앞에 잠깐 멈춰 섰다가는 신발도 있었지만 대부분은 그냥 지나치는 신발이었다. 때로는 차고 가는 모진 신발도 있었지만, 아랫돌은 미동도 없었다. 그렇게 한나절이 지난 뒤, 아랫돌 앞에 허름하지만 깨끗한 운동화 두 켤레가 섰다. 중년의 스님과 머리통이 유난히 새파란 사미승이었다. 중년의 스님은 마치 준비하고 가지고 다닌 것처럼 가방에서 사각의 무명천을 꺼냈다. 새하얗고 깨끗한 천을 펼쳐 사미승의 손바닥에 올려놓고 쓰러져 있는 아랫돌을 들어 천 위에 놓았다. 그 상태에서 아랫돌을 천에 싸고 묶어서 들었다. 자기가 들겠다는 사미승을 제지하고 스님은 묵직한 보자기를 그러쥐고 대웅전을 지나 뒷길로 들어섰다.

정신을 차렸을 때, 아랫돌은 선방 안에 있었다. 짓이겨진 닥나무 질감의 한지 벽에 바닥은 따뜻했고 방석은 편안했다. 아랫돌로서는 정말 오랜만에 느껴보는 안락한 온기와 푹신함이었다. 자신이 안전한 것을 느끼자, 아랫돌은 스르르 다시 정신이 희미해졌다. 그때 문밖의 대화 소리가 들렸고, 아랫돌은 정신을 차리고 소리에 집중했다.

"스님, 괜찮은 것입니까?"
"맷돌은 이제 괜찮다. 다행스럽게도 목숨이 붙어 있고, 맷돌의 기능에도 문제가 없어 보인다."
"아니요. 스님이 괜찮으시냐고요?"
"허… 나는 노망으로 보기엔 아직 젊고, 정신 이상으로 보기엔 건강하다."
"그런데 맷돌을 왜 그렇게 돌보십니까?"
"이상해 보이더냐?"
"너무 이상합니다."
사미승은 그렇게 말했지만, 지금 자신이 모시는 스님이 어떤 분인지 가장 잘 알고 있었다. 생불이라 불린 노스님이 말년에 거둔 제자로 "자신을 뛰어넘을 자질은 대명이다"라고 하신, 그 대명이 바로 자신 앞에 있는 스님이다.
"그래, 나도 딱 20년 전에 그랬다. 그래서 스승님께 저 방에 누운 맷돌보다 못하다는 소리를 들었지."
"돌아가신 노스님과 인연이 있는 맷돌입니까?"
고개를 끄덕인 스님이 말했다.
"다시 방에 들어가자. 우리가 떠드는 소리에 맷돌이 잠에서 깼구나."
문을 열고 두 스님이 선방으로 들어간다. 중년 스님은 맷돌 앞에 앉고 사미승은 스님의 뒤편에 앉아 의문스럽다는 듯 고개를 갸우뚱한다.

- 오랜만이네. 내가 누군 줄 알겠나?

- 기억났습니다. 노스님과 함께 시장에서 저를 보고 가신 적이 있지요. 그대는 젊으셨죠.

- 20년 전이니까. 밖에서 하는 말소리를 들었겠지만, 노스님은 열반에 드셨네. 돌아가셨다는 뜻이지.

- 꼭 다시 뵙고 싶었는데… 정말 아쉽네요.

- 생명은 자연의 법칙을 거스를 수 없다고 하셨지. 정식으로 소개하지. 나는 대명이라고 하네, 큰 빛이 되길 바라시고 스승님이 주신 법명이라네.

- 대명 스님….

아랫돌이 조용히 대명의 법명을 되뇌어 본다.

- 스승님께서 열반에 드시기 전에 내가 자네를 반드시 만나게 될 것이니, 만나면 꼭 전해 달라고 하신 말씀이 있네.

- 노스님이 제게요?

- 스승님은 다른 인연은 쉽게 끊어도, 짧았던 자네와의 인연에서 가져온 번뇌는 끊기가 힘들었다고 하셨지. 그분도 자네 같은 존재는 처음 만났으니까. 그때는 본인과 인연이 아니라는 생각에 후일을 기약했던 걸 후회하시고, 바로 데리고 왔어야 했다고 자주 말씀하셨지. 그러고는 자네를 만나면 이 말을 전하라고 하셨네.

왠지 바른 자세로 들어야 할 것 같은 말이었다. 아랫돌은 체력이 달려 꼼짝하지 않는 제 몸이 그때만큼 원망스러웠던 적이 없었다.

– 스승님은 자네를 제자로 받아들이며 이름을 내리셨어. 불교에서는 법명이라고 하지만, 자네를 불교에 얽매이게 할 수는 없다고 하시며 이름을 '진명'이라고 하셨네. 밝은 별이라는 의미라고 하시고, 별이 되어 만나자 하셨지. 그날을 위해 생각하고 정진하라고 당부하시면서 말이야.

대명의 말을 들으며 알 수 없는 무언가가 아랫돌의 깊은 곳에서 치밀어 올라 대답하지 못했다. 앞을 가리는 흐릿한 물기에 방석이 젖어 들었다.

선방에 아랫돌이 홀로 남아 있었다. 밤새 마음을 진정시킬 수가 없었다. 자신이 세상을 원망하고 있던 순간에도 누군가 자신을 위해 기약 없는 시간을 준비하고 또 기다렸다는 것에 감동받았고 벅차올랐다. 그리고 자신과의 인연을 아쉬워하며 몇백 년이 될지, 몇천 년 될지 모를 시간을 약속하고 가신 노스님의 은혜에 뭔지 모를 기운이 차올랐다.

생각해 보니, 아랫돌은 자기가 알지 못하는 사이에 많은 이들로부터 아낌을 받았었다. 선글라스도 가르침을 주었고, 그림자 남자는 알 수 없는 힘을 주었다. 저택의 장모는 너무도 편안한 시간을 베풀어 주었고, 스승인 소금 항아리는 자신을 크게 깨우쳐 주었다.

그리고 스치듯 짧게 만났던 인연도 잊지 않고 소중하게 간직해 준 노스님이 있었다. 또 그분이 남긴 인연을 끝까지 챙겨 준 대명 스님까지… 아랫돌은 자신이 놓친 인연은 더 있었을지 모른다는 생각을 했다. 자신을 맷돌로 만든 석공이나, 콩국수 식당의 사장, 만물상, 냉동창고의 방한복 남자도 어쩌면 자신을 지키고 돌봐 준 사람들일 수도 있다는 생각이 들었다.

그렇게 아랫돌은 한 계절 선방에서 생각하며 지냈다. 그러다 봄이 오자 멀리 산 아래 세상이 보이는 넓은 터 바닥에 놓였다. 마침 대명 스님과 사미승이 한 달 이상 절을 떠나 있다는 말을 듣고 그들에게 자신을 이곳에 가져다 달라고 부탁했었다. 그곳에서 아랫돌은 보름 넘게 명상하고 있었다.

보름 전 대명은 아랫돌에 오래전 열반하신 고승의 화두를 전했다. 대명의 말을 듣던 중에 "사중득활(死中得活), 즉 죽음 속에 삶이 있다"라는 말을 받았다. 그 말은 삶이 영원하다는 것을 의미한다. 예전 항아리 스승이 말한 생명은 유한하지만, 삶은 영원하다는 말과 일맥상통하는 말이기도 해서 아랫돌은 듣자마자 생각에 빠져들었다. 철저하게 죽음을 넘어야 생명의 길이 다시 열릴 것이니 죽음을 두려워하지 말라는 뜻이고, 죽음 이후에도 삶은 지속되기에 죽음 앞에 용감하게 맞서야 한다는 말이었다.

문득 예정된 죽음을 피하지 않았기에 부활할 수 있었던 예수가 생각났다. 아랫돌은 이제 죽음이 무엇인지 자기 안에서 정리를 끝냈다. 삶은 여행이고 죽음은 기착지다. 그러니 자신은 이제 여행을 계속해야 한다고 생각했다.

어느 밤이었다. 그날은 맑은 달빛을 받으며 명상에 잠긴 지 세 시간쯤 지났을 때였다. 아랫돌은 스스로 조절하던 열이 아닌 다른 기운이 자신 안에서 올라오는 것을 느꼈다. 조절할 수 없을 정도로 열이 올랐고 예전 냉동창고에서처럼 무작정 견뎌야만 하는 상황에 도달했다. 그렇게 몇 시간을 견디고, 하루를 견뎠다. 이제 아랫돌은 자신의 이런 변화를 두려워하지 않게 되었다. 이 고통을 통해 어떤 변화가 올지 궁금했다.

어느 날 아랫돌은 속이 녹는 느낌까지 받았다. 마치 내부의 조직들이 재구성되며 남는 건 녹아내리고, 빈 곳은 채워지는 느낌이었다. 어딘가 불안의 씨앗 같던 갈라진 곳이 붙고 채워지는 기분도 들었다. 다만 그 시간 동안의 고통은 말 못 하는 사물도 견딜 수 없는 수준 그 이상이었다. 인간이라면 오장육부가 녹아내리고 있는 것과 다르지 않았다. 아랫돌은 어쩌면 이 이상 열이 오르면 견디지 못하고 폭발하거나 타고 남은 재가 될 것만 같았다.

그때였다. 아랫돌이 땀을 흘리기 시작했다. 처음에는 몽글몽글 돌 표면으로 맺히던 물방울이 점차 돌 전체에서 땀이 되어 흘러나오고 있었다. 한참을 흘러내린 땀에 흙바닥 전체가 흥건하게 젖을 정도였다. 때마침 바람이 아랫돌을 시원하게 휘감았다. 문득 아랫돌은 생각했다.

'바람이 부는 걸 보니 비가 오겠구나.'

잠시 후 빗방울이 떨어졌다.

소나기였다. 비를 맞으며 아랫돌은 한 가지 확신을 가졌다. 자신의 무엇인가 하늘과 땅에 연결되어 있다는 생각. 그 생각 후, 자연이 때마침 벌인 일인지 아랫돌의 땀과 비가 섞인 물이 땅바닥으로 스며들고, 잠시 후에 땅이 물을 토해 냈다. 아랫돌 밑에서 솟구친 물줄기가 사방으로 퍼져 나갔다. 아랫돌은 자신이 마치 커다란 스프링클러의 분사기가 된 것처럼 원을 그리며 시원하게 물을 쏟아 냈다. 반나절 후, 점차 약해진 물줄기는 작은 샘을 만들고 고여 들었다. 아랫돌은 이제 땅의 작은 울림이 느껴졌다. 하늘 위에 떠다니는 미세한 진동이 보였다. 자연의 흐름이, 변화하는 힘들이, 아랫돌 앞에 펼쳐져 있었다.

다음 날 허겁지겁 산을 뛰어 올라온 대명이 아랫돌과 아랫돌 밑에서부터 흘러 샘을 이룬 곳까지 둘러보고 한마디 했다.

- 자네가 이 높은 곳에 물길을 텄구먼.

- 죄송합니다.

- 허허, 덕분에 물 길으러 가지 않아도 되었네. 산에서 내려

갈 일이 반으로 줄었어.

- 그렇게 말씀해 주시니 근심을 덜었습니다.

- 그런데 자네 모습은 어찌 된 건가?

- 제가 뭐가 이상한가요?

대명의 말을 들은 사미승이 거울을 들고 왔다. 거울을 든 사미승이나 거울 속을 들여다보는 아랫돌이나 그 광경이 의아하기는 마찬가지였지만, 그래도 사미승과 달리 아랫돌은 원인이 무언지 알기에 빠르게 받아들였다. 아랫돌은 타고 남은 연탄처럼 하얗게 변해 있었다. 연탄과 다른 건, 마치 도자기처럼 광택이 있다는 점이었다. 변한 자기 모습이 놀라웠지만, 아랫돌은 처음으로 자기 모습이 마음에 들었다.

아랫돌은 땅과 하늘 그리고 그 사이의 공간을 가득 채우는 대기의 이야기들에 정신없이 빠져들어 갔다. 방 안에 있어도 멀리서 몰려온 구름과 공기의 흐름이 전해졌고, 작은 울림들이 느껴졌다. 같은 하늘 위에도 떠다니는 기운이 각기 다른 것이 보였다. 자연이, 계절이, 매 순간 달라지는 변화가 아랫돌과 동기화되고 있었다. 그러던 어느 날이었다.

- 진명이 기침하였는가?

- 네, 스님.

- 나와 보게, 별이 밝네.

나와 보라 했지만 말이 그런 것이지, 사미승은 제때 아랫돌을 옮기기 위해 방으로 들어왔다. 아랫돌은 스스로 움직여도 될 일이었지만, 얌전히 사람의 도움을 받아들였다. 평상 위에 방석 채로 아랫돌을 내려놓고 사미승이 뒤로 물러나자, 대명 스님이 한쪽 하늘을 가리키며 말했다.

- 저기 유난히 밝아진 별이 보이나?

- 보입니다.

- 어떠한가?

아랫돌은 그 별을 보았다. 그 별 주변의 파동이 자신을 찾고 있고, 부르고 있었다. 그건 발신자를 알 수 없는 힘이었지만, 떠오르는 모습이 있었다.

- 저를 부르고 있네요.

- 별의 빛이 밝고 깨끗한 게 나쁜 의도는 없어 보이니, 생각해 보고 답을 주면 원하는 대로 돕겠네.

- 그렇게 하겠습니다.

생각은 길지 않았다. 아마도 윗돌일 것이다. 윗돌의 염원이 자신을 찾는 것이라면 그리고 염원의 신이 그를 돕고 있다면, 자신도 공명하지 않을 이유가 없다. 누가 뭐라 해도 윗돌은 자신의 짝이기 때문이다.

며칠 뒤 아랫돌은 대명 스님, 사미승과 함께 길을 떠났다. 몇 시간 뒤 셋은 어느 집 앞에 서 있었다. 작별 인사를 하고, 다시 만날 것을 기약했다. 그리고 아랫돌은 사미승에게 처음으로 소통을 시도했다. 그럴 생각을 하게 된 건 대명에게서 노스님이 어린 사미승의 머리에 있는 불통의 벽을 허물고 가셨고, 최근에 조금의 성과를 봤다는 말을 전해 들었기 때문이었다. 한계는 있지만, 먼저 소통을 시도하면 연결은 될 것이라고 했다.

- 어린 스님, 그동안 고마웠어요. 건강하시고 대명 스님 잘 모셔요.

머릿속을 울리는 아랫돌의 인사에 충격을 받은 사미승은 너무 놀라 손뼉을 치듯 큰 소리가 날 정도로 합장 후, 아랫돌을 향해 아주 깊은 반절을 했다.

대명은 아랫돌이 부탁한 대로 보자기로 싼 뒤에 아랫돌을 잠재웠다. 사실 아랫돌은 집주인이 자신을 모른다고 거부할 수도 있고, 설령 받아들인다고 해도 어떤 취급을 할지 몰라 차라리 보지 않는 것을 선택했다. 누가 있어 자신을 증명해 줄 수 있을까. 윗돌이 자신을 불렀대도 인간과는 소통이 되지 않으니, 윗돌이 해 줄 수 있는 일은 아무것도 없었다. 그래서 대명에게 잠을 재워 달라고 부탁했다. 집주인에게 받아들여지지 않으면, 다시 절에서 눈을 뜰 생각이었다. 대명이 초인종을 눌렀다.

어느 작은 테이블 위에 아랫돌이 놓여 있다. 실내는 불이 꺼져 있었지만, 햇빛이 창을 점령한 상태라 사물을 알아볼 만큼 밝았다. 다만 아랫돌이 놓인 곳이 조금 어두웠는데, 그곳은 거실의 한쪽 구석이었고, 창은 작았다. 한지로 된 창이라 열지 않으면 중앙의 창들보다는 어두웠다.

그 거실 구석 한쪽 벽에는 집을 지은 사람의 독특한 취향에 따라 맷돌 한 짝이 벽에 붙어 있는데, 지금 그 맷돌은 당황해서 정신을 못 차리고 있었다. 그럴 만도 한 것이, 자기 앞에 스스로 집을 찾아온 아랫돌이 놓여 있었기 때문이다.

게다가 아랫돌은 껍질을 벗은 듯 우윳빛이 되어 나타났다. 돌의 색깔이 달라졌다는 말은 듣지도 보지도 못한 일이었다. 뭐가 됐건, 이건 위험도가 매우 높아졌다는 걸 의미했다. 윗돌은 자기야말로 하얗게 질릴 것만 같았다. 윗돌은 만약 아랫돌이 정말로 자신을 찾아 일부러 여기에 온 거라면, 그건 집 안에 귀신이 떠돌아다니는 것보다도 무서운 일이라는 생각이 들었다.

물론 궁금했고, 보고 싶었다. 자신들이 왜 헤어진 건지 그 이유도 알고 싶었다. 외로울 땐 함께했던 시간을 추억했고, 그런 기억들로 힘을 낸 적도 있다. 그렇지만 아랫돌이 알 수 없는 능력을 키웠고, 색깔까지 달라진 채 어찌어찌해서 자신을 찾아오는 건 얘기가 달랐다. 그건 악당을 파리처럼 죽이는 슈퍼 히로인을 여자 친구로 둔 평범한 남자의 입장과 다르지 않다. 마침 몇 달 전에 아비가 틀어 놓은 영화 〈겁나는 여친의 완벽한 비밀〉의 그 여자와 같은 능력을 저 성격 나쁜 아랫돌이 가졌다면, 그건 자신은 뭐든 잘못 걸리면 사망이라는 뜻이었다.

아침에 아비는 일부러 찾아온 스님으로부터 아랫돌을 받았다며 흥분해 있었다. 스님은 색깔이 변했지만, 저택에 있던 아랫돌이라고 했다. 아비는 신기해하면서 일부러 테이블을 윗돌 앞에 놓고, 윗돌의 눈높이에 맞춰 아랫돌을 올려놓았다. 상봉 후, 해후의 시간을 천천히 가지라는, 참으로 사물에 자상한 아비였다. 윗돌이 긴장으로 속이 바짝바짝 마르는 중에 아랫돌이 정신을 차렸다. 아랫돌은 바로 윗돌을 알아봤다.

- 어떻게 된 거냐?

아랫돌이 벽에 붙어 있는 윗돌을 보고 물었다.

- 너야말로 어떻게 된 거냐?

윗돌은 아랫돌이 어떻게 여기에 왔는지를 물었다.

- 어디 갇혀 있다가 도망 나왔다. 네가 나를 팔았냐?

아랫돌의 한마디에 놀라 팔짝 뛴 윗돌 때문에, 사방의 벽과 지붕이 흔들리는 기분이 들 정도였다.

- 무슨 얘기냐? 내가 너를 팔다니?

- 농담이야.

- 무슨 농담을 그렇게 무섭게 하는 거냐?

반가운데 말투는 왜인지 서로 다정하게 되지 않는다.

- 얼마 만이냐?

- 뭐가?

- 우리 얼마 만에 보는 거냐고?

- 4년 만이다. 내가 여기 있는 건 알고 온 거냐?

- 당연하다. 이 집에 네가 있다고 지붕에 화살표가 반짝이고 있다.

- 또 농담이냐?

- 불빛이 반짝인다는 것만 농담이다. 그런데 누가 여기에 올려놓은 거냐?

- 아비가 여기 산다. 그리고 저기.

아랫돌이 윗돌의 시선을 따라간다. 그것은 밝았다. 마치 내부에 전구를 심어 넣은 것처럼 황금빛으로 빛났다. 그러나 열을 발산하지 않는 빛이었고, 불을 일으키는 빛이 아니었다. 때마침, 아랫돌이 그 모습을 제대로 즐기라고 창문을 점령했던 햇빛이 물러갔다. 그리고 바람이 불었다. 창밖의 복숭아나무 가지가 바람에 흔들렸다. 해가 짙은 구름에 가려졌는지 밖이 어둑해지자, 거실은 은은한 기둥의 빛으로 온화해졌다. 느껴졌다. 아랫돌은 그것이 무엇인지 한눈에 알아보고 외쳤다.

- 마룻대!

그렇다. 그 순간 아랫돌은 알게 되었다. 자신의 삶은 인연을 따라간다는 것을…. 그리고 깨달았다. 모험도, 역경도, 사건도 그저 하나의 연결 고리일 뿐이었다. 돌고 돌아 무언가를 만나기 위한 시간이었다. 그래서 아비가 사는 곳에서 윗돌과도 재회하고, 저기 변신한 마룻대, 악연이라 믿어 온 마룻대가 여기에 있는 것이다.

한 가지 웃긴 점은 자신도 모습이 달라졌고, 마룻대도 모습이 달라졌다는 점이었다. 아랫돌이 그 생각에 헛웃음을 짓던 그때였다. 윗돌이 담담하게 전했다.

- 신이시다.

- 신이라고?

- 그렇다. 메시아시다.

- 어째서 그가 메시아라는 말이냐?

- 너도 기억할 텐데? 불 속에서 사망하신 마룻대 님을…. 이제 다시 기둥으로 부활하시고 메시아로서 우리에게 돌아와 전능을 보여 주셨다.

- 그건 틀린 말이다. 마룻대는 죽었던 적이 없으며, 단지 불에 탄 두꺼운 껍질을 벗었을 뿐이다. 메시아는 우리의 죄를 대신해서 속죄하고 그로 인해 갖은 고통과 비웃음 속에 사망하고 부활하셨다. 그런데 마룻대는 누구를 대신해 고통을 받아들인 일이 있느냐? 누구를 대신해 속죄한 적은 있었냐? 그런 일이 없는데 어떻게 메시아가 될 수 있다는 것이냐?

- 그런 건 중요하지 않다. 새로운 메시아가 이전의 일을 되풀이 할 이유는 없다. 마룻대 님은 사악한 것을 물리치고 우리를 구원하셨고, 작지만 우리에게는 전부인 이 공간에, 이 집에 평

온을 가져오셨다.

윗돌이 전한 얘기는 이랬다. 2년 전쯤 이 집이 완성되기 전, 이 집에서 예전 저택을 쑥대밭으로 만든 여자가 죽었고, 한이 남았는지 귀신이 되어 출몰했었다. 그때 집을 완성하기 위해 구 마룻대, 현 기둥이 그 자리에 세워졌고, 기둥은 기억을 잃은 상태였지만, 이후 거실에서 그 여자의 원혼은 나타나지 않았다. 바로 그의 전능이 귀신을 퇴치한 거였다. 그러나 거실 뒤편에서는 심심찮게 귀신이 출몰하고 있었다. 그래서 거실 밖의 사물 중에는 진정한 구원자에 대한 반발 세력도 생겨났다.

그러던 중 아비와 친구이자 죽은 여자의 오빠인 정수가 이 집에 들렀고, 그러면서 상황이 달라졌다. 첫째로는 아비가 윗돌을 알아보고 옛 추억에 젖어 이 집에서 눌러앉았고, 둘째는 아비가 한때 아이를 잃는 사건으로 이성을 잃었던 모습이 사물과 같았기 때문에, 그가 귀신을 퇴치하고 집 뒤편의 구원자가 될 수 있다는 논쟁이 벌어졌다. 기둥의 반대파는 누구라도 구원자가 되기를 바랐고, 기둥의 추종파는 아비가 사람이라는 이유로 배척했다.

그때 신비한 일이 벌어졌다. 아비의 친구와 기둥이 공명하면서 마룻대 시절의 기억을 잃은 기둥이 기억을 되찾은 것이다. 그리고 기둥은 아비가 거실 뒤편의 구원자로 자격이 있음을 증명하기 위해, 당시 아이의 사망을 목격한, 뒤에 불로 소멸한 사물들을 소환하여 아비의 자격을 증명했다는 것이다.

– 그때 레이스 커튼도 아름다운 모습을 다시 보이셨지.

윗돌이 잠시 아름다운 레이스 커튼을 생각하는지 이야기를 멈춘다. 아랫돌이 빠르게 참을 '인' 자에서 마음 '심' 자를 빼고 점을 지워 윗돌을 향해 던졌다. 예전과 달리 칼을 맞은 윗돌의 동그란 몸에서 돌조각이 일부 떨어져 나갔다. 놀란 윗돌은 호흡곤란을 겪었다. 하지만 초능력 히로인 아랫돌이 그나마 봐준 덕분에 윗돌은 두 쪽으로 갈라지지 않았고, 생을 이어 나갈 수 있었다.

이후 계속된 이야기에 따르면, 그때 기둥이 증명한 방법은 자기 몸으로 빛을 발산해 그 빛 안에서 과거의 사물들을 영화처럼 나타나게 하는 방법이었다. 그런데 그때 이후에도 기둥의 빛은 꺼지지 않았고, 지금까지 밤낮으로 빛을 발산하고 있었다. 소통은 불가능했지만, 구원의 빛으로 집을 밝히는 것만은 변하지 않았다.

그 이후 집 안에서 사악한 원혼은 사라졌다. 집 안의 모든 사물은 이제 기둥이 부정할 수 없는 구원자임을 받아들였고, 힘들 때나 고통스러울 때마다 기둥을 향해 기도를 드리고 찬양한다는 것이다.

아랫돌은 생각했다. 자신을 집으로 이끈 것은 윗돌의 염원과 자신의 염원이 하나가 되어 신이 허락한 재회라고 말이다. 그러나 틀렸다. 윗돌이 나쁜 놈은 아니지만, 그렇다고 해서 신실한 놈도 아니었다. 자신을 부른 건 마룻대라고 보는 것이 맞았다. 마룻대는 스스로를 빛 속에 가두고, 한때 인연을 맺었던 사물들을 자신의 주변으로 부르고 있었다. 왜인지는 모르겠다. 저택의 시절이 그리워서인지, 당시의 사물들에 부채 의식을 가진 건지, 어쩌면 아이와 그보다 먼저 세상을 떠난 가족에 대한 애도인지도 모른다. 아랫돌은 마룻대가 뭘 원하는지 궁금했다.

아랫돌은 몸을 들썩여 바퀴처럼 섰다. 자신을 굴려서 탁자 아래 바닥에 사뿐히 내려앉았다. 다시 굴러서 밝게 빛나고 있는 기둥 옆으로 다가갔다. 이미 아랫돌의 행동을 보고 잔뜩 질린 윗돌은 더듬거리며 아랫돌을 불렀다.

– 너, 너… 뭐 하려는 것이냐?

– 얘기 좀 하려고 그런다.

– 기둥 님은 아무와도 소통하지 않으시는데….

채 말을 다 못 한 윗돌이 정지된 화면처럼 멈췄다. 아랫돌이 기둥의 옆에 서서 같이 빛나고 있었다. 그 시절, 저택의 마룻대는 아랫돌이 보기에도 감히 다가갈 수 없는 위치에서 압도적인 자태로 모두를 내려다보는 거만한 모습이었다. 그 밑에 가면 움츠러드는 게 이상하지 않았다. 기둥이 된 지금은 가까이 다가갈 수 있고, 접촉도 가능했다. 아랫돌은 손이 없는 대신 몸을 기대 기둥과 접촉해 보았다. 따뜻했다. 그것은 빛의 따뜻함이 아니었다. 아주 오래전이지만 아랫돌이 기억하는 따뜻함이었다. 그것은 과거 세상을 떠난 아비의 장모에게서 풍기는 따뜻함이었다. 아랫돌은 갑자기 울컥했다.

'내가 왜 이러지?'

아랫돌은 당황했고, 멈추려 했지만, 없는 목구멍에 무언가 가득 찼다. 울음이었다. 하지만 울 수는 없어 아랫돌이 부르르 떨자, 기둥으로부터 따뜻한 기운이 밀려왔다. 그건 마치 방황하다 집에 돌아온 자식을 안아 주는 어머니의 온기 같았다. 그리고 마음의 소리가 울렸다.

- 왔구나.

아랫돌은 그것이 기둥의 부름인 것을 바로 알았다.

- 당신이 저를 불렀나요?

- 너를 찾았다. 늘 너에게 사과해야 한다고 생각했다.

- 제게 사과할 것이 무엇인가요?

- 그날 내 일부가 불탄 저택으로 떨어져 소금 항아리가 깨지고 소멸한 일을 알고 있다. 그때 원망의 눈빛을 보낸 너를 기억한다. 그가 너의 스승이었지?

- 당신이 그것을 어떻게 알고 있죠?

- 소금 항아리한테 들었다.

- 스승에게서! 어떻게?

- 그는 나에게도 스승이었다.

아랫돌은 탄성을 내질렀다. 그런 인연은 생각 못 했다. 그들은 각기 극과 극의 위치에 자리하고 있었다. 한집안이지만 지하와 천장은 결코 가까운 거리가 아니라서, 항아리와 마룻대가 인연이 있으리라 생각해 본 적이 없었다. 너무도 다른 공간에 속해 있었기 때문이었다. 하지만 반대로 한 저택 안에서 인연이 없는 것도 어려운 일이었다.

- 나의 일부가 떨어져 나간 날, 마당에서 날아오는 네 원망의 눈빛을 보며 무슨 일이 벌어졌는지 알아차렸다. 그 일은 나에게도 충격이었다. 그런 나에게 소금 항아리의 말이 들렸다. 괜찮다고, 정해진 일이라고, 잊으라고 했다….

어떤 힘이었는지 알 수는 없지만, 항아리는 마룻대를 위로하고 잠을 재웠다. 그때 마룻대는 몸이 타고 부러진 고통과 스승을 죽게 했다는 정신적 고통 때문에 공포 속에 있었다. 그런 마룻대를 찾아온 항아리는 마룻대를 긴 잠으로 이끌었고, 고통스러운 기억도 봉인하고 떠났다. 덕분에 마룻대는 목재상의 창고에서 아주 깊고 오랜 잠을 잤다.

- 나는 너를 처음부터 잘 알고 있었다. 내가 저택에서 널 모른 척한 건, 스승이 너를 위해 스스로 지하창고로 내려갔기 때문이었다.

- 그건 무슨 얘긴가요?

처음 듣는 얘기에 놀란 아랫돌이 묻자, 기둥은 당시의 얘기를 들려주었다.

- 그때 소금 항아리는 2층 베란다에 있었다. 그 저택에서 항아리는 귀한 대접을 받는 사물이었다. 여주인이 할아버지가 물려 준 항아리라고 늘 깨끗이 닦고 살폈다. 그러던 어느 날 항아리가 말했다. 아주 오래 뒤에 이 집에 올 녀석을 맞으러 지하창고에 미리 가 있겠다고. 그곳에서 너를 가르치겠다고 했다. 그러고는 다음 날 지하로 옮겨졌다. 그래서 나는 스승을 빼앗아 간 너를 곱게 보지 못하고 외면했었다.

- 저와의 만남이 뭐라고… 그분은 지하의 어둡고 축축한 곳을 어찌 마다하지 않고 내려가셨을까요?

- 하늘이 정해 놓은 인연이니, 우리는 따를 뿐이다.

언젠가 항아리가 한 말을 기둥이 그대로 해 주었다.

묵직한 감동이 아랫돌의 마음을 흔드는 사이, 창문을 두드리는 빗소리가 들려왔다. 바람이 불고 복숭아나무 가지들이 흔들리더니 비가 뒤따라왔다. 아랫돌은 생각했다.

'비가 오기 전에는 언제나 바람이 먼저 불었지. 오늘도 바람이 뒤에 오는 비를 먼저 와서 알려 주었구나.'

그리고 그 순간 아랫돌은 깨달았다.

'너는 네 앞에 누가 있는지를 보지 말고, 네 뒤에 누가 오는지를 돌아보거라.'

아랫돌의 생각은 스승의 말이었다. 아랫돌 너는 바람이라고.

비가 오기 전에 부는 바람. 비가 대지에 촉촉하게 내릴 때 먼저 와서 알리는 나팔수라고. 바람이 되어 뒤에 오는 비를 세상에 전하라고. 그것을 알려 주려고 스승은 희생을 마다하지 않고 반지하에서 자신을 기다린 거였다. 스승의 진정한 가르침을 깨달은 아랫돌은 그제야 빛을 내며 서 있는 기둥을 올려봤고, 그 빛에서 자신의 길을 보았다.

모든 것이 기둥의 빛 속에 있었다. 기둥의 과거도 빛 속에 보였다. 기둥은 어떤 나무였다. 그 나무는 전에 있던 나무의 옮겨진 뿌리로부터 자랐다. 그 뿌리는 서풍을 타고 날아온 씨앗으로부터 싹을 틔워 자랐다. 그 전 나무도 여러 차례 뿌리와 씨앗으로 세상을 옮겨 다니며 전해진 나무였다. 나무는 원래 2,000년 전에는 황무지와 같은 척박한 땅에서 자랐다. 첫 성체는 곧게 잘 자랐고, 베어져 어느 황량한 언덕에 세워졌다. 그곳에서 사람과 함께 못에 박혀 하나가 되었다. 나무는 그때부터 십자가로 불렸고, 피 흘린 사람은 메시아였다. 사람의 메시아는 사흘 뒤 부활했고, 나무는 뿌리로부터 다시 살아났다.

아랫돌은 기둥으로부터 깊은 인연을 느꼈다. 아랫돌은 기둥의 따뜻한 품으로 파고들었다. 액체처럼, 털이 난 작은 짐승처럼, 기둥에 스며들며 안겨 들었다. 그리고 잊고 지낸 어머니의 몸속 같던, 오래전 돌 속에서 잠자고 있던 그 자체로 돌아가 걱정 없는 잠에 들었다. 그건 자신이 거스른 모든 잘못을 씻는 세

례와 같은 잠이었다. 잠이 들면서 아랫돌은 한 번 더 기둥의 품에 파고들었고, 잠결에 한마디 말을 흘렸다.

- 주여, 나의 메시아!

사물의 메시아

초판 1쇄 인쇄 2024년 9월 23일
초판 1쇄 발행 2024년 10월 11일

지은이 | 윤대주
발행인 | 강봉자, 김은경

펴낸곳 | (주)문학수첩
주소 | 경기도 파주시 회동길 503-1(문발동633-4) 출판문화단지
전화 | 031-955-9088(대표번호), 9536(편집부)
팩스 | 031-955-9066
등록 | 1991년 11월 27일 제16-482호

홈페이지 | www.moonhak.co.kr
블로그 | blog.naver.com/moonhak91
이메일 | moonhak@moonhak.co.kr

ISBN 979-11-93790-38-0 03810